그녀석의 몽타주

새움청소년문학 1

그 녀석의 몽타주

초판 1쇄 발행 | 2012년 8월 20일
초판 3쇄 발행 | 2015년 9월 23일

지은이 | 차영민
발행인 | 이대식

책임편집 | 김화영
마케팅 | 김혜진 배성진 박중혁
디자인 | 모리스

주소 | 서울시 종로구 평창길 329(우편번호 03003)
문의전화 | 편집(02)394-1037 · 영업(02)394-1047
팩스 | 편집(0505)115-1037 · 영업(02)394-1029
홈페이지 | www.saeumbook.co.kr
전자우편 | saeum98@hanmail.net
블로그 | saeumbook.tistory.com
페이스북 | facebook.com/saeumbooks

발행처 | (주)새움출판사
출판등록 | 1998년 8월 28일(제10-1633호)

© 차영민, 2012
ISBN 978-89-93964-42-4 03810

새움청소년문학 1

그 녀석의 몽타주

차영민 장편소설

새움

차 례

프롤로그

내 이름은 안동안. 아직 민증도 없는 파릇파릇한 열일곱. 그러나 얼굴 나이는 서른다섯. 나이를 조금 더 먹으면 동안이 된다던데 과연 그럴까?

1

삐, 학생입니다

고등학생이 되고 마음 편히 잠을 자보지 못했다. 너무 이른 등교시간, 지독히도 늦게 끝나는 야간자율학습, 그리고 더럽게 많은 숙제. 어른들은 공부가 가장 쉽다고 말하지만, 성적표라는 종잇조각에 조금 그럴싸한 숫자를 기재하고자 뇌용량이 터지도록 공부를 해야 되는 건 죽을 맛이다.

하루하루가 지나면서 나는 더 늙어간다. 벌써 내 머리에 새치가 생겼다. 한두 개가 아니다. 원래는 눈에 불을 켜고 새치를 다 뽑아냈지만, 지독한 새치 녀석은 여드름보다 더 번식력이 좋다. 뽑으면 뽑을수록 더 많이 난다. 그래서 지금은 포기 상태다. 다 뽑으면 대머리가 될 텐데, 대머리가 될 수는 없지 않은가.

아기 피부처럼 탱탱했던 피부는 나도 모르는 사이에 탄력을 잃었고 팔자주름도 조금씩 보인다. 얼굴은 하루가 다르게 면적을 넓혀 나간다. 직접 자로 재본 건 아니지만, 내 얼굴 크기는 보통 사람보다 일 할 오 푼 삼 리 정도 더 크다. 얼굴이 늙어 보이는 결정적인 이유를 두 가지나 갖춘 것이다. 얼굴 크기는 어찌할 수 없다 해도 피부까지 나빠진 건 심각한 수면 부족 때문이다. 그나마 주말이 되면 늦잠을 잘 기회는 있다. 요즘 이걸 작은 행복이라 생각하며 살아가는데 이 행복도 매주 누리기가 쉽지 않다.

'띠링, 띠링, 띠링.'

일주일에 단 한 번 늦잠으로 행복을 누리려는 일요일, 계속 문자가 날아왔다. 이렇게 집요하게 문자를 보내는 인간은 딱 한 명뿐이다.

조카야, 삼만 원만 들고 겜방으로 튀어와.

우리 집에 같이 사는 막냇삼촌이다. 이 인간은 어젯밤부터 밤새도록 피시방에서 마우스질은 물론이고 키보드를 두드렸나 보다. 집에 최신형 컴퓨터가 있는데도 굳이 비싼 돈을 들여가며 피시방에 가는 이유를 모르겠다. 특별히 잘하는 게임도 없는 삼촌은 피시방에 가야 아이템을 잘 건질 수 있고 레벨업이 잘된다는 소리를 얼토당토않게 마구 지껄인다.

막냇삼촌은 나랑 딱 열다섯 살 차이인데 철딱서니는 나보다 열 살은 더 어린 인간이다. 원래 그렇지는 않았는데 나이가 들면서 점점 이상해졌다. 나는 삼촌이 보낸 문자를 가볍게 씹으며 딱 아홉 시까지만이라도 더 자고 싶었다. 그러나 그랬다가는 지난번에 참고 서 값을 두 배로 부풀려 받아낸 사실을 우리 엄마에게 일러바칠 것이다.

결국 늦잠 자는 행복을 누리지 못하고 나갈 준비를 했다. 입을 만한 옷이 있는지 살펴봤는데 없다. 날씨도 추운데 걸칠 게 없다니. 그렇다고 찌질하게 떡볶이 코트를 입고 나가기도 싫다. 할 수 없다. 삼촌이 늘 애용하던 깔깔이를 챙겨 입고 가는 수밖에. 이것도 그다지 마음에 들지 않지만 따뜻함은 이게 최고니까.

빨리 와.

요즘 내가 자주 다니는 곳 알지?

아, 삼촌! 성질도 되게 급하다. 금세 또 문자가 왔다.

"시바."

나도 모르게 욕이 튀어나왔다. 삼촌이 요즘 자주 가는 피시방 은 여기서 버스를 타고 한참을 가야 하는 시내 한복판에 있다. 동 네에 많고 많은 피시방을 놔두고 왜 시내까지 나가는지 이해할 수 없다. 내가 예상하기엔 거기 피시방 아르바이트생 누나가 예뻐서 일 거다. 어차피 삼촌처럼 할 일 없이 빈둥거리는 백수는 한심하다 고 눈길도 주지 않을 텐데. 삼촌은 이런 불편한 진실을 알려나 모르겠다.

　누가 봐도 백수처럼 보이는 깔깔이 패션이라서 오늘만큼은 버스 따위는 타고 싶지 않은데 타야 했다.

　‘삐, 학생입니다.’

　교통카드를 찍고 자리를 잡으려는데 버스기사 아저씨 눈빛이 뭔가 심상치 않았다. 매우 기분 나쁘게 나를 째려봤다.

　“이것 보쇼, 깔깔이 아저씨.”

　급기야 나를 불러 세웠다. 왜 그런지 대충 예상은 간다. 아, 벌써부터 창피함이 몰려온다.

　“네?”

　“이거 알 만한 사람이 그러면 쓰나. 아무리 싸게 다니고 싶어도 성인이 학생용 카드를 쓰면 안 되지. 좋게 말할 때 백오십 원 더 내시게.”

　역시, 아저씨가 나를 어른으로 본 것이다. 오늘도 이래야 하다니. 아무리 늙어 보여도 나에게 아저씨라니. 생긴 건 이래도 엄연히 대한민국에서 가장 고생이 심한 고등학생이다. 그중에서도 아주 풋풋한 고등학교 일 학년이다. 그런데 아저씨? ‘이봐, 총각.’도 아니고 ‘저기요, 군인 양반.’도 아닌 그냥 아저씨? 잠잠하던 혈압이 급하게 상승했다. 뒷목이 제대로 당긴다.

　“저 학생인데요.”

　“대학생은 할인 안 돼.”

“대학생이 아니고 고등학생인데요.”

“그럴 리가 있나! 아무리 적게 봐도 이십대 후반인데. 깔깔이 입은 거 보니까 제대한 지 한참 됐네. 치사하게 백오십 원 가지고 왜 그래. 어서 더 내쇼.”

버스기사 아저씨는 똥 씹은 표정으로 나를 아래위로 훑어보았다. 그래, 그깟 백오십 원이 문제가 아니다. 지금 막냇삼촌에게 삼만 원을 헌납하러 가는데 백오십 원 정도야 길바닥에 던져버려도 좋다. 하지만 돈이 문제가 아니라 내 자존심이 문제다. 지금 이 상황에서 백오십 원을 더 내면 나 자신이 늙었다는 걸 인정하는 꼴이 아닌가.

“싫어요. 저 진짜 고등학생이라니까요.”

“그럼 학생증 줘봐.”

“학생증? 좋아요. 잠시만 기다려보세요.”

주머니를 뒤졌다. 실물보다 심각하게 늙게 나온 사진 때문에 가지고 다니기 싫어했지만, 지금은 꼭 필요한 물건이었다. 그런데 주머니에 없다. 아마도 구질구질한 떡볶이 코트에 있는 모양이다.

“학생증 보여 달라니까.”

“지금은 깜빡하고 못 챙겨 나왔지만 그래도 저 학생 맞다니까요.”

“아니, 이 사람이 정말 그러기야?”

오늘따라 기사 아저씨가 유난히 까다롭게 굴었다. 평소에도 진짜 내 나이에 대한 의문을 품는 사람이 많지만, 그래도 대충 속는 셈 치고 그냥 넘기는데, 이 아저씨는 그런 관용은 시베리아에 보일러와 함께 수출한 모양이다. 이런 사람을 만나면 골치 아픈데.

"아저씨도 그러기예요? 거참 쪼잔하시긴."

"쪼잔? 이 사람이, 당신 말 다했어?"

급기야 아저씨는 버스를 세우더니 일어나 내 멱살을 잡았다. 백오십만 원도 아니고 그깟 백오십 원 때문에 이런 꼴을 당하다니. 백오십 원을 더 받아서 재벌이라도 되고 싶은 걸까? 도대체 이게 무슨 꼴이람.

"왜 이래요. 지금 미성년자 때리시려는 거예요?"

"미성년자? 이 새끼가 정말…… 너 오늘 끝장을 보자. 너 같은 놈들은 따끔한 맛을 봐야 해. 어지간하면 봐주려고 했더니만, 혼쭐을 내줘야지. 파출소로 가자."

이 기사 아저씨는 확실히 다혈질이다. 아무런 잘못 없는 나를 때려잡고 정의를 구현할 생각을 하다니. 욕을 한 것도 아니고 단지 '쪼잔'이라는 단어만 살짝 썼는데 그것에 흥분하다니, 속이 밴댕이 똥구멍보다 좁은 것 같다.

버스는 정말로 근처 파출소 앞에 섰다. 다른 승객들이 황당한 얼굴로 그냥 가자고 말려봐도 분노 게이지와 정의감에 가득 찬 아저씨를 말리지는 못했다. 결국 그깟 백오십 원 때문에 아침 댓바람부터 파출소로 가는 황당한 신세가 되었다.

"이 사람이 학생도 아닌데 학생이라고 사기를 치지 않습니까? 내가 좋게 말해서 기회를 줬는데도 영 말귀를 못 알아들어요. 이런 놈은 사기죄로 콩밥을 먹어봐야 해!"

흥분한 기사 아저씨는 내 멱살을 잡은 채 파출소로 끌고 들어와서 경찰에게 고래고래 소리쳤다. 경찰은 나와 아저씨를 가까스로 떼어놓고는 의자에 앉았다. 몇몇 승객들은 파출소까지 따라 들어와서 구경꾼이자 증인을 자처했다.

"저기 아저씨, 신분증 좀 봅시다."

경찰이 뭔가 떨떠름한 표정으로 손을 내밀었다. 우씨, 여기서도 나더러 아저씨란다. 나는 아직 주민등록증도 나오지 않은 미성년자다. 주민등록증이 없으니 대신 내 주민번호를 불러줬다. 그러자 경찰은 컴퓨터로 신원을 조회하다가 고개를 갸우뚱거리며 미간을 찌푸렸다.

"확실히 본인 맞아요?"

"그럼 저죠, 누구겠어요?"

"아니, 지금 아저씨가 열일곱 살이라는 건데, 믿기 어렵네요. 혹시 조카나 사촌동생 주민번호 부른 것 아니에요? 지금이라도 바른대로 말해요. 주민번호 도용은 큰 죕니다."

나를 나라고 말하는데 무엇을 더 바른대로 말하라는 걸까? 황당해서 허, 하고 헛웃음이 새어 나왔다. 나처럼 생기면 열일곱 살 하면 안 되는 법이라도 있는 걸까?

"경찰 아저씨, 저 지금 거짓말 아니에요. 저 열일곱 살 안동안이라고요!"

양손바닥으로 책상을 탁탁 치며 목소리를 높였다. 경찰 아저씨는 쿵 하고 콧물을 삼키며 못마땅한 표정으로 나를 빤히 쳐다봤다. 아무래도 전혀 믿지 못하는 눈치다.

"좋습니다, 아저씨가 진짜 열일곱 살 안동안 군이라면 보호자를 불러오세요. 아저씨 신분을 확인해줘야 믿어보든지 하죠. 어서 전화하세요."

젠장, 내가 지금 무슨 잘못을 해서 파출소에 보호자를 불러와야 하는 건지 억울한 마음이 들었다. 민중의 지팡이라는 경찰까지 나를 범죄자 취급하다니! 서러운 마음에 눈에서 눈물이 나오려 했지만, 이를 꽉 깨물고 참았다. 이게 다 막냇삼촌 때문이다. 그래서 바쁘신 부모님 대신에 막냇삼촌을 불러냈다.

"에이, 씨팔! 나 겜 하는데 무슨 사고를 친 거야. 알았어. 금방 갈 테니까, 기다려."

막냇삼촌은 전화로 욕지거리를 날렸다. 하여간 좋게 말하는 꼴을 못 봤다. 하나밖에 없는 조카가 난처한 상황에 빠졌는데 욕이나 날리는 게 삼촌이 할 짓인가. 진짜 마음에 안 든다.

삼촌은 금방 온다는 말과는 달리 한 시간이 조금 지나서야 껄렁껄렁한 걸음으로 파출소에 얼굴을 보였고 내가 진짜 열일곱 살이라는 걸 증명해주었다.

"그럼 진짜 그렇다고 말을 해야지. 나도 잘못이 있지만, 학생도 얼굴이…… 거참, 할 말이 없네. 미안해. 그래도 좋은 데 가서 관리라도 받아봐. 아무리 봐도 심각하네. 쯧쯧."

버스기사 아저씨는 그제야 머쓱해하며 내게 사과했다. 사과라고 하기에는 조금 부족한 면이 있었지만 그래도 그깟 백오십 원 때문에 자존심을 버리지는 않았으니 다행이다.

"미안해. 솔직히 얼굴만 보고 믿기 어려웠거든. 고생했어. 다음에 놀러오면 이 아저씨가 맛있는 거 사줄게. 그리고 학교에서 괴롭히는 아이들이 있으면, 아니 얼굴을 보니 그러지는 않겠지만, 혹시라도 그러면 연락해. 누구보다 빨리 해결해줄게."

경찰 아저씨도 머쓱하게 머리를 긁적이며 사과했다. 조금 전까지 받은 모욕을 생각하면 이런 사과로는 그다지 위안이 되지 않는다. 내가 받은 정신적인 고통이 얼마인지 알긴 하려나. 아무런 죄도 없이, 굳이 죄라면 대한민국 법전에도 없는 '이딴 얼굴로 태어난 죄' 때문에 파출소에 끌려와 범죄인 취급을 받았다. 생각하면 할수록 속에서 열불이 났지만 애써 너그러운 척 살며시 미소를 지었다.

"네, 안녕히 계세요."

"이게 다 네가 그따위로 생겨서 그래. 누가 그렇게 처늙으래."

막냇삼촌은 파출소를 나오면서 담배를 한 개비 물더니 라이터를 꽉 쥔 손으로 내 뒤통수를 한 대 갈겼다. 골이 띵하고 울릴 정도로 아팠다. 이러다가 내 뇌세포도 급격한 노화를 겪으면 어쩌나, 걱정이 몰려왔다.

"이게 다 누구 때문인데. 삼촌이 돈 들고 나갔으면 내가 이 개고생 안 해도 되잖아. 어휴."

"닥치고, 돈이나 내놔. 게임하러 가야 해. 그리고 다음에 이런 일 생기면 나 부르지 마. 불러도 난 너 모른다고 딱 잡아뗄 거니까 그렇게 알아."

삼촌은 내 주머니에 있는 돈을 다 뺏어내고는 다시 피시방으로 향했다. 저 빌어먹고도 남을 뒤통수에 내 발자국을 새겨주었으면 소원이 없겠다. 그러나 그럴 수 없는 현실에 분노하며 대신 가운뎃손가락을 하늘 높이 치켜들며 삼촌을 저주했다.

"에라, 해킹당해서 아이템 다 털려라!"

2

막냇삼촌, 빵 주세요

"야, 담배 사 와. 나 뭐 피는지 알지?"

월요일은 왜 이리 빨리 다가오는지 모르겠다. 하늘에 있는 신은 왜 이렇게 주말을 빠르게 흘러가게 했는지, 인생사 십칠 년이 허무하다. 학교 가는 게 참 싫은데 그래도 열심히 다녀야지, 안 그러면 엄마 특유의 무기인 통북어로 얻어맞으며 집에서 쫓겨날지도 모른다. 마음을 다잡고 학교 갈 채비를 했다. 그런데 월요일 아침부터 막냇삼촌이 내게 담배 심부름을 시켜서 짜증이 제대로 난다. 팔다리 멀쩡한 인간이 꼭 자질구레한 심부름은 다 나를 시켜 먹고 자신은 오로지 게임에만 값싼 노동력을 쏟아붓는다. 게임에 쏟아붓는 열정으로 빈 병이나 폐지라도 주웠으면 벌써 원룸 월세 보증금은 벌었을 텐데.

우리 아버지와 엄마는 진즉에 막냇삼촌을 포기했다. 할아버지, 할머니가 일찍 하늘나라로 가서서 막냇삼촌에게는 큰형인 우리 아버지가 아버지 노릇을 한다며 의식주를 해결해준다. 아무리 형제라지만 적어도 생활비는 보태야 할 텐데, 막냇삼촌은 담뱃값까지도 우리 아버지에게 받아 쓴다. 덕분에 내 용돈은 십 년째 동결이다. 내가 참고서 값을 부풀려 받아내는 것도 용돈이 부족하기 때문이다. 인간적으로 고등학생 신분으로 일주일에 만 원 가지고 턱없이 부족하다. 반면에 삼촌은 일주일에 십만 원은 손쉽게 쓴다. 내가 십만 원까지는 바라지도 않는다. 일주일에 삼만 원 정도라면 부모님 은혜에 항상 감사하며 하루에 한 번 어버이 은혜를 부르며 춤이라도 출 것이다.

"나 학교 가야 해. 삼촌이 알아서 사. 학생한테 담배 사 오라는 건 너무하잖아."

"에이, 내 깔깔이 입고 나가봐. 누가 너더러 학생이라고 할 사람 없어. 빨리 갔다 와. 나 지금 니코틴 부족이라 골이 띵해."

삼촌은 빌어먹을 똥색 깔깔이를 내 얼굴에 던져줬다. 아무리 싫어도 결국 내가 사 와야 한다는 거다. 저러고도 나한테 삼촌 대접을 바라고 싶을까? 기회만 되면 멋지게 한 방 날려주고 싶다. 삼촌, 진짜 나이 들어가면서 왜 이렇게 살아가는 거야. 제발 정신 좀 차리라고!

"시바."

상쾌한 월요일 아침부터 욕이 튀어나와야 하는 내 인생은 왜 이리 우울한지 모르겠다. 결국 집 앞 슈퍼에 쪼르르 달려가서 담배를 사서 막냇삼촌한테 대령했다. 참다못해 마음을 단단히 먹고 우리 아버지한테 막냇삼촌 담배 심부름은 하기 싫다고 강력히 항의했다. 계속 이런 식으로 살아가라 하면 나는 죽을지도 모른다고. 그런데 아버지는 "네가 이해해라. 지금은 저래도 철들고 취직하면 너에게 잘해줄 거야." 하며 나를 달랬다. 아버진 몰지각한 삼촌을 말리기는커녕 담배 심부름을 추가로 더 시켰다. 형제는 역시 닮아서 그런 걸까. 남들은 외아들이라면 "아이고, 내 새끼, 내 새끼." 하면서 극진히 위한다는데 우리 집에서 그런 얘기는 아주 먼 나라 아니, 지구 밖의 안드로메다 삼백이십오 번지 얘기다. 이런 두 사람을 응징해줘야 할 우리 엄마는 아직도 한밤중이다. 결국 아침부터 담배 심부름 두 탕을 뛰었다. 슈퍼 아주머니는 "총각, 너무 줄담배 피우면 몸에 안 좋아." 하며 걱정스러운 표정을 내비쳤다. 진짜 내 나이를 모르시는 걸까? 만날 담배를 사다 바치는 난 담배를 안 피우는 선량한 학생이다.

담배를 사고 돌아왔는데 엄마는 여전히 꿈나라를 여행 중이다. 친구들 엄마는 귀찮을 정도로 아침마다 밥을 챙겨준다던데, 왜 우리 엄마는 그런 친절함이 없는 걸까? 보글보글 끓는 라면을 보며 절로 한숨이 새어 나왔다.

"삼촌, 라면 먹을 거야?"

"아니."

"아버지, 라면 드실래요?"

"아니, 난 생각 없다."

아버지는 아무 표정 없이 엄마가 먹다 남긴 식빵으로 허기를 달래는 중이다. 결국 나 혼자 먹을 라면만 끓였다. 한창 무럭무럭 자랄 땐데 라면으로 끼니를 때울 생각에 서글퍼졌다. 다른 집 애들은 매일 아침마다 엄마가 녹즙을 갈아주니, 보약을 해주니 하며 아주 난리라던데 도대체 우리 집은 왜 이런단 말인가? 나도 축복받아야 할 소중한 사람이라는 걸 잊지 않기 위해 오늘만큼은 라면에 달걀을 두 개씩이나 풀었다. 영양소를 확보해서 건강한 삶을 살기 위한 내 마지막 몸부림이다. 오늘따라 라면 면발이 정말 탱글탱글하게 잘 익었다. 국물도 면발과 환상적인 비율로 자작하게 잘 우러났다. 간만에 잘 익은 라면을 보니 군침이 사악 돌았다.

"계란 풀었어?"

막냇삼촌이 오른손으로 콧구멍을 파다가 바지춤에 슥슥 닦으며 다가왔다. 안 먹는다더니 금세 마음이 바뀐 모양이다. 이럴 줄 알면서도 번번이 당한다.

"안 먹는다며."

"갑자기 배가 고파졌어. 밥 있지? 한 그릇 퍼 와라."

"밥 없어! 먹으려면 삼촌이 따로 끓여 먹어. 나 빨리 학교 가야 해."

"닥쳐. 너는 아직 어려서 아침 걸러도 안 죽어. 나처럼 사이버

상에 정신 노동력을 쏟아붓는 사람은 영양소를 잘 채워줘야 한단
말이다."

정성스럽게 끓인 라면을 결국 막냇삼촌에게 헌납하고 말았다.
시계를 보니 라면을 더 끓일 시간도 없었다. 결국 아버지가 먹던 퍽
퍽한 식빵을 막냇삼촌이라고 생각하며 잘근잘근 씹어 먹었다. 그렇
게 나는 허기라는 녀석에게 아주 최소한의 성의만 보여준 채 학교
로 향했다. 오늘 아침도 뱃속 거지님들에게 만족감을 못 주다니. 이
러다가 나 진짜 영양실조 걸려서 쓰러지는 건 아닌지 모르겠다.

집에 올 때 햄버거 사 와.

띠링, 문자 오는 소리가 들렸다. 누군지 보니 막냇삼촌이다. 아,
진짜 시도 때도 없이 나를 부려 먹는다. 다른 곳도 말고 우리 학교
매점에서 파는 햄버거가 가장 맛있단다. 햄버거가 거기서 거기지,
도무지 이해하기 어려운 고집을 피운다. 생각하기도 싫을 만큼 어
려운 공부에 시달리고 자유라고는 개미 콧구멍만큼도 없는 야간
자율학습까지 마치면 피곤해 죽을 지경인데 고작 햄버거 따위나
사 가야 한다니.

"어휴, 어휴, 시바, 시바, 시바!"

휴대전화를 꺼버렸다. 어차피 학교 안에서는 사용하지도 못하
니까 내 가방 속에 잘 모셔두었다. 오히려 이렇게 삼촌 문자를 받지

않는 게 속 편할지도 모르겠다.

"어이, 막냇삼촌!"

누군가 등 뒤에서 끔찍한 호칭으로 나를 부른다. 내 친구 성우다. 세상에 수천수만 가지 단어가 있는데 하필이면 내 별명은 '막냇삼촌'이다. 그 이유도 어이가 차차차를 출 이유다. 처음 고등학교에 입학했을 때 삼 학년 선배들과 만났는데 그중에 어떤 형이 나더러 "너 우리 막냇삼촌 닮았다. 이제 너를 막냇삼촌이라 선언하노라." 하고 말했다. 그래서 전교생이 나를 막냇삼촌이라 부르게 된 것이다. 심지어 선생님들도 나를 막냇삼촌이라 부른다. 딱 내 이미지와 어울린단다. 이게 말이나 되는 소리인가! 하긴, 그만큼 내가 나이 들어 보인다는 거다. 심지어 선생님들도 나를 불편해한다. 다른 애들에게 얼차려를 줄 때나 한 대 퍽퍽 때릴 때는 아주 자연스럽더니 나에게 얼차려를 주거나 매를 들 때는 몹시 어색해한다. 설사 때려도 부자연스럽게 때렸다. 다 때려놓고는 "내가 너 위해서 이러는 거 알지? 이해하지?" 하며 계속 나를 달랜다. 이렇게 미안해할 거면 때리지나 말든가. 또 무의식중에 "그러면 안 돼!……지요." 하고 존댓말을 쓰는 경우도 있다. 특히 여자 신생님들은 나를 더 불편하게 생각한다. 내가 다가가 꾸벅 인사하면 마치 멧돼지를 본 사람처럼 움찔하고 놀란다. 어휴, 누가 잡아 먹는 것도 아닌데.

"야, 그렇게 부르지 마. 오늘도 그 인간 때문에 기분 구려."

"왜? 너희 막냇삼촌이 또 진상 부렸냐?"

"내가 열심히 계란을 두 개씩이나 넣고 라면을 끓였는데 스윽 나타나서 뺏어 먹잖아. 분명히 끓이기 전에 먹을 거냐고 물었을 땐 안 먹는다더니, 꼭 다 끓이면 뺏어 먹어. 그건 도대체 어디에서 배워 먹은 심보지?"

"킥킥, 너희 삼촌 장난 아니다. 그래서 굶었구나. 이거 너 먹어라."

성우는 나에게 검은콩 두유를 건네줬다. 얘네 집은 우유대리점을 해서 종종 나에게 우유나 두유를 챙겨준다.

왜 하고많은 두유 중 검은콩일까? 하긴 검은콩이 항산화에 효과가 뛰어나니 나한테 꼭 필요한 식품이긴 하다. 생각해보니 눈물 쭉쭉 나게 고맙다.

"허기 달랠 건 없냐?"

"있지. 이것도 먹어라."

성우는 가방 속에서 검은콩 건빵을 꺼내 주었다.

"왜 하필 많고 많은 건빵 중 검은콩 건빵이냐."

"검은콩이 얼굴 젊어지는 데 큰 도움이 된다잖아. 다 몸에 좋은 거야. 많이 먹어둬. 그보다 야자 마치고 빵 좀 사다줘."

"빵? 벌써 다 먹었어?"

"요즘 스트레스가 심하잖아."

어쩐지 성우가 너무 쉽게 먹을 것을 건네준다 싶었다. 빵이라면 베이커리에서 갓 구워진 고소하고 바삭바삭한 빵이 아니라, 니

코틴과 타르와 기타 유해물질이 가득해 언젠가 암을 유발하는 담배를 말하는 것이다. 담배를 사는 능력을 '빵 뚫는다.'라고 말하는데 그 능력이 나에게는 아주 충만하다. 학교에서는 나를 따라올 자가 절대 없을 정도다.

우리 학교 바로 앞에는 작은 슈퍼가 있다. 그곳은 학교 근처라서 그런지 유난히도 주민등록증 검사가 심한 곳이다. 심지어 젊은 선생님들까지 민증 검사를 하는 곳이니 성우는 물론이고 친구들, 선배들까지 그곳에서는 빵을 살 수 없었다. 빵 뚫기는 절대 불가능한 요새로 유명했다. 하지만 나는 고등학교에 입학한 지 단 하루 만에 그곳에서 당당히 빵을 뚫었다. 멋도 모르고 선배가 시킨 대로 사러 갔는데 슈퍼 할머니는 나를 전혀 의심하지 않고 담배를 건네줬다. 그래서 나는 학교에서 빵 뚫기 전설이다. 살다 보니 별 이상한 걸로 전설 소리를 다 듣는다. 학교 애들은 이런 나를 부러워하며 빵을 대신 사 달라고 부탁한다. 그래서일까, 전교생들 중 나에게 적대적인 사람은 없다. 원만한 교우관계와 매끄러운 선후배관계를 유지하는 데 빵 뚫는 능력이 한몫하는 가혹한 현실 속에 내가 살아간다.

"한 갑만 가능해. 그 이상은 사기 싫어."

"알았어, 부탁할게."

성우는 이럴 때 가장 친한 척한다. 그래도 건빵하고 우유를 먹으니까 뱃속 거지님에게 덜 미안하다.

ooooo

　야자가 끝난 시간, 학교 근처 공원으로 학생들이 수없이 모여 들었다.

"막냇삼촌, 빵 사다 주세요!"

이곳에 모인 사람들 모두 나에게 한목소리로 외쳤다. 이럴 때 보면 내가 사이비종교 교주가 된 기분이다. 일 학년부터 삼 학년까지 대략 열댓 명 정도다. 모두 내가 사다 주는 빵을 기다린다. 오늘도 나는 사복으로 살짝 갈아입고 누구도 뚫을 수 없는 학교 바로 앞 슈퍼로 달려가 빵 뚫기 신공을 펼쳤다. 이렇게 담배를 사 주지만 정작 나는 담배를 피우지 않으니 빵을 사다 줄 때마다 기분이 착잡하다. 괜스레 내가 새 나라 학생들을 사악한 구렁텅이로 밀어 넣는 기분이다. 이러다가 담배 공급책으로 경찰에 잡혀가는 건 아닌지 모르겠다.

"막냇삼촌, 고마워. 내일도 부탁해."

누런 치아를 드러낸 채 웃으며 인사하는 삼 학년 선배를 뒤로 하고 집으로 발길을 돌렸다. 가는 도중 반사등이 보였다. 내 얼굴을 비춰봤는데 내가 봐도 나란 인간 제대로 늙어 보인다. 나는 왜 이렇게 생겼을까? 하루빨리 돈을 모아서 성형이라도 할까? 내 얼굴을 보니 한숨이 절로 새어 나온다. 이러다가 스트레스 과다로 수명까지 줄어들겠다.

“야, 햄버거 사 왔어?”

집에 들어오니 역시 삼촌은 같지도 않은 캐릭터 키우기에 열중이다. 저 정신머리로 제발 빈 병이라도 주웠으면 좋겠다. 자기가 피우는 담뱃값이라도 벌든가, 아니면 공부를 더 하든가. 요즘 어른들은 공무원 시험을 열나게 준비하며 시간을 보낸다던데 차라리 그거라도 했으면 좋겠다. 그러면 덜 한심하고 어디 가서 삼촌이라 해도 덜 부끄러울 텐데. 난 언제까지 이렇게 삼촌의 시중을 들면서 살아야 할까. 아, 전생에 내가 무슨 죄를 지었기에!

“여기 있어. 알아서 데워 먹어. 나 숙제해야 해.”

삼촌 모습을 보며 짜증이 난 나머지 햄버거를 툭 던지고 방으로 들어왔다.

“야! 불고기 사 오라니까, 치킨이 뭐야!”

이런 내 속을 아는지 모르는지 햄버거 잘못 사 왔다고 구시렁거리는 소리가 집안을 쩌렁쩌렁 울렸다.

3

윽, 꺼져

“흑흑, 시바, 시바, 시바! 네가 어찌 나를…….”

잠결에 귀신 곡하는 소리가 들렸다. 물론 귀신은 아니다. 이 소리는 아주 많이 들어보던 목소리다. 욕을 섞어가며 서럽게 우는 걸 보니 바로 막냇삼촌이다. 밤새 게임 하는 것도 모자라 새벽녘부터 질질 짜며 눈물겨운 멜로드라마 한 편을 보여준다.

“삼촌, 뭐하는데?”

참다못한 내가 막냇삼촌 방을 찾아갔다. 들어가자마자 입이 떡 벌어지고 말았다. 막냇삼촌은 이불을 소시지빵처럼 돌돌 말고 의자에 앉아 컴퓨터 모니터에 뜬 미니홈피 사진첩을 열어놓고 누군가를 슬프게 바라보는 중이었다. 오른손엔 담배를 왼손엔 캔맥주를 든 채 눈물을 뚝뚝 흘리는 모습이 참 혼자 보기 아까운 장면이었다. 삼촌은 세상에서 가장 슬픈 얼굴로 나를 쳐다봤다.

"안동안, 네가 사랑을 알아? 시바, 네가 사랑을 아느냐고!"

이 인간, 괜히 나한테 뭐라 그런다. 나더러 어쩌라는 건지 모르겠다. 새벽녘부터 이러는 걸 보니 아무래도 여자에게 또 차인 모양이다. 올해만 해도 벌써 몇 번째인지 모르겠다. 여자를 만나서 한 달 이상 만남을 지속하는 꼴을 보지 못했다. 얼굴은 반반하게 생겼으니 이래저래 여자친구가 잘 생기긴 한다. 그러나 괴상한 성격과 한심이라는 단어로 부족한 막냇삼촌의 생활방식을 보면 정나미가 떨어져 어떤 여자든 질려 삼촌을 차버리고 만다. 요즘 여자들은 능력을 최고로 본다던데 삼촌은 능력이라고 하면 그저 게임 캐릭터 능력치가 최고 능력인 줄 안다. 즉, 무능한 인간이란 말이다. 그러면서 저렇게 사랑타령이나 해대고 있다니. 원래 똑똑한 사람인데 사람이 망가져도 너무 망가졌다.

"안동안, 네가 사랑을 알아? 하긴, 네가 사랑을 뭘 알겠어. 나처럼 나이 들어봐야 쌉싸래하고 지독한 사랑을 느껴볼 게다. 사랑은 원래 아프고 또 아픈 것이야. 어휴, 시바."

삼촌이 내게 사랑이 뭔지 아느냐고 묻는다. 사랑, 나도 잘 안다. 솔직히 내 사랑이 진짜 사랑이라고 상남한다. 불본 아직 완성되지 않은 어쩌면 평생 완성되지 않을 반쪽짜리 짝사랑이지만, 내 사랑은 삼촌처럼 단물 쪽 빠지면 뱉어버리는 껌처럼 단순한 사랑은 아니라고 자부한다. 물론 내가 사랑하는 주인공이 내 마음을 몰라주는 게 살짝 흠이라면 흠이다.

　내가 다니는 학교는 남녀공학에다 남녀가 합반이면서 여자 비율이 훨씬 더 높다. 남자고등학교에 다니는 친구들은 축복받은 놈이라고 나를 부러워한다. 솔직히 처음엔 그렇게 좋은 줄 몰랐는데 입학해서 반이 배정되고 한 아이를 만나고 나서야 친구들이 부러워한 이유를 알았다. 내가 부러운 놈이라는 걸 알게 한 주인공 이름은 한빛나. 똑똑하다고 소문이 났으며 무엇보다 계란형 얼굴에 긴 생머리, 오뚝한 콧날에 불그스름한 작은 입술, 또랑또랑한 눈! 거기다 교복을 빛나게 하는 예쁜 몸매! 내가 살아온 십칠 년 중 가장 예쁜 여자를 고등학교에 들어와서 만난 것이다. 내가 그래도 착하게 살아서 그런지 남들은 평생에 한 번 만나기 어려운 이상형을 지금 나이에 만나다니, 이상형인 빛나와 같은 반이라는 건 내 인생의 큰 영광이다. 하지만 나는 바보처럼 내 마음을 전하지는 못했다. 경쟁자가 엄청나게 많았기 때문이다. 내가 한번 작업하려고 마음먹을라치면 다른 놈들이 선수 치기 십상이었다. 내가 봐도 경쟁자인 놈들은 얼굴로 보나, 높은 성적으로 보나, 성격으로 보나, 돈으로 보나, 나보다 백배 천배 나아 보였다. 어느 것 하나 내가 내세울 게 없었다. 딱히 하나 따지자면 백해무익한 빵 뚫기는 잘한다는 거 하나, 제길! 그래서 나는 반벙어리처럼 빛나 뒤통수만 바라보다가 눈빛이라도 마주치면 감사하다고 생각하고 지독하게 지루한 학교 생활을 버텨나갔다. 오늘도 학교 수업 내내 빛나 뒤통수를 헤벌쭉하며 쳐다보고 있었다. 내가 살면서 빛나와 데이트할 날이 오려나.

“야, 안동안. 너 보면 진짜 답답하다, 답답해.”

점심때 성우가 나를 보며 고개를 절레절레 저었다.

“내가 뭘.”

“야, 너 한빛나 좋아하잖아.”

“그걸 어떻게 알았어?”

“딱 봐도 알지. 솔직히 우리 반 남자치고 아니, 우리 학교 남자들 전부 다 한빛나한테 관심 있지. 물론 나는 그런 여자한테는 관심이 없긴 하지만.”

“그래, 그게 문제야. 이놈 저놈이 빛나를 좋아한다는 거. 경쟁률이 너무 심해, 시바.”

“그게 뭐 어때? 남자가 한번 제대로 들이대줘야지. 어차피 우리네 인생이 경쟁이야. 그깟 여자 하나 쟁취 못하면 어떻게 살아갈래?”

성우는 자기 일이 아니라고 너무 쉽게 말한다. 성우는 누가 봐도 잘생긴 얼굴이다. 나와 달리 얼굴은 주먹만 하고 눈썹은 짙으며 얇은 쌍꺼풀에 카리스마가 콸콸 넘치는 눈매, 날렵한 턱선, 입꼬리를 살짝 올리면 여자들이 까르르 난리 치는 살인미소! 어떤 여자라도 마음만 먹으면 넘어오게 할 타고난 외모다. 하지만 나는 뭔가. 어떤 여자든지 나를 슬금슬금 피하게 할 능력을 타고났다. 물론 나를 피하던 여자들도 빵 뚫기 신공을 펼칠 때만 “동안아, 안녕?” 하고 어색하게 손을 흔들며 친한 척한다. 어찌나 그 미소가 가식적이

던지 속이 절로 울렁거렸다. 차라리 나를 일관되게 싫어해주는 게
낫다. 그건 나를 두 번 죽이는 미소다. 생각만 해도 울컥한다. 나는
빵 뚫는 기계란 말인가.

"그깟 여자라니, 그리고 쟁취라니. 사랑은 쟁취가 아니야! 진심
이지!"

"그래, 네 말이 옳은 소리이긴 한데 진심도 상대방한테 전해져
야 진심이지. 똥 마려운 강아지처럼 혼자 끙끙 앓으면, 그건 진심이
아니라 지랄이야. 멍청한 놈아."

성우가 따끔하게 한마디 했는데 할 말을 잃었다. 구구절절이
옳은 소리였기 때문이다. 밥을 먹다 말고 숟가락을 내려놨다. 갑자
기 밥맛이 뚝 떨어졌다.

"야, 죽어도 말로는 고백 못하겠어? 말로 못하겠으면 그냥 몸으
로 들이대. 당당하게 다가가서 입술이라도 훔치면 그 애가 확 넘어
오지 않겠어? 네 남성적인 매력에 말이지. 원래 여자들은 남자다움
을 좋아하거든. 강한 남자! 좋지."

"이봐, 김성우 씨. 그러다가 나 성추행범으로 경찰서에 잡혀간
다. 네가 하면 로맨스고 내가 하면 범죄야. 우리 부모님은 합의금
물어주려고 가게에서 뼈 빠지게 만두 팔아야 해. 합의금 못 마련하
면 감방에서 조폭 아저씨랑 사는 거고. 아우, 생각만 해도 끔찍하
다."

"새끼, 너는 참 용기가 없단 말이야. 생긴 건 세상 모진 풍파를

다 겪은 놈인데 하는 짓은 존나 찌질해. 좋아, 그러면 조금 구닥다리 수법이지만, 편지를 써봐. 방법이야 어찌 되었든 맑고 순수한 네 진심을 전해줘야지. 혹시 알아? 사춘기 소녀 감성을 자극할지."

"그래 볼까? 내가 반성문을 많이 써본 경험이 있으니 그 실력으로 편지 쓰면 감동이 될까?"

"당연하지! 그 정도면 당장 노벨 문학상 받으러 가도 돼. 고민하지 말고 한번 써봐."

성우의 말에 솔깃해져서 곧바로 실행에 들어갔다. 사실 편지지는 오래전부터 사두긴 했다. 다만 이걸 쓸까 말까 고민을 거듭했다. 유치해서 거들떠도 보지 않으면 어쩌나, 걱정이었기 때문이다. 마침 성우가 해보라고 하니 숨어 있던 자신감이 불쑥 튀어나왔다. 그래도 내 마음을 전하는 편지니까 상대방이 아주 감동을 해서 눈물이 뚝뚝 떨어지게 해야 한다. 그러려면 내 감정을 애절히 끌어올려야 했다. 중학생 때 수학여행지에서 몰래 술을 사 오다가 선생님에게 딱 걸려서 수학여행 내내 반성문만 써야 했던 그 애절함과 절박함을 끌어올렸다. 그때 생각을 하니 나도 모르게 눈물이 맺혔다. 내가 먹고 싶어서 사 온 게 아니라 친구들이 안 사 오면 절교한다고 협박해서 어쩔 수 없이 사 온 건데, 애들에게 술 먹이려던 주동자로 몰려 너무 억울하고 서러웠기 때문이다. 그때 들었던 감정을 글로 끼적였다. 무슨 말을 할지 걱정이 들긴 했는데 막상 써보니까, 빛나 너는 세상에서 가장 아름답고 내게 있어 느티나무 같은 존재가 어쩌고저쩌고, 어디서 주워들은 말을 다 적다 보니 편지지를 세 장이나 채웠다. 내가 쓴 편지를 다시 읽어봤는데, 조금 오글거리긴 했지만 국어 시간에 배운 기승전결을 잘 살려서 멋들어지게 썼다. 이 정도면 예쁜 빛나가 감동이란 바다에 빠져 허우적거리며 눈물을 뚝뚝 흘릴 듯하다. 다 쓴 편지를 성우에게 슬쩍 보여주니, 이 정도면 만점짜리라며 엄지를 치켜들어서 더 자신감이 생겼다.

"이제 어떡해?"

"어쩌긴, 빛나한테 줘야지."

"내가 직접?"

"그럼 내가 대신 전해주리?"

사실 나는 성우가 이 말을 하길 바란 것이다. 성우 말이 나오기가 무섭게 나는 아주 강하게 고개를 끄덕였다. 성우는 '헐' 하고 헛웃음을 내뱉으며 내게서 편지를 가져가더니 복도에 있는 빛나에게 향했다. 빛나는 복도에서 다른 친구와 대화를 나누고 있었는데 성우가 스윽 다가가 내 편지를 전해줬다. 빛나 옆에 있던 여자애들은 성우가 준 편지인 줄 알고 꺅꺅거렸는데 성우가 자기가 쓴 것 아니라고 딱 잘라 말했다. 그런 모습을 교실 문 뒤에 숨어서 보는데 내 손발이 오글거려서 몸을 주체할 수 없었다. 괜한 짓을 한 게 아닌가, 후회스럽기도 했다. 그래도 어차피 일은 벌어졌으니 빛나가 어떻게 반응할지 조마조마하며 지켜봤다. 어찌나 긴장되던지 내 손에 땀이 흥건했다. 편지를 건네받은 빛나는 나를 힐끔 쳐다봤다. 그리고 성우와 몇 마디 나누더니 금세 표정이 일그러졌다. 마치 길가다가 갓 생산된(?) 따끈한 똥을 밟은 표정으로 성우에게 뭐라고 말하는데 입 모양만 봐도 무슨 말을 하는지 알아차릴 수 있었다. 내 양쪽 시력은 일 점 오로 아주 밝은데 이 시력이 사춘기에 걸려 가출하지 않은 이상 빛나가 꺼낸 말은 '윽, 꺼져.'가 확실하다.

'윽, 꺼져.' 단 세 글자로 나의 충만했던 자신감은 급히 피난을 가버리고 좌절이 어느새 내 안에 신문지를 깔고 드러누웠다. 정성스럽게 쓴 편지 내용도 보지 않고 단지 내가 보냈다는 이유만으로 빛나는 꺼지라고 했다. 역시 괜한 짓을 했다는 생각에 창피해서 고개를 들 수 없었다. 예상은 했지만 이렇게 비참하게 차이다니. 갑자기 오늘 새벽녘에 막냇삼촌이 중얼거렸던 '쌉싸래하면서 지독한 사랑을 아느냐?' 이 말이 내 머릿속을 빙빙 돌았다. 왠지 그 말뜻을 제대로 이해할 수 있을 것 같았다.

"동안아, 고개 들어봐. 빛나가 말이지……."

어느새 성우가 결과를 알려주려 다가왔다. 하지만 나는 고개를 푹 숙인 채 저리 가라고 손짓했다. 듣지 않아도 뻔히 아는 그 대답을 내 귀로 직접 듣고 싶지 않았다. 듣는다면 울컥해서 바로 학교를 뛰쳐나갈지도 몰랐다. 아무리 생각해도 너무 강하다. '윽, 꺼져.'라니. 역시 늙고 못난 내 얼굴 때문이다. 빌어먹을 내 얼굴 때문이다. 젠장, 이런 얼굴로 고백하면 무조건 까이는 더러운 세상!

4

쓰다, 써

"사랑하는 조카야, 너는 인생이 뭔지 아냐? 인생은 말이야, 즐기는 거야. 으하하."

막냇삼촌은 아침과는 달리 아드레날린이 과다 분비돼서 마치 정신 나간 사람처럼 실실거리고 있다. 그리고 보란 듯이 네 번째 손가락에 낀 싸구려 반지를 자랑하는 중이다. 부럽다고 해줘야 하나. 누구는 학교에서 빌어먹을 자율은 개뿔도 없는 야간자율학습의 굴레에서 공부할 때, 막냇삼촌은 친구들과 술 마시다가 술집에서 여자 하나를 꾀었다. 휴대전화에 저장된 새 여자친구 사진을 살짝 보여줬는데, 눈가에 시커먼 화장을 하고 알록달록한 옷에 주렁주렁 액세서리를 단 모습이 아프리카 원시부족 사람이랑 닮았다. 아니, 어째 우리나라 사람보다 필리핀 사람처럼 보인다. 진짜 필리핀 사람인가? 내가 예상을 해보건대 이번에도 열흘 정도 지나면 오늘 아침과 같이 눈물 바람일 것이다. 사랑은 쌉싸래하고 지독한 거라나 뭐라나 하면서 우는 꼴을 볼 생각을 하니 끔찍하다.

제길. 누구는 살면서 가장 큰 모욕을 들으며 차였는데 누구는 금방 또 여자친구가 생기다니 세상사 정말 불공평하다는 생각이 든다. 분명히 신은 공평하다고 하는데 나에게 무슨 공평한 것을 하사하셨는지 살면서 전혀 느끼지 못하고 있다. 빌어먹을 내 얼굴. 이름만 동안이면 뭐하나, 얼굴은 노안인걸. 이런 날 제대로 담배가 당긴다. 친구들이 왜 담배, 담배 그러는지 알 만도 하다. 그래도 참아야지. 담배 따위에 내 모든 괴로움을 의지하다가는 지금의 막냇삼촌처럼 한심하게 살아갈지도 모른다. 더구나 담배 때문에 노화 호르몬이 더 촉진된다면! 아이고, 여기서 더 늙으면 동네 할아버지가 친구 하자고 할지도 모른다.

"조카야, 한잔할래?"

삼촌이 냉장고에서 갓 꺼낸 캔 맥주를 달랑달랑 흔들며 말했다. 계속 '조카' 하고 살갑게 부르는 걸 보니 기분이 아주 좋긴 좋은 모양이다. 이게 얼마나 갈지는 모른다. 어릴 때는 다정한 삼촌이 좋았는데 요즘은 다정하게 나오면 두렵다. 뭔가 찜찜하달까.

"아버지한테 걸리면 폭풍 잔소리 듣고, 엄마한테 걸리면 북어 대가리로 두들겨 맞다가 쫓겨나. 우리 엄마 성격 알잖아."

"야, 인마. 삼촌이 주는 건 괜찮아. 그리고 형하고 형수님은 동창회 갔으니까 오늘 무진장 늦게 들어오거든. 온다 해도 취해서 해

롱거리며 올 텐데 너 맥주 한잔 마신 건 신경도 못 써. 괜찮아. 마셔,
마셔. 너 세상에서 혼자 술 마시는 게 얼마나 서글픈지 알아? 네가
오늘 내 술친구 돼줘라.”

삼촌은 내 손에 차가운 맥주를 건네줬다. 담배는 별로지만 맥
주는 착잡한 내 마음을 시원하게 쓸어내려 줄 듯해서 단숨에 벌컥
벌컥 들이켰다.

“카, 삼촌. 안주는 없어?”

“새끼, 주니까 잘 마시네. 이거 먹어.”

삼촌은 며칠이나 숙성되었는지 불분명한 쇠고기 육포 한 줄을
뜯어서 줬다. 냄새는 마치 삼촌 양말처럼 퀴퀴한데 맛은 짭조름하
고 괜찮았다. 맥주하고도 잘 어울렸다.

“너 여자한테 차였지?”

삼촌이 육포 한 줄을 더 뜯어주면서 내게 물었다. 이 인간, 은
근히 신기神氣가 있나 보다. 내 얼굴에 ‘여자한테 차였습니다.’ 쓰여
있기라도 한 건가. 최대한 표정 관리 중이었는데.

“어떻게 알았어?”

“딱 보면 알지! 내가 누구냐. 일 년에 기본 열두 번은 사랑과 이
별에 열정을 불태우는 낭만주의자 아니냐. 얼굴 보니까 여자한테
차여도 된통 차여서 세상 살기 싫은 얼굴인데, 내 말 맞지?”

“그래, 차였어. 차였다고! 내가 차이니까 고소해?”

“고소하긴, 자존심 상하지. 나 안진호 님의 조카가 찌질하게 여

자한테 차이니까 쪽팔리다. 어디 가서 내 조카라고 하지 마라. 아우, 쪽팔려. 그나저나 어떻게 고백했어? 설마, 편지 쪼가리나 주면서 고백한 건 아니겠지?"

"어떻게 알았어?"

"아이고, 이놈아. 어디서 쌍팔년도 수법으로 작업하니? 아, 졸라 촌스럽네. 진짜 밖에서 내 조카라고 떠벌리지 마. 생각만 해도 오글거려 죽겠다. 애송이 같은 자식, 그러니까 네가 안 되는 거야."

"에잇, 술맛 떨어져. 나 자러 갈래."

"인마, 나니까 너한테 진심을 담아서 조언해주는 거야. 인생 선배가 주옥 같은 조언을 해주면 감사할 줄 알아야지. 그리고 솔직히 너는 얼굴부터 해결해야 해. 그렇지 않으면 여자 만나기는 아주 글렀어. 도대체 누구를 닮아서 그 모양이냐. 나를 반만 닮아도 이 정도는 아니지. 쯧쯧."

"삼촌!"

나를 위로해주나 싶어서 살짝 삼촌에게 감동받으려 했더니만, 결국 내 혈압만 잔뜩 올랐다. 삼촌한테 위로받으려고 한 내가 미친 놈이다. 어휴! 알코올이 몸에 들어가니까 지렁이가 뱃속을 활보하는 것처럼 울렁울렁거린다. 머리는 망치에 한 대 맞은 듯이 띵한데 아무래도 이 상태로 숙제하다가 잠은 잠대로 못 자고 숙제는 숙제대로 못할 듯하니 아예 잠을 택하고 침대에 누웠다. 그리고 아무런 무늬도 없는 천장을 하염없이 바라봤다. 이상하게도 천장에 빛나 얼굴이 나타났다. 내가 제대로 취했나 보다. 천장에 나타난 빛나는 내게 '동안아, 안녕?' 하며 환하게 웃었다. 난 용기 내서 빛나에게 '나, 너 좋아해.' 하고 말했다. 빛나는 조금 전보다 더 밝게 웃었다. 저 표정을 보아하니, 뭔가 좋은 말이 나올 듯했다. 괜스레 가슴 졸이며 두 손을 가지런히 모으고 어떤 말이 나올지 기대해봤다.

"윽, 꺼져."

어, 어라? 아까 학교에서 들었던 세 글자가 빛나 입에서 튀어나와 내 머리를 탁 때렸다. 어떻게 꺼지라는 말을 저렇게 예쁘게 웃으며 할 수 있지? 지금 들은 '윽, 꺼져.'는 학교에서 들었던 '윽, 꺼져.'보다 더 강하게 내 가슴에 쾅쾅 못질했다. 술이라는 녀석도 나를 전혀 위로하지 못한다. 그냥 술도 내 마음처럼 쓰기만 하다. 정말 쓰다, 써.

그런데 생각할수록 화가 치밀어 오른다. 내 얼굴이 뭐가 어때서. 얼굴이 전부는 아니잖아. 제발 얼굴로 사람을 마구 판단하지 말았으면 좋겠다. 누군 이렇게 생기고 싶어서 생겼나. 내가 이렇게 생긴 건 내 의지가 아니라고!

"아악! 너나 꺼져, 꺼지라고!"

"야, 너 미쳤냐? 왜 소리 지르고 난리야! 잠 안 오면 나와서 술이나 더 따라 줘봐."

거실에서 혼자 술 마시던 삼촌이 내 절규를 들었는지 고래고래 소리쳤다. 지금 난 삼촌 술 따라 줄 기분이 전혀 아니다.

“나 자는 중이야. 부르지 말라고.”

“자는 놈이 대답은 잘 한다. 너, 차인 거 때문에 많이 아프냐?”

“몰라, 신경 쓰지 마! 술이나 마시라고.”

“야, 인마. 넌 얼굴부터 해결해야 한다니까. 돈 많이 벌어서 꼭 수술 받아라!”

“좀 조용히 해줄래? 나 잘 거라고.”

“하여간 요즘 애들은 싹수가 노래, 쯧쯧. 그래, 잘 자라!”

날이 갈수록 이상하게 변하는 저 사람이 막냇삼촌인 것도 내 의지가 아니야, 제길!

5

헐, 허허허, 일 억!

내가 가장 증오하는 종이 한 장이 내 손에 쥐여져 있다. 이 종이에는 내 이름이 있고 삼 등급이라는 글자가 아주 선명하게 새겨져 있다. 젠장, 내가 돼지고기도 아니고 내 성적이 삼 등급이란다. 기가 막혀서. 소고기 등급은 일 플러스플러스, 일 플러스, 일 등급 이런 순서다. 상당히 관대한 등급순서다. 그깟 고기 따위에는 이렇게 관대한 등급이 왜 사람인 우리가 받을 성적표에서는 천일염같이 짜디짠지 모르겠다. 관용도 없는 냉혹한 성적표 같으니. 이 성적표를 가져가서 우리 엄마에게 보여준다면 나를 소불고기 볶듯이 달달 볶을 것이다. 그리고 바가지도 덤으로 벅벅 긁을 것이며 컨디션이 안 좋다면 통북어로 엉덩이 찜질도 해줄 것이다. 예전엔 성적표에 적힌 숫자를 슬쩍 바꿔치기할 수 있었는데, 인터넷으로 성적 조회가 가능한 요즘엔 불가능한 일이다. 이런 기막힌 시스템을 개발해주신 어른님들께 매우 감사해서 눈물이 날 지경이다. 우리 엄마는 컴퓨터를 자주 하니까 내 성적 조회는 식은 죽 먹기다. 부디 엄마가 인터넷 맞고에서 돈을 많이 따야 할 텐데. 기분이 좋으면 때리지는 않으니까, 살짝 기대해보고 싶다. 제발, 엄마 화투패가 좋아져라. 얍!

어휴, 성적표를 보니 내 주름살이 깊어지고 피부에 물기가 바짝 마르는 듯하다. 입술은 이미 말라 각질이 마구 일어난다.

"아씨, 망했어. 이거 어쩌면 좋아."

성우가 내 옆에 다가와서는 볼멘소리를 해댔다. 성우가 받은 성적표를 보니 한우 등급에도 없는 오 등급이란다. 참, 나보다 안 된 녀석이다. 어쩌면 성우는 우유팩으로 맞을지도 모르겠다. 부디 내일 살아오길 바랄 수밖에.

"어쩌긴, 욕을 배 터지게 먹고 학원을 하나 더 다니든가 아니면 용돈을 삭감해야지. 어휴, 늙는다 늙어. 인생은 왜 이리 우유 한 모금 없이 카스텔라를 먹는 것처럼 팍팍한지 모르겠다."

"그래, 오늘따라 너 진짜 오 년은 더 늙어 보인다. 제대로 우울한데, 우리 야자나 땡 치자."

"오늘도 야자한대?"

"그런가 봐. 전체 성적이 안 좋다며 교장이 노발대발하나 봐. 그냥, 땡 치자."

"그럴까? 그러지 뭐. 기분 전환도 할 겸."

그리하여 성우와 나는 저녁밥 먹는 시간에 몰래 학교를 빠져나왔다. 어차피 내일이면 선생님에게 죽어라 욕먹겠지만, 오늘만큼은 일상에서 탈출하고픈 마음이다.

우리는 오래간만에 시내 구경을 하기로 했다. 시내에는 돈만 있으면 놀 수 있는 것 천지다. 길거리를 다니는 여자들도 화려해 보였다. 다들 어찌나 예쁘던지 지나가는 여자들만 봐도 안구 정화가 저절로 되는 기분이다. 이렇게 넓고 좋은 세상을 두고 비좁은 책상 위에서 공부라는 전위예술을 하다니, 피 끓는 청춘이 고등학생으로 살아간다는 건 참 힘든 일이다.

"야, 우리 저기 한번 가볼까?"

"어디?"

길을 걷다 성우가 가리킨 곳은 다름 아닌 피부 관리실이었다.

"저기면 네 얼굴에 대한 심도 있는 관리가 되지 않을까?"

"음…… 가능할까?"

반신반의하는 마음으로 성우와 함께 난생처음 피부 관리실에 들어갔다. 그곳엔 우리 같은 학생은 없었다. 간혹 가다가 조금 젊어 보이는 누나도 보이긴 했지만 나이 든 아주머니들이 대부분이었다. 온통 여자뿐이라 마치 여자 화장실에 들어온 것처럼 쑥스러웠다.

"어떻게 오셨어요?"

직원으로 보이는 누나가 우리에게 다가왔다. 피부 관리실에서 일하는 사람이라 그런지 피부가 완전 아기 피부처럼 보송보송했다.

상당히, 매우, 엄청, 아주, 장난 아니게 부럽다. 내가 저런 피부였으면 조금이나마 덜 늙어 보일 텐데.

"피부 관리 상담 받으러 왔어요. 이 녀석, 동안으로 만들어줄 수 없을까요? 참고로 고등학교 일 학년이에요."

성우가 친절하게 손바닥으로 내 얼굴을 가리키며 설명했다. 성우는 처음 본 누나에게 말도 잘한다. 나는 쑥스러워서 눈도 제대로 못 쳐다보겠는데.

직원 누나는 내 얼굴을 흘깃 보더니 단 한 글자로 대답했다.

"헐."

내 얼굴이 아니, 내 피부가 아무리 답 없게 생겨도 그렇지. 어떻게 대놓고 '헐'이라는 소리를 할 수 있단 말인가. "일단 해보면 조금이나마 동안이 될 가능성도 있어요." 하고 거짓말이라도 해서 피부 관리를 받게 해야지. 너무 솔직한 것 아닌가? 더는 이곳에 있을 수 없었다. 그냥 밖으로 뛰쳐나왔다.

"야야, 안동안. 같이 가."

당황한 성우가 급히 따라나왔다.

"아, 시바. '헐'이 뭐냐, 헐이. 살면서 내 얼굴 보고 헐, 이라는 소리는 처음이다. 내 얼굴이 진짜로 헐, 이야?"

"헐, 까진 아니고 '헉' 정도는……."

"뭐라고?"

"농담이야, 농담. 저기 한번 가보자."

주변을 두리번거리던 성우가 가리킨 곳은 요가학원이었다. 참나, 별 곳을 다 가자고 하네.

"요가는 매일 해야 하잖아."

"우리 형편에 매일은 어렵고 주말이라도 하면 효과를 보지 않을까?"

"그래, 우선 가보자. 설마 저기서도 헐, 하겠어? 어휴."

조금은 기대하는 마음으로 요가학원에 들어갔다. 요즘 동안으로 유명한 사람들을 보면 요가를 한다는 사람이 많았다. 어쩌면 요가가 내게 도움이 될지도 모른다. 원래 뻣뻣한 몸이라도 내 얼굴이 젊어진다면야, 다리를 목 뒤로 올리는 고통쯤은 감내할 자신이 있었다.

"요가 배우러 왔니?"

원장으로 보이는 아줌마가 우리를 반겨주었다. 나이는 대충 우리 엄마뻘로 보이는데 몸매는 완전히 아이돌이다.

"네, 제 친구가 얼굴이 이래 가지고요. 요가가 도움될까 싶어서 왔어요. 이렇게 생겼어도 나이는 열일곱 살이고요. 많이는 안 바라고 딱 우리 나이처럼 보이게 가능할까요?"

이번에도 역시 성우가 내 상태를 일목요연하게 설명했다. 그러자 원장 아줌마는 내 얼굴을 한참을 살펴보더니, 뭐라 표현할 수 없는 표정을 지으며 고개를 절레절레 흔들었다.

"허허허……."

나에게 뭐라고 대답하지 못하고 허탈하게 헛웃음만 내뱉었다. 저 반응은 뭔가 자신이 할 수 있는 능력 밖이니 알아서 눈치채고 조용히 나가라는 뜻 같았다. 요가가 좋다고 해서 기대를 많이 했던 만큼 실망감이 우르르 몰려와서 온몸에 힘이 쭉 빠졌다. 자기 할 말을 마친 원장 아줌마는 급히 사무실로 들어가버렸다. 요즘 유행하는 페이스 요가로도 해결되지 않는 게 바로 내 얼굴이란 말인가. 젠장, 제대로 엿 먹은 기분이다. 정말 내 얼굴은 답이 없는 걸까? 어렵다는 수학도 답이 있는데.

"동안아, 힘내라. 우리가 간 곳은 실력이 없어서 그래."

성우가 애써 나를 위로했지만 그다지 큰 위로가 되지 않는다. 오랜만에 야자라는 굴레에서 벗어나 기분이 좋았던 효과가 사라졌다. 그냥 야자시간에 잠이나 잘 걸 그랬다.

"집에나 가자."

"그러지 말고 우리 마지막으로 저기 가볼래?"

성우가 마지막이라고 가리킨 곳은 바로 성형외과였다. 아무리 그래도 이건 아니라고 생각했는데 진열장 유리에 비친 내 얼굴을 보니, 가긴 가야겠다.

"그런데 우리가 성형할 돈이 어디 있냐. 한두 푼도 아니고."

"오늘은 상담만 받고 괜찮으면 다음 시험 때 성적 팍팍 올려서 엄마한테 해달라고 하면 되지. 나도 고칠 곳이 있는지 상담 받아봐야겠어."

"너야 고칠 곳이 없지. 아무튼, 우리 엄마가 해주려나?"

"해주겠지. 요즘 어른들 보면 성적만 많이 올리면 착하다고 하잖아. 그러니 그깟 성적, 올려주면 성형 정도야 안 해주겠어? 견적만 받아보자. 그래야 얼마나 들지 알고 해달라고 하지. 내가 너희 엄마라면 사채라도 빌려서 어떻게든 해줄 거야."

결국 마지막 보루인 성형외과로 향했다. 다른 병원 같으면 벌써 진료를 마쳐야겠지만 이런 성형외과는 야간 진료도 한단다. 배려심이 깊은 병원 같으니. 이곳에 허준이라도 있는 걸까, 병원 안에는 사람이 참 많았다. 물론 거의 여자였는데, 앉아 있는 사람들을 보니까 몇몇을 제외하면 지금도 아주 예쁜데 얼마나 더 예뻐지고 싶은 것인지 거울을 보며 불안해하는 사람이 많았다.

"들어가세요."

간호사 누나는 대충 내 이름만 받아 적고 진료실로 들어가라 했다. 그래도 내 얼굴을 보며 '헐' 소리는 하지 않아서 고마웠다.

"학생들은 무슨 일로 왔는가?"

의사 선생님이 우리를 보며 시큰둥한 표정으로 물었다. 안경을 끼고 머리가 많이 벗겨진 아저씨였는데, 얼굴을 보니 누구를 성형할 만큼 잘생기지는 않았다. 중이 제 머리 못 깎는다는 그 말이 뭔지 딱 알겠다.

"저는 열일곱 살인데요. 지금 보시다시피 제 얼굴이 나이가 확 들어 보여요. 그래서 의술로 해결해보려는데 어떤가요? 가능할까요?"

이번에는 내가 내 상태를 말했다. 성우는 내 옆에 앉아 심각한 표정으로 의사를 바라봤다. 녀석, 내 얼굴인데 자기 얼굴처럼 신경 써주니 고맙긴 하다. 이래서 절친이라 하는가 보다.

의사 선생님은 약간 떨떠름한 얼굴로 내 얼굴 이곳저곳을 살펴보고 까만 볼펜으로 줄 몇 개를 긋더니 차트지에 뭐라 뭐라 참 많이도 끼적거렸다.

"왜요, 도저히 어렵나요?"

"음, 어렵긴 하지. 양악 하고, 눈도 트이고, 코도 높이고, 광대뼈도 조절하고……"

의사는 내 얼굴에 해야 할 공사 목록을 읊었다. 대충 스무 가지는 되었다. 이건 뭐, 건물로 따지면 리모델링을 넘어 재건축 수준이다.

"그래서 결국 얼마나 드나요?"

"수술하고 나서도 지속적으로 항산화 시술하고 보톡스도 놓으려면…… 한 장은 필요하겠네."

의사는 계산하기 복잡했는지 차트지에 이것저것 적다가 줄을 딱 긋더니 볼펜을 놓아버렸다.

"한 장이라면 백만 원요?"

"에이, 장난하나. 백 가지고는 쌍꺼풀도 못해."

"그럼 천만 원?"

의사는 그것도 아니라며 고개를 절레절레 저었다.

"설마 일 억?"

의사는 팔짱을 끼고 눈을 지그시 감은 채 심란한 표정으로 고개를 끄덕였다. 일 억이라니! 눈알이 툭 튀어나올 만큼 어마어마한 돈이었다. 너무 놀라서 벌어진 입이 다물어지지 않았다. 의사가 귀찮아서 장난하는 줄 알았다.

"에이, 아무리 일 억씩이나 들겠어요? 장난하지 마세요."

성우가 못 믿겠다는 표정으로 물었다.

"장난 아니야. 내가 할 일 없어서 너희 가지고 장난치겠어? 지금 너희 말고도 상담할 환자가 많아. 그래도 진지하게 찾아왔으니, 진지하게 상담해주는 거야. 학생 얼굴은 그 정도 돈은 들여야 해. 얼굴을 보니까 한마디로 총체적 난국이야. 대한민국 영 점 일 퍼센트라고 할까, 난도로 따지면 별 다섯 개 하고도 두 개는 더 줘야지. 수술은 오래 걸리면서 위험하기도 하지. 나 혼자 못하니까, 다른 의사 몇 명 더 불러서 수술해야 해. 한 번만 해서 되는 것도 아니고, 최소한 서너 번은 해야지. 연예인 할 생각 아니면 그냥 생긴 대로 살아. 아니면 새로 태어나는 것도 방법이겠군. 자네 얼굴은 의학적 난제야, 난제. 쯧쯧."

의사는 계속 심란한 표정으로 내 얼굴을 쳐다보며 혀를 끌끌 찼다. 저 표정, 진심이 가득하다. 의학적으로도 매우 어렵다니 실망스러웠다. 우리는 병원에서도 속 시원한 해결책을 얻지 못하고 나와버렸다. 일 억이라니, 이건 무슨 동네 똥개 이름도 아니고 우리 집 전세금보다 조금 적은 돈이다. 엄마에게 이거 해달라고 하면, 수술 동의서 쓰기 전에 사망신고서부터 써야 할지도 모른다.

"아무래도 이대로 살아야겠지?"

"이거라도 먹어봐. 그나마 효과가 있을지도 모르잖아."

성우는 가방에서 검은콩 두유를 꺼내줬다. 어느 때보다 성우가 준 두유가 눈물 나게 고마웠다. 정말 검은콩 두유를 계속 먹다 보면 얼굴이 어려 보일 수 있으려나. 이래저래 마음이 어수선해서 시내에서 신나게 놀 생각은 일찌감치 접고 집으로 돌아왔다.

"야, 담배 사 와라. 어오, 시바. 왜 이리 아이템이 안 뜨는 거야. 떠라, 떠라."

집에선 막냇삼촌이 게임에 미쳐 있다. 저 게임을 누가 개발했는지 몰라도 길 가다가 우연히라도 마주친다면 게임에서 나오는 파이어볼로 태워버리고 싶다. 게임이란 참 무섭다. 한 사람을 저 지경으로 망가뜨려 놨다니. 원래 나도 게임을 좋아했는데 삼촌이 저러는 모습을 보며 게임을 뚝 끊었다. 삼촌처럼 안 살려고.

"야, 담배 사 오라고!"

"알았다고, 사 오면 되잖아. 돈 내놔!"

더불어 처음으로 담배를 개발한 인간이 어디에 묻혔는지 알면 반드시 그 무덤을 파서 뼈라도 갈아 마시고 싶다. 어오, 빌어먹을 담배!

6

첫 데이트?

역시 난 막냇삼촌에 대해서라면 박사학위 논문을 열 개 정도는 쓸 수 있는 사람이다. 혹시 대학에 있는 학과 중 인간탐구학과는 없을까, 연구표본이 우리 집에 팔팔하게 살아 있는데.

내 예상대로 열흘이 지나니 막냇삼촌은 필리핀 사람인 새 여자친구에게 뻥 차였다.

"어떻게 날 그렇게 버릴 수가 있어! 내가 필리핀 말도 얼마나 열심히 배웠는데! 어찌 나한테 이런 일이!"

삼촌은 침대 위에서 맥반석 오징어처럼 온몸을 배배 꼬며 분노를 표출했다. 뭐, 한두 번 있는 일도 아닌데 오늘따라 조금 더 격한 반응을 보이긴 한다. 항상 그래 왔듯이 쌉싸래하고 지독한 사랑이 어쩌고 하는 푸념을 내가 학교 갈 순간까지 멈추지 않았다.

학교 다녀오면 평소처럼 괜찮아질 줄 알았는데 이번에는 이상하게도 오래갔다. 보통 하루도 안 걸려서 활기를 되찾던 사람이 이 틀이 넘게 실연당한 아픔을 과하게 표출하고 있었다. 나야 이런 일이 한두 번이 아니니 별 신경 안 쓰고 있었지만, 우리 부모님은 심각한 걱정에 빠졌다. 특히 아버지는 술이 점점 늘어나 잘못하다가 간 수치가 하늘 높은 줄 모르고 치솟아 입원할지도 모르겠다는 걱정이 들 정도다. 하긴 막냇삼촌 나이가 벌써 서른둘이나 되었는데 직장을 구할 생각은 하지 않고 매일 컴퓨터 앞에서 폐인처럼 죽치고 앉아 있으니 답답해서 술이 저절로 당겼을 것이다. 생각해보면 '폐인처럼'이라는 말이 어울리지 않는다. 그냥 '폐인이란, 바로 이런 것이다.'는 것을 보여주는 사람이 바로 지금의 막냇삼촌이다. 계속 이렇게 살다가 앞으로 어떻게 살려는 건지, 진짜 나중에 빈 병이나 폐지나 주우며 삶을 겨우겨우 연명하는 건 아닐까. 그것도 아니면 서울역 노숙자 난투극 주인공으로 뉴스에나 나오지 않을지 걱정이다.

막냇삼촌이 원래부터 이런 사람이었던 건 아니다. 내가 어릴 때 삼촌은 똑똑하고 운동도 잘하며 노래까지 잘해서 나도 나중에 크면 삼촌처럼 멋진 남자가 되고 싶다고 생각했다. 가장 처음 내게 마이클조넌급 농구기술을 가르쳐준 사람도 바로 막냇삼촌이다. 삼촌이 보여준 농구기술은 마이클조던이 늘 써먹는다던 불꽃 덩크 슛인데 그 모습을 보며 잠시나마 농구선수가 되고 싶을 정도로 멋있었다. 일고여덟 살 즈음에는 어딜 나갈 때마다 막냇삼촌 손을 꼭 잡았다. 친구들에게 우리 삼촌 이렇게 멋진 사람이라고 자랑하는 게 좋았기 때문이다.

　나는 이상하게도 구구단을 제대로 못 외웠다. 오죽했으면 선생님이 엄마에게 따로 연락할 정도였다. 엄마는 나를 가르쳐보겠다며 통북어까지 들었지만, 실패했다. 괜히 엄마 혈압만 잔뜩 올리고 안 먹던 두통약만 더 먹게끔 했다. 그때 막냇삼촌이 자기가 한번 가르쳐보겠다고 했는데 이상하게도 막냇삼촌 덕분에 구구단을 완벽히 외웠다. 엄마나 선생님이 알려주면 귀에 하나도 들어오지 않았는데 막냇삼촌이 가르쳐주면 귀를 통해 쏙쏙 들어와 머릿속에 제대로 자리 잡았다. 구구단만큼이나 받아쓰기도 세종대왕님에게 죄송스러울 만큼 못했다. 거의 이십 점만 받아와서 우리 엄마 두통약 복용기간을 늘려줬다. 이때도 막냇삼촌이 발 벗고 도와줬는데 한 달 만에 세종대왕님과 눈이 마주쳐도 안 부끄러운 백 점을 받아냈다. 삼촌은 대학생 때 이리저리 과외하러 다녔다던데 삼촌에게 배운 학생들마다 성적이 폭풍 상승했다고 했다. 그 이유를 곰곰이 생각해봤는데, 무슨 말을 해도 사람을 설득하는 삼촌의 능력 때문인 것 같다. 그러니까 우리 아버지가 만날 삼촌에게 당하고 사는 거겠지만.

　엄친아라고 불리던 삼촌은 대학교 졸업하고 취업을 준비하다가 점점 이상해졌다. 양복 입고 면접 보러 몇 번 다녀오더니 언젠가부터 그걸 그만두고는 매일 게임하며 두 눈에 다크서클을 브이아이피로 모시고 지금까지 살아왔다. 그런 모습을 보며 나는 한숨이 절로 나왔다. 게임을 시작할 즈음엔 주식을 한다며 우리 아버지를 응급실에 드러눕게 하기도 했다. 그래도 요즘엔 주식은 하지 않으니 다행이라고 할까.

"시바, 앞으로 내가 여자를 만나면 인간이 아니다. 개자식이다, 시바!"

삼촌 입에서 전혀 예상치 못한 말이 나왔다. 게임만큼이나 여자를 밝히는 삼촌이 여자를 만나면 개자식이라 하다니, 절대 믿을 수 없다. 우리 삼촌을 개로 불러줘야 할 날이 얼마 남지 않은 듯하다. 동네 똥개한테 개님 언어를 배워둬야 하나? 멍멍, 왈왈, 깽깽.

○○○○○

주말이 다가왔다. 달콤한 늦잠을 즐기고 싶었지만 이른 아침부터 거실이 시끌벅적했다. 엄마하고 삼촌이 말다툼하는지 목소리가 아주 컸다. 아마도 용돈을 올려 달라고 하는 모양이다. 안 그러면 삼촌이 엄마하고 이렇게 아옹다옹하지 않는다.

"도련님, 그러지 말고 한번 만나봐. 여태까지 만났던 여자랑 다르다니까. 괜찮은 여자야. 별로면 내가 도련님에게 소개 안 해주지."

"형수님, 저 이제 여자 안 만난다니까요."

"나랑 같이 미용실 다니는 명지 엄마 있잖아, 명지 엄마가 그러길 집은 좀 못 살아도 애가 성실하고 착하대. 미용실 원장도 칭찬이 자자하고. 나이도 어려. 도련님 어린 사람 좋아하잖아.”

“얼마나 어린대요?”

“스물둘인가, 셋일 거야. 나이는 어려도 애가 참하대. 명지 엄마가 신경 써서 주선해준 거라니까, 한 번만 나가봐.”

“에이, 귀찮아요. 저 좀 그냥 내버려둬요. 저 같은 놈이 무슨 여자를 만난답니까. 제가 한심하지도 않습니까?”

“누가 우리 도련님더러 한심하대? 말해봐. 내가 혼내줄게. 그런 생각은 하지 말고 이 형수 말 좀 들어.”

“형수님도 참 답답하십니다. 제가 꼴에 여자나 만나게 생겼느냐고요. 그냥 내버려두세요. 저, 지금 너무 힘듭니다. 나란 놈이 너무 싫다고요.”

“어허, 또 쓸데없는 소리! 형한테 형수 말이 엄마 말이라고 들었지요? 오후 두 시까지 우리 동네 스타카페로 나가요. 안 나가기만 해봐. 오늘 밥 없어요. 각오해!”

슬쩍 대화를 엿들어봤는데 뜻밖이었다. 엄마는 ‘절대 폐인’ 삼촌한테 여자를 소개해주려 한다. 삼촌은 어리다는 말에 살짝 솔깃해하더니 끝내 퉁겨버렸다. 엄마는 아랑곳없이 몇 번이고 약속 시간을 상기시키면서 외출했다.

“아, 시바!”

막냇삼촌은 머리카락까지 쥐어뜯으면서 괴로워했다. 진심으로 나가기 싫은 모양이다. 가만 보니 진짜 이상하다. 그토록 좋아하던 여자를 마다하다니, 이번에 차였던 충격이 아주 큰 모양이다. 아직은 삼촌이 나한테 '어이, 개. 멍멍!' 이 소리를 듣기 싫은가 보다. 에이, 개라고 부르려 단단히 마음먹었는데 제대로 물 건너갔다. 이제 여자를 자제하는 만큼이나 게임을 자제하고 인생을 개척해 나가면 참 좋을 텐데. 언제나 그랬듯 키보드 소리가 다닥다닥 시끄럽게 들린다. 또 게임이다. 어휴, 과연 삼촌이 진짜 철이 들긴 할까?

"야, 안동안. 라면 끓여."

아니, 저 인간은 손이 없나, 발이 없나. 내가 피시방 아르바이트생도 아니고 괜히 나를 부려 먹는다. 먹고 싶으면 자기가 알아서 끓여 먹으면 될 것이지, 아직 잠도 덜 깬 나에게 라면 심부름을 시키다니. 이게 다 우리 아버지가 처음부터 버릇을 잘못 들여놔서 그렇다.

"삼촌이 끓여. 나 밥 먹을 거야."

"죽을래? 어른이 시키면 시키는 대로 하는 거야. 어디서 버릇없이 말대답이야."

"어른이건 뭐건 배고프면 일아서 끓여 먹어. 나 고등학생이야. 공부하느라 스트레스 쌓이는데 삼촌까지 나 말려 죽일래? 내가 삼촌 때문에 늙는다고!"

"아, 시바. 말 되게 많네. 너는 나 아니더라도 원래 늙었어."

"우씨, 진짜 이러기야? 알아서 끓여 먹어!"

"새끼, 이런 걸 조카라고 뒀으니. 끓이지 마, 끓이지 마! 내가 안 처먹는다. 어휴, 시바. 대신 너 오후에 내 심부름 좀 다녀와야겠다."

"웬 심부름? 담배 심부름이면 지금 시켜. 나 오늘 성우네 놀러 갈 거야."

"담배는 됐고, 오늘은 친구랑 놀지 마. 이 삼촌한테 봉사할 생각으로 내 심부름이나 해. 오후 두 시까지 우리 동네 스타카페로 가. 알았어? 늦지 마라."

뭐라고? 이거 뭔가 이상했다. 우리 동네 스타카페에 두 시까지 가야 한다면 삼촌 소개팅 장소가 아닌가. 헐, 아무리 가기 싫어도 그렇지, 나를 대타로 내보낼 생각을 하다니. 조카라고 너무 부려 먹는 거 아닌가? 해도 해도 너무하다.

"싫어, 내가 왜 삼촌 소개팅에 대신 나가야 해?"

"소개팅인 건 어찌 알았어? 방에서 들었구나. 그럼 더 잘됐네. 이 몸이 너무 고달파서 그런다. 너도 나이 먹어봐. 삭신이 콕콕 쑤신다. 어차피 네가 대신 나가도 전혀 의심할 사람 없으니 대충 시간만 보내고 와."

"싫다니까. 내가 왜 그래야 하는데?"

"이 자식, 꼭 가야 하는 이유를 만들게 하네. 이 삼촌이 사랑하는 조카한테 비열한 방법을 써야 해? 내가 진정 나쁜 삼촌이 되어야 하는 거야?"

지금 충분히 나쁜 삼촌인데 여기서 더 나쁘겠다니 기가 막히

다. 자신이 몹시 착한 줄 아는 삼촌은 인터넷 창을 열더니 그 빌어먹을 나이스라는 프로그램을 열었다. 그곳엔 삼 등급이라는 저질 성적표가 떡하니 떴다. 이번에 엄마가 바빠서 그런지 내 성적표를 전혀 신경을 쓰지 않았다. 그런데 삼촌은 이걸 무기로 삼아 나를 협박한다. 역시 똑똑하니까 지능적으로 나온다. 무섭다, 무서워.

"헐."

"이거 형수님하고 상의해봐야 할 큰 문젠데, 안 그래? 어쩔 거야. 이 성적표로 가족과 합평회를 펼쳐볼까?"

이 인간은 삼촌도 아니다. 나처럼 불쌍한 고등학생이 가장 싫어하는 성적표로 협박하다니, 분하더라도 나에겐 협상할 여지가 없었다. 해봐야 삼촌은 더욱더 불리한 조건을 내세울 게 뻔하다.

"……옷은 삼촌 거 입는다."

"그래, 기왕이면 양복 입고 가. 그래야 확실히 예의 있어 보이지. 대신에 옷 더럽히면 뒈진다."

결국 성우와 만날 약속은 취소하고 나는 삼촌의 양복을 입었다. 이 양복은 오래전에 삼촌이 회사 면접 보러 갈 때 입었던 것이다. 좋은 양복 입고 면접 잘 보고 오겠다넌 열의에 가득 찬 삼촌 모습이 아직도 눈에 선하다. 그날 삼촌은 말도 안 되는 이유로 떨어졌다며 울면서 양복에 술 냄새를 품고 돌아왔었는데, 나도 속상해서 같이 울었다. 내 기억이 맞는다면 삼촌은 그날 이후부터 이 양복을 입지 않았다. 벌써 몇 년이 훌쩍 지나서 그런지 양복에서 곰팡 내가 스멀스멀 풍겼다. 그래도 구질구질한 내 교복보다는 입을 만하다. 양복을 입고 거울에 비친 내 모습, 확실히 훨씬 더 늙어 보인다. 이 정도면 아버지와 친구라 해도 손색없을 정도다.

나이스라는 시스템에 나이스하게 약점이 잡힌 나는 삼촌에게 라면도 끓여 대령하고 덤으로 담배 심부름까지 했다. 거기다가 삼촌이 잠시 추가 아침잠을 잘 동안에 빌어먹을 게임 캐릭터를 키워 주다가 약속시간이 다 되어 갈 즈음에야 소개팅 장소인 우리 동네 스타카페로 향했다. 내겐 이런 고급 카페가 생소하다. 달달한 밀크 커피는 좋아하지만, 자판기 커피가 최고라고 생각하는 내게 사오천 원이 훌쩍 넘어가는 비싼 커피란 아주 사치다. 이렇게 비싼 커피를 사 먹는 사람이 있을까 생각했는데 내 생각과 달리 카페엔 사람이 빼곡했다. 카페 안에는 괜스레 배 아프게 할 연인들이 가득했다. 빛나와 마주 보고 커피를 마시면 날아갈 듯이 행복할 텐데 괜히 기분이 씁쓸했다.

막냇삼촌의 양복은 멋지긴 한데 몸에 맞지 않아 불편했다. 나보다 덩치가 조금 작아서 그런지 옷도 꽉 껴서 움직임이 부자연스러웠다. 진짜 삼촌 말대로 시간만 보내고 빨리 헤어져야지, 안 그러면 온몸에 쥐가 습격해서 고양이를 불러야 할지도 모르겠다. 지금도 다리가 저리다. 야옹야옹, 고양이야, 내 다리에 쥐 있다.

"안진호 씨?"

멍한 표정으로 카페를 두리번거리는데 한 여자가 스윽 다가왔다. 아마 삼촌과 소개팅 할 사람인 듯하다.

"네, 안녕하세요. 소주혜 씨 되시죠?"

나도 인사하면서 그 여자를 가만히 살펴보며 자리에 앉았는데 깜짝 놀라 눈이 휘둥그레졌다. 어딘가 모르게 빛나와 비슷한 느낌이 들었기 때문이다. 머리스타일과 생김새, 목소리까지 빛나와 아주 비슷했다. 아니, 빛나보다 한 단계 업그레이드 된 느낌이다. 나는 순간 망치로 맞은 듯이 멍했다.

"안진호 씨, 괜찮아요?"

"아, 괜찮아요. 하하."

멍한 정신을 바로잡고 다시 보니, 빛나와 느낌이 비슷하지만 짙은 쌍꺼풀이 있어서 빛나보다 훨씬 더 예뻐 보인다.

"진호 씨는 무슨 일 해요?"

"저요? 그냥 놀아요. 아침에 게임으로 시작해서 어쩌다가 친구들 만나서 술 마시고 다시 집으로 돌아와서 게임으로 마무리하는…… 게임이 내 삶이죠."

어차피 삼촌으로서 나온 거라 삼촌이 어떤 삶을 사는지 적나라하게 소개했다.

"풋, 프로게이머인가 봐요."

"프로게이머는 개뿔, 그랬으면 얼마나 좋겠어요. 돈도 안 되는 알피지 게임을 하면서 그깟 그림 조각에 불과한 아이템을 환장하고 모으죠. 게임에 지치면 가끔 야동도 보죠. 할 일 없으면 착한 조카 돈이나 뜯고 심부름이나 시키고 괴롭히면서 그런 낙으로 살죠. 인생사 별거 있나요?"

"인생을 참 자유롭게 사시는군요?"

엇, 이렇게 소개했으면 엄청 똥 씹은 표정이 나올 줄 알았다. 그런데 오히려 재미있다는 표정으로 나를 쳐다보는 게 아닌가. 가만히 생각해보니 이 말도 일리가 있었다. 삼촌이 그렇게 사는 게 한심해 보이는 건 보통 사람이 생각하는 삶과 달랐기 때문이다. 나 역시 생각은 보통 사람이기에 삼촌이 한심해 보였던 거고.

"뭐, 굳이 그렇게 생각하려면 맞네요. 자유로운 사람."

"저기, 나 뭐 하나 물어봐도 돼요?"

이 사람이 굳은 건지 아니면 웃는 건지 모를 모호한 표정으로 나를 쳐다봤다. 정말 삼촌처럼 자유로운 삶에 관심이 많은 건가. 괜히 긴장감이 몰려왔다.

"네, 물어보세요."

"그쪽 안진호 씨 맞아요?"

"네?"

이런, 이 사람 눈치를 보아하니 내가 삼촌이 아니라 대타인 걸 처음부터 눈치챈 모양이다. 그런데 어떻게 알았지? 누가 봐도 내 얼굴은 삼촌보다 훨씬 늙어 보이는데. 내가 지나치게 삼촌에 대해 씹어대서 눈치를 챈 건가. 여기서 솔직히 말할까 아니면 끝까지 우겨볼까 머릿속이 복잡했다. 떡 먹다 목에 걸린 사람처럼 컥컥거리며 아무 말도 못하는데 이 사람이 자기 휴대전화를 꺼내 보여줬다. 휴대전화 사진첩에 '소개팅남'이라는 제목으로 막냇삼촌 증명사진이 떡하니 있었다. 이런, 엄마가 사진을 따로 보내줬던 모양이다. 삼촌과 내 얼굴은 달라도 심각히 다르니 어떻게 우겨볼 수도 없었다. 어휴, 대략 난감.

"혹시 안진호 씨가 그쪽 삼촌인가요?"

나는 아무런 대답도 하지 못하는데 척척 다 알아맞힌다. 충분히 기분 나쁠 만도 한데 그 내색 없이 미소 지으며 나를 쳐다봤다. 괜히 손발이 오그라들었다. 어울리지도 않는 양복을 입고 삼촌인 척 목소리도 최대한 내리깔았는데 이건 재롱잔치를 보여준 셈이다. 알았으면 진작 말하지, 이 사람이 나를 가지고 놀았나 하는 생각에 기분이 살짝 나빠지려 했다.

"네, 삼촌이 대신 저를 보냈어요. 저도 이러고 싶진 않았지만, 그 인간이 아니, 삼촌이 대신 나가라고 하도 협박해서요. 안 그러면 성적표를 엄마한테 공개한다나, 어쩐다나. 우리 삼촌이 원래는 여자를 엄청 밝히는데, 얼마 전에 된통 차인 다음부턴 여자 만나기가 싫은가 봐요. 그 인간이 그럴 때도 있네요. 아무튼 기분 많이 나쁘셨죠? 진짜, 진짜 죄송해요."

"아니에요. 나도 알면서 괜히 가만히 있었던 거 미안해요. 솔직히 나도 나오기 싫은 거 억지로 나왔거든요. 자주 가던 미용실 원장님이 하도 성화여서. 그나저나 몇 살이에요?"

“고등학교 일 학년이에요. 물론 보시다시피 생긴 건 거의 학부형 수준이지만.”

“음, 어리네. 그럼 내가 말 놔도 되지? 그리고 나 사실은 그쪽 처음 본 거 아닌데.”

“처음 본 게 아니라니요?”

“얼마 전 친구랑 같이 시내 피부 관리실에 가지 않았니? 그때 ‘헐’ 소리 듣고 상처받아서 돌아간 그 학생 같은데. 맞지? 그때 자기도 모르게 ‘헐’ 했던 언니가 되게 미안해했거든.”

헐, 이 말이라면 너무 상처받아서 피부 관리실에서 나를 본 누나 입 모양이 아직도 생생하게 기억난다.

“사실 내가 거기서 일하거든. 그때 주눅이 들어서 돌아가는 모습이 안타까워서 특별히 기억나. 우리가 인연은 인연인가 보다, 이렇게 다시 만나다니. 반가워. 내 이름은 알지? 나이는 스물셋이야. 내가 조금 누나네. 네 이름은 뭐니?”

“전, 안동안이라고 해요. 이름하고 얼굴하고 딱 맞죠? 안동안, 동안 아닌 놈.”

“저런, 괜찮아. 남자가 너무 어려 보여도 매력 없어. 자고로 남자는 듬직한 맛이 있어야지. 지금은 몰라도 나중에 어른 되면 여자들한테 인기가 많을 거야. 얼굴 때문에 기죽을 거 없어. 동생 만난 기념으로 오늘 누나랑 실컷 놀자, 오케이?”

“그러면 좋죠.”

"피자 먹으러 가자."

주혜 누나와 나는 금세 가까워졌다. 주혜 누나는 성격이 시원해서 그런지 마치 친동생 대하듯 나를 편하게 대해줬다. 피자가 나오자마자 누나는 바로 내게 한 조각 챙겨줬다. 음식 먹을 때 나를 먼저 챙겨주는 사람은 우리 가족 중에 아무도 없다. 조금 어색하긴 했지만 난생처음 이런 대접을 받아서 기분이 좋았다. 내가 먹었던 피자 중에 가장 맛있는 피자였다.

피자를 먹고 나서 노래방으로 향했다. 학교에서 한우 등급보다 못한 삼 등급 성적 받은 스트레스, 항상 나를 괴롭히는 막냇삼촌에 대한 스트레스, 이렇게 생겨 먹은 내 얼굴에 대한 원초적 스트레스, 노래를 부르며 모두 다 떨쳐버렸다.

주혜 누나는 노래도 꽤 잘했고 춤도 아주 잘 췄다. 덕분에 내가 제일 좋아하는 걸그룹인 소녀시대 춤도 제대로 배웠다. 노래방 다음으로는 누나가 옷 사러 간다기에 백화점도 따라갔다.

우리 엄마는 절대로 나를 백화점으로 데리고 가지 않는다. 나를 데리고 가면 계속 내가 엄마 남편으로 오해받아서 짜증이 난다는 것이다. 참나, 누가 짜증을 내야 하는데! 하지만 누나는 나를 백화점에 데리고 가서 자기가 어떤 옷이 제일 잘 어울리는지 봐달라고 했다. 이런 거 엄청 귀찮은 일이지만, 그래도 기분은 꽤 흐뭇했다. 오래 돌아다녀서 다리가 몹시 아프긴 했어도 누나가 사주는 아이스크림을 먹고 백화점 맨 위층에 있는 오락실에서 같이 게임도

하는 건 소소한 즐거움이었다. 내 생애 첫 데이트를 이렇게 예쁘고 착한 누나와 하다니. 오늘 아침에는 막냇삼촌 때문에 기분이 완전히 구렸지만, 지금 기분은 매우 맑음이다. 그렇게 나는 오랜만에 주말을 주말처럼 시간 가는 줄 모르고 누나와 놀았다.

"벌써 저녁이네. 그만 집에 들어가야겠다. 이거 내 전화번호야, 연락해. 그리고 다음 주에 우리 피부 관리실에 찾아와. 이 누나가 한번 관리해줄게. 알았지?"

"네, 다음에 봐요, 누나. 헤헤."

주혜 누나는 내 휴대전화에 번호를 눌러주고 집으로 돌아갔다. 이 번호, 삼촌에게는 절대로 가르쳐주지 않을 것이다. 주혜 누나는 그 인간에게 너무 과분한 여자다.

아, 빛나와 나도 이렇게 한 번이라도 데이트를 할 수 있는 날이 오려나 모르겠다. 삼촌이 말한 것처럼 성형수술로 얼굴을 다 뜯어고쳐야 가능할까?

ooooo

"잘 다녀왔어? 어떻디? 예쁘냐? 별로지?"

집으로 돌아오자마자 막냇삼촌은 질문공세를 퍼부었다. 그렇게 궁금했으면 직접 나가면 될 것을 나를 대신 보내놓고 물어보는 건 뭐 하는 짓인지. 내가 괜찮다고 말하면 한번 작업 걸어보려는

얄팍한 수작임을 다 안다.

"완전 최악이야. 윽윽, 토 나올 뻔했어. 완전 폭탄이야, 개폭탄! 으으, 다시는 이런 일 시키지 마. 진짜 죽을 뻔했어."

삼촌에게는 진실을 말하지 않았다. 진실을 말해봐야 좋을 게 하나도 없다. 그리고 방금 한 '폭탄'이란 말은 주혜 누나가 아니라 삼촌을 표현하는 말이었다. 절대 자신에게 한 말인지 모르겠지만.

"핏, 그럴 줄 알았어. 형수님이 괜찮은 여자를 소개할 리가 없지. 알았다, 수고했어. 들어가 쉬어라."

다시 게임에 열중하는 삼촌을 보며 피식 웃음만 남긴 채 내 방으로 돌아왔다. 삼촌은 굴러들어온 복을 자기 발로 차버린 것이다. 그래도 나에게 좋은 누나가 생겼으니 감사해줘야겠다. 고마워, 삼촌님!

'띠링, 문자 왔숑!'

동생, 잘 들어갔어?

오늘 즐거웠어.

누나 일하는 곳에 꼭 놀러 와.

잘 자.

주혜 누나였다. 이 누나, 예쁜 데다가 친절하고 사랑스럽다. 내가 나이만 더 많았더라면, 내가 딱 스무 살만 되었더라도 좋았을 텐데 아쉽다. 얼굴만 늙으면 뭐하나, 진짜 나이를 먹어야 하는데 현실은 열일곱 살인걸. 내 얼굴 때문에 항상 어른이 되고 싶었는데 지금은 더 빨리 어른이 되고 싶다. 기분이 좋아서 그런지 오늘만큼은 잠이 솔솔 잘 온다. 좋은 꿈을 꿀 것 같은 예감이다.

"야, 안동안. 라면 끓여!"

에이, 이 인간. 잠자려는데 귀찮게 라면 심부름을 시킨다. 옜다, 오늘은 조카님이 기분 좋으니까 라면 하나 맛있게 끓여주마. 잘 먹고 부디 예전처럼 멋진 삼촌으로 돌아오라고!

7

어른이 된다는 건 말이야

"헤헤헤."

"어, 웃어? 웃어? 너 아침부터 쥐약 먹었어? 왜 이래."

"헤헤헤, 헤헤헤."

"이거 아직 정신을 못 차렸네. 이놈 때문에 안 되겠다. 전부 열 바퀴 더 돌아!"

"네, 열심히 돌겠습니다. 헤헤헤."

"저거, 제대로 돌았구먼. 쯧쯧."

지금 나는 학생부 선생님이 하사해준 성은이 망극한 벌칙에 따라 오리걸음으로 학교 운동장을 다섯 바퀴째 돌고 있다. 아침 댓바람부터 이러는 이유는 무엇이겠는가. 밥 먹듯이 하는 지각을 했기 때문이다. 하늘과 같은 은혜를 베푸는 선생님은 일 분도 봐주지 않았다. 정확히 삼십 초만 늦었는데 이것도 지각이라며 나를 이렇게 뺑뺑이 돌린다. 분명히 도덕 시간에 배우기를 사람은 관용할 줄 알아야 진정한 인간이 된다고 했는데, 아마도 우리 학생부 선생님은 아직 진정한 인간이 되지 않은 모양이다. 아니면 어른이 되면 도덕 시간에 배운 것쯤이야 껌으로 생각하는 모양인가. 한 입 가지고 두말하는 건 어른이 최고다. 월요일 아침부터 운동장을 뱅글뱅글 도는 게 그다지 유쾌한 일은 아니지만, 지난 주말을 주혜 누나와 함께 상쾌하게 보내서 그런지 오리걸음이 힘들지 않았다.

"야, 너 미쳤어! 왜 실실 쪼개. 너 때문에 나도 개고생하잖아."

나와 같이 지각한 성우가 옆에서 볼멘소리를 했다. 오늘 성우가 평소와는 다르게 늑장을 부려 지각한 것인데, 되레 자기가 화낸다.

"그럴 일이 있어. 너는 모른다, 내 속마음을. 헤헤헤."

"어이, 왜 웃어? 이게 그렇게도 즐거워? 좋아, 열 바퀴 추가로 더 돌아!"

뒤에서 우리를 지켜보던 선생님이 호루라기를 뻑뻑 불며 소리쳤다. 선생님은 열심히 하는 것보다 즐기는 게 더 좋은 거라고 하셨다. 그런데 웃으며 벌 받았다는 이유로 오리걸음을 더 하라니. 나는 단지 벌칙을 즐기며 웃었을 뿐인데 그게 그렇게 잘못한 일인가? 하여간 한 입으로 두 말!

오리걸음으로 운동장을 실컷 일주한 덕분에 허벅지가 돌처럼 땅땅하게 굳었다. 한 걸음 뗄 때마다 찌릿찌릿하는 다리를 이끌고 교실로 들어갔다. 웃으면 복이 온다는데 웃지도 못하게 하는 선생님이 야속했지만 그래도 신경 쓰지 않고 계속 웃어댔다. 내가 생각해도 지금 내 상태는 엔도르핀의 과다 분비다.

"야, 도대체 뭐야? 뭐 때문에 짜증나는 월요일 아침부터 처웃는 거야? 혹시 어제 밤새도록 십구 금 동영상 본 거 아니야? 좋은 작품 발견했어? 그런 거야? 네 삼촌이 그런 거 잘 본다며."

"야, 내가 너냐. 그런 거로 실실 쪼개게. 그게 아니라 지난 주말에 말이지."

궁금해하는 성우에게 주혜 누나를 만났던 일을 말해주었다. 그러자 성우는 내 얼굴을 빤히 보더니 대단하다면서 엄지를 치켜들었다. 이 녀석, 여자들에게 인기가 많아서 어지간한 여자 얘기에 시큰둥하더니 뜻밖이었다.

"이야, 빛나보다 한 단계 업그레이드되고 짙은 쌍꺼풀 옵션이면 진짜 예쁘다는 거잖아. 이열, 너 능력남이다. 그 '헐' 소리 들었던 피부 관리실에서 일한다니. 너 완전히 땡잡았다. 네 얼굴에 도움이 되겠네."

"안 그래도 누나가 찾아오라고 했어. 관리해준다면서."

"오, 능력자! 나도 같이 데리고 가라. 그런 예쁜 누나면 나하고도 친해지게 해줘."

"안 돼. 나 혼자만 만날 거야."

"치사한 놈, 오늘 검은콩 두유 안 줄 거야. 꺼져, 꺼져. 너랑 안 놀아, 새끼야."

성우는 토라졌는지 툴툴거리면서 자리로 돌아갔다. 나는 아랑 곳하지 않고 멍하니 창문 밖 풍경을 감상했다. 성우는 어차피 여자 가 넘치도록 달라붙는다.

성우와 여자. 이걸 생각하면 내게 쓰라린 기억이 있다. 성우와 나는 중학생 때부터 친하게 잘 다녔는데 요즘은 덜하지만, 성우랑 만나면 여자는 반드시 붙었다. 성우가 여자들과 정신없이 노는 동 안 나는 뒷전으로 물러났던 게 한두 번이 아니지만, 친구니까 이해 했다. 그런데 성우와 내가 절교할 뻔한 일이 하나 있다. 중학교 졸업 식 하루 전 밸런타인데이였다. 아무런 일도 없던 나와 달리 성우는 학교 여자들에게 초콜릿을 잔뜩 받았다. 빈익빈 부익부라는 말을 그때 제대로 체감했지만, 대수롭지 않게 생각했다. 성우는 너무 많 다면서 자기가 받은 초콜릿 중 몇 개를 내게 건네줬다. 나도 초콜릿 을 싫어하지는 않아서 아무 생각 없이 받아먹었다. 이게 죽을죄라 는 걸 아는 데는 그리 오래 걸리지 않았다. 쉬는 시간에 성우가 화 장실로 간 사이, 여자애들이 떼거지로 몰려왔다.

"야, 너 뭐야?"

몰려온 여자애들 중 일진이던 애가 무섭게 노려보며 말했다.

"내가 뭘."

"네가 왜 먹어."

"뭘 먹었는데."

"내가 성우한테 준 초콜릿 말이야."

"그냥 성우가 주니까 먹었지."

내가 이 대답을 하자마자 여자애 손이 바람을 가르며 내 뺨을 후려치는데 와, 우리 엄마 빼고 여자 손이 그렇게 매서울 줄은 꿈에도 몰랐다. 그깟 초콜릿 먹은 게 뭐 그리 죄냐고 따지다가 한 대 더 맞았다. 성우를 생각해서 만든 초콜릿인데 이렇게 생긴 내가 먹어서 끔찍하다며 맞았고, 성우랑 같이 다닌다는 이유로 또 맞았다. 바보처럼 왜 여자에게 맞았느냐고 의아해하겠지만, 처음 따귀 한 대 때린 뒤로는 혼자 때린 게 아니라 여러 명이 집단 구타한 것이다. 남자들은 그냥 발로 밟기만 하지만, 여자들은 손톱으로 쥐어뜯는 세심함을 보여준다. 혹시 내 몸 어느 구석이라도 놓칠까 싶어, 사람을 뱅뱅 돌려가며 때리는데, 안 맞아보면 이 고통은 절대 모른다. 아주 짧은 시간에 집중적으로 구타를 당하는데 누구도 말리지 않았다. 때린 여자들보다 더 나쁜 방관자들!

"지금 뭐하는 짓이야!"

성우가 화장실에서 돌아와 소리를 버럭 지른 덕에 저승사자와의 미팅은 면했지만, 이미 마음은 염라대왕 앞에 있는 상태였다. 내가 단지 성우 친구리서, 생긴 게 성우와 달리 늙고 못생겼다는 이유로 맞은 게 너무 억울했다. 성우는 살다 보면 그럴 수도 있다며 별일 아닌 것처럼 넘기려 했는데 나는 그게 더 화가 났다.

"너 나랑 친구 한 이유가 뭐야? 나랑 같이 다니면 네가 더 잘생겨 보이니까 그런 거 아냐?"

“너 무슨 말이 그래. 아무리 화가 나도 그렇지, 말이 너무 심하다. 진정해.”

“야, 네가 던져준 초콜릿 몇 개 주워 먹었다고 이렇게 얻어터졌어. 내가 맞을 짓 한 건 아니잖아? 너 같으면 진정할 수 있어?”

“그럴 수도 있지, 사내자식이…… 그냥 잊어.”

“시바야, 그럴 수도 있는 일이 아니라고! 꺼져, 시바 새끼야.”

“뭐, 시바? 너 지금 말 다 했어!”

“말 다 못했다, 시키야. 네가 얼마나 저렴해 보였으면 여자라면 개나 소나 다 들러붙느냐고. 그것도 좋다 이거야. 왜 다른 사람한테 피해 주는데? 너 똑바로 처신해.”

“보자 보자 하니까!”

결국 성우가 내게 주먹을 휘둘렀고 나도 바로 반격했다. 교실에서 뒹굴뒹굴 유치하게 싸웠지만, 역시 누구도 말리지 않고 오히려 재미있는 구경났다며 휴대전화로 동영상까지 찍었다. 진짜 나쁜 방관자들. 한참 싸움이 심각해질 즈음 담임이 들어왔다.

“뭐하는 짓들이야!”

나는 스스로가 쪽팔려서 바로 교실 밖으로 뛰쳐나왔다. 그때는 성우랑 절교하고 다시는 상대하지 않으려 했다. 통통 부은 얼굴로 집에 들어갔는데, 우리 막냇삼촌님은 위로는커녕 빨리 왔으니 라면이나 끓이라고 나를 부려 먹었다. 나는 그날 울면서 눈물과 콧물로 가득한 라면을 끓이며 학교 따위는 절대 가지 않으리라 마음먹었다. 그날 저녁, 선생님은 물론이고 성우에게 전화와 문자가 수없이 왔는데 다 씹었다. 다음날 졸업식도 가지 않을 생각이었다. 거의 자정이 가까운 시간에 성우가 담임이랑 우리 집에 찾아왔다. 이런저런 사정을 다 들은 담임은 그 애들 혼쭐 내줬다고 절대 신뢰성 없는 말만 뱉어냈다. 어차피 졸업하면 땡이니까 입바른 말을 마구 쏟아낸 줄 안다. 그런 말에 내 마음이 풀릴 리 없었다. 오히려 나를 동정하는 기분이라, 자존심이 몹시 상했다.

"미안, 나는 네가 그렇게 심각하게 상처받을 줄은 몰랐어. 나도 이렇게 생기고 싶어서 생긴 게 아니잖아."

성우가 무거운 표정으로 사과했지만, 그 말이 날 더 화나게 했다. 그래, 나도 이렇게 생기고 싶어서 생긴 게 아니다. 그런 말은 내가 해야 했는데 성우가 하니까, 잘난 척하는 걸로 들려서 짜증이 더 솟구쳤다. 이 자식이 지금 나랑 한판 붙자는 선전포고로도 생각했다. 치마 우리 집에 부모님도 있고 담임까지 있으니 욕과 주먹을 날리지 못했을 뿐. 그때까지만 해도 성우는 물론이고 학교와 완전히 인연을 끊으려 했다.

졸업식 당일, 졸업식에 참석하려 우리 가족이 모두 준비를 마쳤으나, 나는 절대 나가지 않으려 했다. 집단 구타 당한 것 때문에 얼굴이 퉁퉁 부었기도 했고 쪽팔려서 더 나가기 싫었다. 죽어도 나가지 않겠다며 방문 잠그고 버티고 있는데 성우가 우리 집에 찾아왔다. 그냥 가라고 해도 이 녀석이 끝까지 고집을 부려 내 방에 들

어왔다. 성우는 심각한 표정으로 잠시 나를 빤히 쳐다보더니 조심
스럽게 입을 열었다.

"내가 초등학교 졸업할 즈음에 이 동네로 이사 왔잖아. 이건 아
무한테도 말하지 않았는데 전에 살던 곳에서 난 심각한 왕따였어.
그때 애들이 이유도 없이 나를 때리더라. 그런 거 있잖아. 자기네끼
리 이상한 소문 만들어 놓고 사람 병신 만드는 거."

"하긴, 나는 가만히 있는데 지들이 아저씨로 만들더라."

"나도 네가 느낀 것처럼 진짜 억울하고 서러웠어. 거기서는 나
더러 쓰레기 주워 먹고 다니는 애라고 했거든."

"그건 너무 터무니없는 소문 아냐?"

"나도 왜 그런 소문이 났는지 몰라. 비록 어린 나이였지만, 죽
을 생각마저 했다니까. 다행히 부모님이 이사하자고 해서 여기로
전학 왔어. 중학생이 되고 공원에서 너를 만났잖아. 솔직히 네가 혼
자 농구하기에 아저씨가 참 외롭게 한다고 생각했었지. 서로 심심
하니까, 같이 농구하면서 동갑에 같은 학교 다니는 거 알고 우리
친구 먹기로 했잖아."

"그랬지. 네가 나더러 '아저씨 농구 같이 할래요?' 하고 먼저 말
걸었잖아. 난 너 처음엔 별로 마음에 안 들었어."

"그건 그거고. 아무튼 내가 여기 와서 여자애들이 좋아해주니
까 솔직히 기분 좋더라. 너도 나처럼 여자들이 달라붙으면 좋을걸?
그런 기분을 누려보고 싶었지. 너를 이용한 건 절대 없다고. 그것만

믿어줘."

성우는 한 번도 꺼내지 않았던 아픈 자기 과거를 털어놨다. 어릴 때 그런 아픔이 있었을 줄 몰랐다. 사실 내가 성우에게 자격지심이 있었던 것이지, 성우가 잘못한 건 없었다. 잘못이라면 내가 아무 생각 없이 초콜릿을 받아 먹은 것이다. 아니, 내 얼굴이 이래서 초콜릿 먹은 게 기분 나쁘다며 나를 집단 구타한 그 여자애들이 문제다. 졸업식 삼십 분을 앞두고 성우와 나는 그렇게 초고속으로 화해했다.

"나도 미안. 내가 이렇게 생긴 이유로 당한 게 억울했어. 네 잘못 없어."

"아냐, 내가 여자애들한테 너무 취했었나 봐. 내가 미친놈이야. 앞으로 우정을 절대 버리지 않을게. 나중에 진짜 좋아할 여자가 있으면 그때 남자답게 사랑하며 너한테 먼저 소개해줄게."

"네가 여자랑 그만 놀러 다닐 수 있어? 못할 거 같은데."

"진짜거든. 나도 그만 정신 차려야지."

다시 생각하면 오글거리지만, 그때 성우와 나는 부둥켜안은 채 눈물과 콧물을 죽죽 흘렸다. 원래 남자들은 눈물을 공유하면 친해지는 법! 그날부터 성우와 나는 더욱더 친해졌다. 성우는 자기가 말한 대로 고등학생이 되자마자 여자한테는 별로 눈길을 주지 않았다. 진짜 자기가 원하는 여자를 만나면, 그때 멋지게 사랑하겠다고 했다. 물론 우리끼리 있을 때는 여자 얘기를 자주 한다. 우리도 어쩔 수 없는 사춘기 호르몬이 충만한 남자니까. 나한테 구시렁거리는 지금의 성우를 보니 그때가 새록새록 떠올랐다.

아무튼 시간이 정말 빨리 지나갔으면 좋겠다. 얼른 주말이 돼서 누나를 만나고 싶다는 생각이 가득했다. 한참 누나를 생각하며 실실거리는데 담임이 들어왔다. 정신을 차리며 고개를 돌리다가 빛나와 눈이 마주쳤다. 빛나는 나란 존재가 불편했는지 급히 얼굴을 돌렸다. 마치 못 볼 걸 본 것처럼 말이다. 꼭 그럴 필요까지는 없을 텐데, 괜히 기분이 나쁘다. 빛나가 주혜 누나처럼 나를 살갑게 대해준다면 어떨까 생각하는데 그 순간 '윽, 꺼져.' 하던 빛나 얼굴이 생각났다. 그 말이 내 안에 아주 깊이 새겨진 모양이다. 하루빨리 이 악몽에서 벗어나고 싶다. 꺼지라니! 아악, 나는 촛불이 아니야. 안 꺼질 거라고!

ᵒᵒᵒᵒᵒ

"너희 어른이 되고 싶으냐?"

담임은 수업도 하지 않고 뜬금없는 질문을 우리에게 휙 던졌다. 그 질문에 우리 반 애들 모두 어리둥절해하고 있었다. 담임은 아랑곳하지 않고 말을 더 잇고자 고개를 치켜들며 한숨을 내쉬었다.

"어른이 된다는 건 말이지, 자유를 얻는 거다. 너희가 지금 하는 공부 억지로 하지 않아도 되고, 부모님과 선생님 허락 없이 자기가 하고 싶은 일을 할 자유가 생기는 거지. 세상은 어른이 되면 그렇게 하도록 허락해주었거든. 그런데 말이야, 주어진 자유만큼 책임질 게 많아진다. 자신이 한 행동에 누구도 대신 책임져주지 않아. 그러니 실수라는 건 더더욱 용납할 수 없게 되는 무거운 자리에 올라야 해. 그래서 어른이 된다는 건 고달프다. 나이를 먹어갈수록 더욱더 살기 팍팍해진다. 너희는 모를 거다. 어른으로 살아가야 하는 이 심정을 말이야. 어른이 되면 보이는 게 전부가 아니라는 것을 알게 되거든. 얘들아, 이번 시간은 자습해라. 나 지금 내 인생에 대해 깊은 고민에 빠지는구나.”

결국 수업하기 싫다는 말을 이렇게 뱅뱅 돌려서 대신하는 우리 담임도 참 대단한 사람이다. 이렇게 수업을 구멍낸 게 벌써 세 번째다. 아마도 오늘도 수업 교안을 깜박하고 안 가져온 모양이다.

해도 아직 잠이 덜 깨서 하품할 것 같은 아침부터 자율학습을 하다니, 고등학생으로서 살아가는 건 참 고달프다. 지금 어른이 돼서 어떻게 할지를 걱정할 게 아니다. 지금 당장을 어떻게 살지가 걱정이다. 책을 펴놓고 손으로 턱을 괸 채 창밖을 멍하니 바라봤다. 구름 속이 솜사탕 뜯듯이 주욱 찢이지더니 주혜 누나가 불쑥 나타나 손을 흔들었다. 나, 지금 정신에 분열이 오는 걸까? 그래도 기분이 좋다. 누나를 만나면 무얼 하며 시간을 보낼지 벌써 기대된다. 누나가 일하는 곳에 빈손으로 가긴 조금 민망한데 뭐라도 사가야 할까? 하지만 그러기에는 내 돈이 너무 부족하다. 그래, 오늘부터 간식은 절대 사 먹지 않고 모으자! 작지만 정성이라도 보여줘야지.

ooooo

학교를 마치고 집에 돌아와 보니 엄마와 삼촌이 거실에 앉아 심각한 표정으로 대화를 나누고 있었다. 아버지는 두 사람을 보다가 괜스레 흠흠, 헛기침하며 안방에 들어가셨다.

"도련님, 어제 소개팅 안 나갔다면서? 명지 엄마한테 들었어."

"저 나갔어요."

앗, 큰일이다. 삼촌 대신 내가 나갔다는 사실을 알면 난 통북어 자국을 엉덩이에 깊이 새겨야 한다. 결과적으로 누나를 만나서 좋았지만, 소개팅 자체는 나가기 싫었다. 물론 그런 내 변명이 엄마에게는 절대 통하지 않을 것이다. 이유야 어찌되었든 삼촌 대신 나갔다는 이유로 무지하게 혼날 것이 뻔하다.

"명지 엄마가 다 말했어. 이제 거짓말까지 하네."

"아, 진짜 안 나간다고 했잖아요. 형수님이 마음대로 정한 거잖아요."

"그래도 도련님 때문에 내 체면이 우습게 됐잖아요. 명지 엄마가 그러길 다른 사람을 대신 보낸 것 같다던데 누구 보낸 거예요?"

드디어 올 것이 왔다는 생각이 들었다. 명지 엄마라면 엄마가 미용실에 갈 때마다 만나는 아줌마다. 삼촌은 엄마 질문을 듣고 뒤에 있는 나를 흘끔 쳐다봤다. 난 석상처럼 굳은 채 간절한 눈으로 삼촌을 보며 제발 나를 걸고 넘어지지 말라는 텔레파시를 마구 보냈다.

"몰라요."

"모른다니, 도대체 여자를 마다하는 이유가 뭔지 말해봐. 도련님, 여자라면 사족을 못 썼잖아."

"나도, 이게 있는 남잡니다! 제발 저 좀 무시하지 말라고요!"

삼촌은 괜히 울컥해하며 오른손으로 주먹을 꽉 쥐더니 왼쪽 가슴을 통통 쳤다. 아, 심장이 있는 남자라는 뜻인가 보다. 하긴, 만날 사랑 타령하니 사랑을 안다는 얘기인 것 같다. 필리핀 여자에게 제대로 차였다더니, 아직도 그 여자를 잊지 못한 걸까? 삼촌이 갑자기 소리치자, 엄마는 깜짝 놀라 아무런 말도 꺼내지 못했다. 삼촌은 어휴, 크게 한숨을 내리쉬더니 자리에서 일어나 자기 방으로 향했다. 가던 중 다시 나와 눈이 마주쳤는데 기분 나쁘게 왼쪽 입꼬리를 살짝 말아 올렸다. 뭐야, 내가 대신 나갔다는 얘기 안 해서 고마워하라는 뜻인가?

"너 왜 멀뚱멀뚱 서 있니? 빨리 들어가시 자."

엄마는 괜히 나한테 짜증스럽게 말하고 안방에 들어가버렸다. 하여간, 만만한 게 나다. 내가 도대체 무슨 죄라고!

ooooo

이번 주는 놀토다. 하지만 막냇삼촌에겐 주말이나 평일이나 큰 의미가 없어 보였다. 늘 컴퓨터만 붙잡고 있으니 시간 개념이라는 게 없다. 평일에 게임, 주말에도 게임, 모든 삶이 게임! 이미 다 큰 사람이라 커서 뭐가 되려고 그러느냐고 말하지도 못하겠다. 어휴, 진짜 삼촌 왜 이러고 살아!

"야, 너 돈 있어?"

오늘은 뜬금없이 나더러 돈타령이다.

"없어."

"그러지 말고 만 원만 내놔봐. 이 삼촌님께서 오늘 비즈니스를 해야 하거든. 하다못해 음료수 값이라도 있어야 체면이 서지."

이보세요, 안진호 씨! 이미 조카인 내게 삼촌 구실도 제대로 못 하시면서 무슨 체면씩이나 챙기려 하십니까. 제발 이런 체면 말고 삼촌으로서의 체면 좀 차렸으면 좋을 텐데.

"아버지한테 달라고 해."

"큰형은 이번 주에 출장 갔잖아. 출장 간 사람한테 돈 달라고 하면 좋겠어? 개념 없기는."

헐, 내 아이가 어디로 갔니? 내가 신경 쓰지 않은 사이에 동남 아 출장 갔니? 참나, 지금 누가 개념이 없는데! 똥 묻은 개가 겨 묻은 개 나무란다는 말이 왜 생겼는지 확 와 닿는다. 덕분에 속담 잘 배운다, 어휴!

"그럼 엄마한테 달라 그래."

"안 돼! 형수님이 얼마나 짠순인데. 잔말 말고 만 원만 줘봐. 내가 나중에 이자 쳐서 줄게."

"아씨, 나 돈 없는데. 빨리 갚아. 내 용돈 사정 잘 알잖아."

"알았어. 짜식아, 역시 너는 자랑스러운 내 조카다!"

쳇, 입에 발린 말은 잘도 한다. 돈을 건네주면서 왜 돈이 필요하냐고 물었더니 오늘 삼촌이 열심히 활동하는 게임 동호회 정모 하는 날이란다. 그 동호회에서 삼촌은 전략실장이라나 뭐라나. 그래도 어딜 가나 그럴싸한 일을 하긴 한다. 회사에서 전략실장을 했더라면 아주 훌륭하다고 내가 업고 다닐 텐데. 그깟 게임 동호회 전략실장이라니 못 말리겠다. 그래도 이것도 출세라고 해줘야 하나? 다행히 간식을 굶어가며 용돈을 조금 모아뒀기에 삼촌에게 만 원을 빌려줘도 재정 상태는 그리 나쁘지 않다. 과연 내가 삼촌에게 이자는커녕 원금이나 돌려받을 수 있을지 모르겠다. 차용증이라도 쓸 걸 그랬나.

'띠링, 문자 왔숑!'

문자가 왔다. 기다리고 기다리던 주혜 누나에게서 온 문자다.

오늘 시간 있지?

오늘 누나 일하는 곳에 놀러 와.

네 이름으로 예약했어. ^_^v

역시 누나는 나와 한 약속을 잊지 않았다. 번개처럼 답장하고 옷을 주섬주섬 챙겨 입었다. 짧은 머리카락이지만 왁스도 한 번 발라봤다. 삼촌은 꼴에 멋 내기를 좋아해서 왁스가 종류별로 다 있다. 그중에서 가장 강력한 세팅력을 지닌 울트라 왁스를 발랐는데 금세 굳어서 빗이 머리카락에 걸려 넘어가지 않았다. 머리카락과 두피가 분리되는 오줌 찔끔할 고통에 결국 다시 머리를 감고 부드러운 왁스로 바꿔 발랐다. 조금 있는 구레나룻을 살리고 적당하게 표시 나지 않도록 살짝 가르마도 타니 꽤 괜찮게 멋이 났다. 내가 누나 남자친구는 아니지만, 누나에게 멋진 동생으로 보이면 더욱 좋겠다는 생각이다. 성우가 오늘도 놀자고 문자를 보내왔지만, 다음으로 미뤘다. 성우 녀석, 아무래도 나 때문에 또 삐칠지도 모른다. 그래도 어쩌겠나, 누나와 먼저 약속한 건데. 삼촌이 집을 나서는 것을 보고서야 나도 집밖으로 나왔다. 나 혼자 시내로 나가보지 않아 조금 떨리긴 한다. 후, 나 진짜 촌스럽다.

역시 시내는 사람이 엄청나게 많았지만, 주혜 누나가 일하는 피부 관리실은 한 번 가봤던 곳이라서 금방 찾아갈 수가 있었다. 지난번처럼 온통 여자뿐이었다. 절대 여성스럽게 보이지 않는 남자인 나로서는 이곳에 있는 게 참 민망하다.

"어, 저번에 봤던 학생이네요?"

나를 가장 먼저 맞이해준 사람은 나에게 '헐'이라고 말했던 그 '헐' 누나다. 이 누나는 대번에 나를 알아보고 반가워하며 미소를 씨익 지었다.

"안녕하세요, 저 안동안인데요. 주혜 누나가 예약했을 거예요."

"주혜 씨가 말해줘서 알아요. 저번에 헐, 이라 했던 건 미안해요. 나도 모르게 이상한 말이 튀어나왔지 뭐예요."

"아, 괜찮아요. 그럴 수도 있죠."

자신도 모르게 튀어나왔다는 말이 조금 기분 나빴지만, 그래도 나름대로 사과하려 노력하니, 이해해보기로 했다.

"주혜 씨는 저쪽 끝 방에 있어요. 거기로 들어가세요."

계속 씨익 웃는 '헐' 누나가 안내해준 작은 방으로 들어가니 주혜 누나가 밝게 웃으며 반겨줬다.

"동안이 왔구나. 처음이라서 조금 어색하지? 그래도 앞으로 시간 날 때마다 찾아와. 내가 열심히 관리해줄게. 그럼 피부가 많이 좋아질 거야. 물론 공짜니까 부담 가지지 말고. 오늘은 팩하고 마사지해줄 테니까 누워봐."

"네, 누나."

누나 앞에 있는 침대에 드러누우니 기분이 참 이상했다. 딱 두 번째 보는 누나 앞에 벌러덩 드러눕다니. 누나는 뜬금없이 요플레를 가셔오더니 정체 모를 초록색 가루를 마구 섞었다. 그 가루가 뭐냐고 물으니 무슨 해초가루라고 했다.

"동안아, 먼저 패닝 할게."

응? 패닝이라니, 무슨 말인지 몰라서 갸우뚱하는데 내 얼굴에 찬물을 툭툭 튀기는 거였다. 그러고는 해초 요플레를 마구마구 발라댔다. 혀끝으로 살짝 맛을 봤는데 나쁘지 않았다.

"먹으면 안 돼. 오늘만큼은 피부에 양보해야지."

"네, 네."

"동안아, 네 피부는 햇빛에 장시간 노출되어 피부들이 탄력도 떨어지고 착색이 된 듯해. 아무래도 나중에 IPL 시술을 받으면 효과가 있을 거야. 피부에 각질도 많고 지쳐 보이는데 다이아몬드 필링이랑 팩을 하면 아주 효과가 좋겠어. 수분이 적고 모공이 커도 관리만 잘 받으면 극복할 수 있어. 그래도 네가 남들보다 피부결이 아주 섬세하거든."

누나는 이러쿵저러쿵 말하다가 스펀지 같은 걸로 얼굴을 닦아내더니 따뜻하게 적신 수건을 내 얼굴 위에 올려놨다. 수건을 덮어쓰니 기분이 좀 이상하긴 했지만, 이렇게 관리 받아서 조금이라도 젊어진다면야 얼마든지 참아낼 수 있다.

"피부 관리도 좋지만, 살을 조금 빼는 것도 좋겠어. 얼굴에 지방이 많으면 여드름도 자연히 늘어나거든. 여드름 관리만 잘 해도 어려 보일 수 있어. 누나가 잘 관리해줄게."

"헤헤헤."

"녀석, 웃는 건 귀엽구나. 답답해도 가만히 있어봐. 누나 뭐 좀 가져올게."

누나는 나를 두고 잠시 방을 나갔다. 집도 아니고 내가 피부 관리실이라는 곳에 누워 있다니 참 별일이었다. 수건을 살짝 내려놓고 옆에 있는 손거울로 얼굴을 비춰 봤는데 조금은 젊어진 기분이다. 많이는 아니고 석 달 정도는 시간이 거꾸로 돌아간 것 같다. 가만 보니 턱을 향해 질주하는 다크서클이 늙은 얼굴로 만든 주범이라는 생각이 든다. 이걸 반드시 제거해야겠다는 생각이 들었다. 어두운 방에 붉은 조명만 가득해서 귀신 나올 것 같은 기분이라 마음에 들지는 않았지만 그래도 누나와 같이 있을 거라는 생각에 괜찮았다. 주위를 두리번거리면서 멍하니 기다렸는데 어찌 된 게 한참이 지나도 누나가 들어오지 않았다.

그때 바깥에서 남자 목소리가 크게 울려 퍼졌다.

"따라와!"

"왜 이래요? 이거 놓으세요. 더 이상 오빠랑 할 얘기 없다구요. 이미 끝난 사이에 이게 무슨 짓이에요?"

"잔말 말고 따라와. 난 아직 안 끝났어."

"싫다니까요!"

이곳에서 저런 남자 목소리라니, 딱 들어도 나보다 나이 많은 남자 목소리였다. 비명을 지르는 여자 목소리는 누나 목소리가 확실했다. 무언가 일이 있는 모양이다. 얼굴에 묻은 화장품을 휴지로 급히 닦고서 방을 나왔더니, 곱슬머리에 꽃무늬 남방을 입고 하얀 바지를 입은 남자가 주혜 누나 팔을 붙들고 승강이를 벌이고 있었다.

"이거 놔요. 제발 놓으라고요."

주혜 누나는 그 남자에게서 벗어나려고 했다. 무슨 사정인지 몰라도 누나가 위험한 상황인 건 확실했다.

"이년이, 나오라면 나올 것이지. 왜 그리 말이 많아! 죽고 싶어?"

남자는 누나를 매섭게 위협하며 강제로 밖에 끌고 가려 했다. 계속 지켜보고 있을 수만은 없어서 내가 나서기로 했다.

"아저씨, 뭐예요."

인상을 잔뜩 쓰며 남자를 노려보았다. 평소엔 나이 들어 보일까 봐 얼굴을 찌푸리지 않는데, 오늘은 주혜 누나를 위해서 내 얼굴을 제대로 희생했다. 그리고 덤으로 남자보다 조금 더 큰 내 몸뚱어리도 슬쩍 들이댔다.

"넌 뭐야?"

"아저씨, 그 손 놓으라고 했어. 죽고 싶어? 나 인상 쓰는 거 보이지? 나 착하게 살고 싶다. 그니까 좋은 말로 할 때 놔라."

"이거 참, 그렇게 겁주면 내가 겁낼 줄 알아? 인상 참 더럽네, 씨바. 주혜야, 어디서 이런 노땅이랑 같이 다녀. 너 수준 떨어져."

지금 이 사람도 나를 엄청 늙게 본다. 이런, 씨베리아 멍멍이 같은 자식아. 나 고딩이야, 제발 이 얼굴만으로 나이를 판단하지 말라고!

"아저씨, 지금 말 다했어?"

"내가 당신 같은 사람이 무서울 줄 알아? 나도 화나면 나이 많은 거 안 따지지만, 내가 오늘은 속이 안 좋아서 먼저 간다. 어험."

남자는 말만 번들번들하게 해놓고 괜한 헛기침만 하며 꽁지 빠지게 달아나버렸다. 무섭지 않다면서 왜 그리 허세를 부리는 건지 모르겠다.

"누나, 괜찮아요?"

"응, 괜찮아. 고마워. 그리고 이런 모습 보여서 미안해."

누나는 부끄러웠는지 얼굴을 들지 못했다. '헐' 누나가 다가오더니 주혜 누나더러 괜찮냐고 물었다. 주위 사람들은 누나를 흘겨보며 자기네끼리 귓속말로 속닥거렸다. 이런 상황에 절대 괜찮을 리가 없다. 누나는 그저 한숨만 깊게 내리쉬었다. 나는 그런 누나 옆에서 멀뚱멀뚱 서 있으며 머리를 긁적였다.

"주혜 씨, 오늘은 먼저 들어가. 이 학생은 내가 마무리할게."

'헐' 누나가 주혜 누나 어깨를 토닥이며 사무실로 들여보내고 나더러 따라오라 손짓했다.

"저 그만할래요."

이 상황에서 피부 관리를 더 받을 수는 없었다. 안내데스크 위에 있는 휴지 몇 장을 뜯어내 얼굴의 물기를 마저 닦아냈다. 그 사이 누나는 가방을 들고 사무실에서 나왔다.

"벌써 다 했니?"

"아뇨, 그냥 대충 닦았어요."

"그래도 끝까지 해야 효과 있어."

"지금 내 피부가 문제예요? 어서 나가요."

사람들이 계속 속닥거리니까 서둘러 누나를 데리고 밖으로 나왔다.

"휴, 힘들어. 갑자기 술이 고프네. 동안아, 나 술 마셔도 되지?"

누나는 한숨을 연달아 내리쉬다가 나를 보며 물었다.

"그러세요. 같이 마시진 않겠지만, 옆에 있을게요."

그리하여 우리는 대낮부터 술을 마시기로 했다. 어디를 갈까, 주변을 두리번거렸는데 마침 '삼겹살과 밥'이라는 식당이 눈에 들어왔다. 이름 한번 정직해서 좋다는 생각이 들었다.

"누나, 저기로 가요. 고기랑 밥 파나 봐요. 술도 팔 걸요?"

누나는 대답 없이 어깨에 트럭 타이어를 멘 사람처럼 힘겹게 발을 옮겼다. 나는 그런 누나와 걸음을 맞추며 식당에 들어섰다. 식당은 우리 동네 편의점만큼 비좁았다. 사방은 나무색 벽지로 도배됐고 동그란 스테인리스 탁자가 여덟 개 있었다. 오른쪽 벽 중간에는 하얀 바탕에 빨간 글씨로 쓴 메뉴판이 큼지막하게 달렸다. 메뉴는 간판이랑 똑같이 삼겹살과 공깃밥 가격만 나왔다. 고기를 시켜야 된장찌개와 함께 밥이 나온다는 친절한 문구도 같이 있었다. 누나와 나는 가운데 탁자에 자리 잡고 앉았다. 누나는 앉자마자 소주 한 병을 시켰고 더불어 녹차를 품은 삼겹살도 주문했다.

"신분증 좀 확인할 수 있을까요?"

나에게 신분증을 요구하다니, 살면서 이렇게 경사스러운 일이 있을 수가. 내가 진정 학생으로 보였단 말인가. 감동을 가득 품은 쓰나미가 몰려오려 했다.

"저 말이죠?"

혹시나 해서 재차 물었다. 그러자 종업원은 눈썹을 살짝 찌푸리며 '넌 뭐야?' 하는 표정으로 힐끔 쳐다보더니 내가 아닌 누나에게 손을 내밀었다. 이런, 내 그럴 줄 알았다. 몰려왔던 감동이 가득한 쓰나미는 어느새 저 멀리 태평양으로 방향을 돌렸다. 거참, 쓰나미 방향이 참 쉽게도 바뀐다. 하긴, 내 얼굴은 누가 봐도 삼십대 중반인데 신분증을 요구할 리가 없었다. 종업원은 누나 신분증을 꼼꼼하게 확인하고 나서야 소주와 소주잔 두 개를 가져다 줬다. 정작 나는 술을 잘 마시지도 못하고 마실 생각도 없다. 그런데 갑자기 술이 확 당기려 한다. 그래도 애써 울컥한 마음을 진정시키며 내 앞에 놓인 소주잔은 한쪽에 밀어 놓고 누나 소주잔에 독한 소주를 따라 주었다. 누나는 조금 전 일 때문에 속상했는지 소주잔을 금세 비워냈다. 금방 잔을 채우고 비우기를 반복했다.

"누나, 천천히 마셔요. 고기도 구워내면 같이 먹고요. 빈속에 술 마시면 몸에 안 좋아요."

"괜찮아. 지금은 그냥 마시고 싶어. 대신 네가 내 옆에서 잘 지켜주고 있으면 되잖아."

누나는 내가 믿음직스러운 모양이다. 고기 핏물이 가시기도 전에 소주 한 병을 비워내고 또 한 병을 추가했다. 나는 노릇노릇하게 잘 구워진 고기 몇 점을 누나 앞 접시에 올려 줬는데, 누나는 고기는 먹지 않고 계속 강소주만 마셔댔다.

"누나, 제발 천천히 마셔요."

소주병을 든 누나 팔을 붙잡았다. 그러자 누나는 소주를 탁자 위에 내려놓으며 더욱더 우울한 표정을 지으며 나를 쳐다봤다.

"너 안 궁금해?"

"뭐가요?"

"아까 그 남자 말이야. 궁금하지 않아?"

누나는 당장에라도 눈물을 뚝뚝 흘릴 듯한 그렁그렁한 눈으로 나를 봤다. 사실 그 남자가 누군지 매우 궁금하지만, 누나가 몹시 우울해하니 도저히 물어볼 자신이 없던 터였다.

"그 남자는 말이지, 삼 년 전에 만난 남자였어."

"아, 남자친구였어요?"

"웃기지? 그 남자가 내 남자친구였다는 사실이."

"웃긴 건 아니고. 그냥 놀랐어요."

"내가 생각해도 나 정말 한심한 여자였지."

누나는 계속 말했다. 동네 양아치 같은 남자가 누나에겐 첫 남자친구였다. 누나가 대학생이 되고 처음 나이트클럽이라는 곳에 가서 만났다는데, 나이는 열 살이나 많았지만 남자다워 보이고 멋있게 느껴져서 연애를 시작했다. 하지만 그 남자는 누나를 계속 구속하려고 했으며 일거수일투족을 감시했었단다. 처음에는 자신을 아껴준다는 생각에 행복하기도 했지만, 점점 이게 사랑이 아닌 집착이라는 생각에 숨 막혀서 죽을 것 같았다고. 그래서 결국 헤어지고 금방 그 남자에 대한 마음을 접었지만, 남자는 누나에 대한 미련을 버리지 못하고 더 집착하기 시작했다. 누나가 다른 남자를 만날 때는 비겁하게 나서지 못하다가 누나가 남자를 만나지 않을 때 나타나서 괴롭힌다고 했다. 몇 번은 큰일을 당할 뻔도 했단다. 주변 사람들은 그저 사랑싸움으로 치부하니 도와주지도 않았다는데……. 오늘도 그 남자에게 끌려갔으면 또 위험에 처했을지도 모른다. 누나는 얘기를 끝마치지 못하고 큐빅처럼 반짝거리는 눈물을 한 방울 뚝 떨어뜨렸다.

"누나 울지 마요. 나는 이해해요. 누구나 한 번은 실수할 수 있는 거잖아요."

항상 유쾌해 보이는 누나가 슬퍼하다니 내 마음도 썩 좋지 않았다.

"동안아, 어른이 된다는 게 뭔지 알아? 그건 실수를 하면 그 흔적이 깊이 패어 지울 수가 없다는 거야. 동안이 네 얼굴을 보니 눈썹에 큰 상처 자국이 보이네."

"네, 어릴 때 신나게 놀다가 제대로 넘어졌거든요."

"네 눈썹에 난 상처처럼 항상 그 실수가 따라다닌다는 거지. 화상 자국보다 더 지우기 어려운 이 실수가 내 삶에 그림자처럼 따라다녀. 어른이 빨리 되고 싶었는데 막상 어른이 되고 나니 무서워. 어떤 행동이든 어떤 만남이든, 책임져야 할 무게가 너무 무거워. 어른이 된다는 건 무거우면서도 무서운 일이야. 동안아, 너는 어른이 되지 마. 어른은 정말 할 짓이 아니야. 휴……."

누나는 또다시 술잔을 들었다. 쉴 새 없이 술을 마시던 누나는 소주를 네 병이나 비우고 나서야 그 자리에서 편안하고도 슬픈 표정으로 잠이 들었다. 대낮부터 이렇게 취한 모습을 보이다니 뜻밖이었다. 이제, 어떻게 하지?

결국 누나를 집에 데려다 주기로 했다. 해롱거리는 누나에게 계산하라고 할 수 없어서 계산은 눈물을 머금고 내가 했다. 내장 빠진 오징어처럼 축 늘어진 누나를 부축하면서 식당을 빠져나왔다.

"누나, 집이 어디에요?"

만취한 누나는 내 말을 알아듣질 못하고 혼자서 웅얼거렸다. 그래도 우리 동네에 사는 건 확실했기에 취한 누나를 둘러업고 우리 동네로 발걸음을 돌렸다. 식당에서 돈을 다 쓰는 바람에 택시비는커녕 버스비도 없었다. 그래서 우리 동네까지 걸었다.

이 누나, 업으니 은근히 무거웠다. 겉으로는 전혀 그래 보이지 않은데 숨겨진 내장지방이 많은가 보다. 우리 동네까지 겨우 업어서 왔는데 내 허리에 금 가는 소리가 들린다. 축 늘어진 사람이 이렇게 무거울 줄이야. 이제 누나 집을 찾아야 하는데 막막했다. 하는 수 없이 누나는 슈퍼 평상에 눕혀놓고 지갑을 뒤져서 주민등록증을 찾아냈다. 주소를 보니 우리 집과 그리 멀지 않았다.

"어른은 힘든 거야. 어른 하지 마. 엿 같아. 그래도 어른이 되고 싶으면 반드시 좋은 어른이 되어야 해. 이 누나 말 알아들었지?"

계속 중얼거리는 누나를 둘러업고 낑낑거리면서 누나 집을 찾아나섰다.

ㅇㅇㅇㅇㅇ

천삼백칠십오 다시 삼 번지, 누나가 사는 집은 우리 동네에서도 아주 높은 지대에 있다. 내가 가장 싫어하는 것 중 하나가 걸어서 오르막을 오르는 것이다. 이런 곳에 한 번 오르락내리락하면 지리산을 하산한 곰 한 마리가 내 어깨에 털썩 주저앉은 기분이다. 겉보기와 달리 엄청난 중력감이 있는 누나를 둘러업고 오르막을 오르니 뇌에 산소 공급이 잘 안 되고 있다. 나는 지금 쓰러질 것 같은데 누나는 계속 어른이 어쩌고저쩌고 신세타령 한다. 그거야 들어줄 만해도 누나 입에서 풍기는 묘한 냄새는 정말 뭐라 설명하기 어렵다. 이 누나 진짜 생긴 것과 다르게 하루에 세 번 꼬박꼬박 양치질하지 않는 모양이다. 누니가 말할 때나 입에서 삼촌 발가락 냄새랑 같은 냄새가 풍긴다. 사람 입냄새가 이럴 수도 있다는 사실을 이제서야 알았다. 차마 누나에게 제발 닥치라는 말은 못하겠다. 인내심 강한 내가 그냥 참을 수밖에.

"동안아, 동안아."

입냄새를 풍기며 중얼거리던 누나가 갑자기 내 어깨를 급히 두
드렸다.

"왜요?"

"지금 나오겠어. 빨리 내려줘 봐."

"뭐가 나오는데요?"

"욱."

욱? 이런 젠장! 누나 위에서 장으로 내려가야 할 음식들이 다
시 식도를 타고 입으로 푸흡 튀어나올 청천벽력과 같은 위기다! 가
만히 있으면 입에서 나온 뜨거운 이물질까지 업어야 한다. 재빨리
누나를 땅바닥에 내려놓았다. 아니, 패대기쳤다는 표현이 더 정확
할지도 모른다. 아마 누나 엉덩이에 시퍼런 멍이 씨익 웃으며 자리
잡았을 것이다. 누나는 취한 와중에도 아기처럼 아장아장 기어서
전봇대는 기가 막히게 잘 찾아냈다. 이 솜씨, 한두 번 해본 솜씨가
아니다.

"동안아, 등, 등."

누나는 구역질하면서 손으로 자기 등을 가리켰다. 내용물이
땅바닥에 잘 안착하도록 등을 두드려달라는 것이다. 제대로 악몽
이다. 그래도 오늘은 누나가 우울해하니 넓은 아량으로 이해하고
욱욱거리는 누나 등을 두드려줬다. 등을 두드릴 땐 상당히 고난도
기술이 필요하다. 그냥 두드리면 내 팔만 아프고 구토하는 사람에
게 아무런 효과도 없다. 등을 두드리는 이유가 입으로 역류할 음식

물이 땅바닥에 제대로 착지하기 위함인데 그러려면 박자감 있게 두드려 줘야 한다.

'탁탁탁 탁, 탁탁탁 탁, 탁탁탁 탁.'

그 다음 등을 다섯 번 정도 잘 쓸어내려 줘야 한다. 이런 걸 어찌 아냐고? 다 막냇삼촌 그 인간 때문이다. 삼촌은 술에 취하면 더욱더 까다롭게 군다. 특히 등을 두드려주는 데 요구 사항이 참 많다. '똑바로 두드려. 제대로 안 나오잖아.', '탁탁탁, 잘 좀 두드려봐. 리듬감 있게 하라고, 리듬감!', '대충 하지 마, 세상이 전부 나를 대충 대하는데 너라도 제발 대충 하지 말라고!' 취한 사람치고 요구사항이 꽤 꼼꼼했다.

어릴 때 내가 체하면 손 따주고 등을 두드려준 사람이 바로 삼촌이었다. 물론 우리 부모님도 해줬는데 이상하게 엄마나 아버지가 하면 체기가 가시지 않았다. 그런데 삼촌이 등을 탁탁 두드려주면 위장에서 음식물이 장으로 쓰윽 잘 쓸어내려 가거나 식도를 타고 내용물을 금방 확인할 수 있었다. 탁탁탁 탁, 탁탁탁 탁, 아프지 않게 잘 두드려줬다. 삼촌은 이래저래 잘하는 게 많았는데 그중 이것도 포함이다. 내가 특별한 기술을 뽐낸다면 거의 삼촌에게 다 배워서 써먹는 기술이다. 생각해보니 삼촌이 이것저것 참 많이도 알려줬다.

높은 기술력을 가진 내 손길 덕분에 누나는 인터넷 접속 속도보다 빠르게 내용물 전부를 확인했다. 차마 그 내용물은 내 눈으로 보기 싫어서 하늘만 쳐다보며 등을 두드렸다. 하늘을 보니 아직 해가 쨍쨍하고 구름 한 점 없이 맑다. 밤도 아니고 대낮부터 이러니 지나가는 사람들이 흘끔흘끔 쳐다본다. 젠장, 창피해서 고개를 들 수 없다. 그래도 오늘 누나를 위해서 나 안동안, '한심한 것 1호'로 남아줘야지.

"동안아, 헤헤."

누나는 할 일을 다 마치고 내 얼굴을 바라보며 웃었다. 해맑은 미소와 더불어 누나 입가에는 누런 액체가 아직도 묻어 있다. 아까 업을 때 나던 냄새와 누런 액체에서 나는 냄새가 이단콤보로 풍기니 나도 모르게 속이 이상해지려고 한다. 누나에게서 이런 모습을 보게 될 줄이야.

누나는 쪼그려 앉은 상태에서 전혀 몸을 가누지 못했다. 그리고 계속 자신이 쏟아 놓은 토사물에 앉으려고 한다. 가까스로 누나를 붙잡은 나는 한숨을 한 번 내리쉬고 다시 둘러업었다. 그렇게 많은 내용물을 뱉어냈음에도 무, 겁, 다! 이 누나, 몸속에 내장지방을 얼마나 보유했단 말인가. 그리고 계속 혼자 뭐라 중얼거리면서 실실 웃고 있었다. 더불어 누런 액체가 묻은 입을 내 옷으로 닦았다. 이 옷, 내가 아끼고 아끼는 몇 개 안 되는 사복 중의 하나다. 그나마 내 나이를 오 년 정도 젊게 하는 회춘 티셔츠인데, 눈물이 절로 나온다. 이단콤보로 된 냄새는 업그레이드 과정을 거쳐 더 지독하게 내 코를 찔렀다. 이대로 있다가 나는 질식사할지도 모르니 빨

리 누나 집을 찾아야 한다. 다리에 힘이 없어서 후들거리지만 그래
도 더 힘을 내서 천삼백칠십오 다시 삼 번지를 찾아내야지. 아무리
오르고 올라도 누나 집은 보이지 않아, 지나가는 할머니에게 도움
을 청했다.

"저기 할머니, 천삼백칠십오 다시 삼 번지가 어디예요?"

"뭐라고? 천사가 어쨌다고?"

"아니, 천사가 아니라, 천삼백칠십오 다시 삼 번지가 어딘지 아
시냐고요."

"천삼이가 누구냐고?"

할머니는 말귀를 잘 못 알아들었다. 그래도 표정을 보니 진심
으로 도와주려는 눈치셔서 하는 수 없이 내 등에 업힌 누나 얼굴
을 슬쩍 보여줬다.

"혹시 이 누나 아세요?"

"이게 누구여. 주혜 아녀! 아이고, 총각이 주혜네 가는구먼. 저
기로 올라가 봐."

드디어 내가 알고자 하는 질문을 알아챈 할머니가 누나 집이
라며 손가락으로 한 곳을 가리키셨다. 젠장! 할머니가 가리킨 곳은
무시무시한 계단이 하나, 둘, 셋, 넷…… 계단이 이렇게 살벌하게 느
껴질 줄이야. 할머니는 친절하게도 계단 끝 오른쪽 집이 누나가 사
는 곳이라는 것까지 알려줬다. 허리가 당장에라도 댕강 부러질 듯
해도 여기서 누나를 놓치면 계단을 타고 도르르 굴러 떨어질 듯해

서 이를 꽉 깨물고 계단을 올라갔다. 숨은 거칠어지고 땀이 계속 났다. 그런데 누나는 지치지도 않았는지 계속 중얼거렸다. 이럴 때 제발 입 좀 닫으면 좋을 텐데. 결국 히말라야 산맥을 완주한다는 기분으로 계단 끝까지 올랐고 천삼백칠십오 다시 삼 번지를 찾아 낼 수 있었다. 엄홍길 대장님이 에베레스트 정상을 밟은 기분이 어 떤지 알겠다. 어디를 올라간다는 게 이렇게 힘들 줄이야.

우리 집도 그다지 잘사는 편은 아니지만, 누나 집은 많이 허름 했다. 대문은 낡아서 원래 색인 초록색인지도 모를 정도로 누르끄 름한 녹이 가득했다. 대문 너머로 보이는 조그마한 집도 내일 당장 철거해야 할 정도로 위태로워 보였다. 누나가 이런 곳에 살다니, 매 일같이 이런 계단을 오르내릴 누나 생각에 괜히 마음이 짠해졌다. 지금 누나 다리를 확인해보니 여자답지 않게 다리에 알이 토실토 실하게 밴 무다리다. 이 무다리에 이런 이유가 있었다니.

이런, 가만 보니 이 집은 그 흔한 초인종도 없다. 안 그래도 누 나를 업고 있느라 힘들어 죽겠는데, 초인종마저 없다니 제대로 낭 패다. 하는 수 없이 한 손으로는 누나 엉덩이를 받치고 다른 손으 로 대문을 쾅쾅 두드렸다.

"계세요? 계세요, 제발 계셔야 해요."

집에 아무도 없다면 큰일이다. 그렇다고 다시 내려갈 수도 없는 노릇이다. 부디 집에 누군가라도 있길 간절히 기도했다.

"계세요? 진짜 누구 안 계세요? 제발 누구라도 계세요!"

한 번 더 대문을 쾅쾅 두드렸다. 더 강하게 문을 두드리면 부서질까 봐, 마음껏 두드리지도 못했다.

"동안아, 헤헤헤."

누나는 지금 제정신이 아니다. 내게 업힌 상태에서 가만히 있지 않고 계속 엉덩이를 들썩거렸다. 내 등이 무슨 보행기도 아니고. 이보세요, 소주혜 씨. 나 죽을 거 같다니까요!

"누나, 가만히 있어 봐요. 허리 끊어지겠어요. 남자한텐 허리가 생명인 거 몰라요?"

"허리? 큭큭. 너도 남자다, 이거야? 큭큭"

누나가 내 말을 알아듣는지 큭큭거리며 대답했다. 누나가 웃을 때마다 무게가 일 킬로그램씩 늘어나는 느낌이다. 소주혜 씨, 제발 웃지 말라고요. 나 죽는다고!

"제발 누구라도 나와 주세요, 제발! 저 앞으로 진짜 착하게 살 테니까, 누구라도 나오라고요!"

다시 한 번 더 대문을 쾅쾅 두드렸다. 굶주린 하이에나처럼 울부짖으며 사람이 나오길 기다렸다. 이번에도 누군가가 안 나온다면 이 빌어먹을 대문을 부숴서라도 들어가야 할 판이다. 안 그러면 내 팔하고 허리가 끊어질 것이다. 목을 풀고 다리도 풀면서 힘껏 걷어찰 준비를 했다. 이 대문은 누르끄름한 녹으로 가득하니 마음먹고 빵 차버리면 열리든 부서지든 둘 중 하나는 될 것이다.

"하나, 둘, 세……."

오른발을 들고 대문을 걷어차려고 하는 찰나에 대문이 끼익 굉음을 내며 열렸다. 뭐지, 내 귓가에 할렐루야, 이 음악이 들린다. 누군가가 나를 구원해주러 온 기분이다. 대문 사이로 나온 나의 구세주는 머리카락이 희끗희끗한 아주머니였다.

"누구세요?"

"아, 안녕하세요. 헉헉, 주혜 누나 집 맞죠?"

이렇게까지 했는데 아니면 낭패다. 진짜 아니면 그 할머니에게 주혜 누나를 넘겨줄 것이다.

"그런데 우리 주혜는 왜 찾으세요?"

아주머니는 주혜 누나 엄마인가 보다. 하지만 어찌 된 게 바로 앞 내 등에 업힌 누나를 알아보지 못했다. 땀을 닦으며 가만히 살펴보니 이 아주머니, 눈이 다른 사람과 달랐다. 초점이 없는 게 보통 사람보다 눈이 불편한 모양이다.

"아, 지금 제 등에 업혀 있어요. 술을 좀 마셨거든요. 헉헉."

"저런, 어서 들어오세요. 여기까지 업고 오셨다니 고생하셨어요."

아주머닌 내게 손을 뻗어 등에 업힌 누나를 더듬어서 찾아냈다. 그리고 주혜 누나 엉덩이를 받친 채로 나를 집 안으로 안내했다.

"엄마다! 엄마, 나 한잔했다. 잘했지? 헤헤."

누나는 여전히 해맑게 웃고 있었다. 신기한 건 완전 꽐라가 된 듯해도 사람은 다 알아본다는 것이다.

"아이고, 이년아. 아직 밤도 아닌데. 벌써 술 마시고 이 꼴로 오면 어쩌니. 속상해, 속상해."

아주머니는 기가 막히게도 누나 엉덩이만 골라서 찰싹찰싹 때렸다. 한 치 오차도 없다.

"엄마, 아파."

"이년아, 아프라고 때리지. 그럼 예쁘다고 쓰다듬어주는지 아니. 으이그!"

누나는 또다시 들썩거렸다. 감각을 잃어가는 허리에 무서움을 느껴 빨리 집 안으로 들어갔다. 아주머니가 깔아 놓은 이불 위에 누나를 던지듯이 내려놨다. 그리고 내 허리를 계속 두드렸다. 다행히 부러지진 않은 듯 조금씩 감각이 돌아왔다.

누나는 이불 위에 누워서도 계속 혼잣말로 뭐라고 중얼거렸다. 정말 놀라운 주사다. 앞으로 이 누나가 술 마시려고 하면 결사적으로 말려야겠다.

"이거, 우리 딸 때문에 고생하셨네. 미안해요. 우리 애가 이럴 애가 아닌데. 정말 미안해요."

아주머니는 계속 허리를 몇 번씩 숙이며 사과했다. 그 모습에 괜스레 내가 더 미안해졌다. 대문은 안 부수길 잘했다.

"괜찮아요. 살면서 그럴 수도 있죠."

"그런데 우리 딸이 왜 이렇게 대낮부터 술을 마신 건지 알아요?"

"아, 그게…… 일하는 곳에서 손님이 기분 나쁘게 했나 봐요. 큰일 아니에요."

애써 별일 없다고 대답했다. 괜히 누나의 전 남자친구가 어쩌고저쩌고해 봐야 좋을 게 없어 보였다.

"그랬구나. 그런데 청년은 우리 주혜 남자친구?"

"아, 아니요. 그냥 친한 동생이에요."

"그렇구면. 우리 딸이 청년한테 신세를 졌네요. 고마워요."

"무슨 그런 말씀을 다 하세요. 누나가 혼자 오기 힘드니까, 데려온 것뿐이에요."

"우리 딸이 청년처럼 잘생기고 마음씨 고운 사람이랑 만나니 한시름 놓겠네요."

"혹시 저 보이세요? 저 되게 못생겼어요."

"아냐, 청년은 분명히 잘생겼어요. 눈으로 볼 수 없어도 이 마음으로 느낄 수 있거든요."

내 평생에 잘생겼다는 소리는 처음이었다. 물론 이 아주머니가 안 보여서 내가 어떤 얼굴인지 모르니 이렇게 말하는 것이지만, 기분은 아주 좋았다. 여기까지 올라온 보람이 있다.

"고맙습니다. 저 그런 말 처음 들어봐요."

"앞으로 많이 듣게 될 거예요. 암, 그렇고말고. 그나저나 청년은 뭐하는 사람인가요?"

"저요? 중앙고에 다녀요."

“아이고, 선생님이시구먼. 반가워요.”

“네? 저, 그, 그게 아니라……”

나는 선생님이 아닌데. 분명히 주혜 누나보다 동생이라고 했는데 선생님으로 오해하다니 역시 어른들은 남이 하는 말을 끝까지 안 듣고 자신이 원하는대로 생각하는 버릇이 있나 보다.

“밥이라도 대접해야 하는데 지금 반찬이 변변치 않아서……”

“아니에요. 저도 이만 집에 가봐야죠. 그만 가볼게요.”

“오늘은 경황이 없어서 대접도 못 해주네요. 다음에 오면 된장찌개 맛있게 끓여서 한 끼 같이 해요. 내가 다른 건 몰라도 된장찌개는 잘 끓여요. 우리 주혜가 가장 좋아하는 음식이기도 하니까, 꼭 한 끼 해요.”

“네, 꼭 다시 놀러 올게요.”

“그래도 빈손으로 보내기는 미안하니까, 잠시만 기다려봐요.”

아주머니는 잠시 부엌에 들어가더니 검은콩 두유를 한 개 가져와서 내 손에 쥐여 주었다. 이런, 여기서도 검은콩 두유를 받다니. 세상 사람은 모두 내 항산화를 돕고 싶은 본능이 있는 모양이다.

“고맙습니다.”

아주머니는 내 손을 따뜻하게 잡아주며 대문까지 배웅했다. 비록 눈은 불편한 분이지만 마음씨도 따뜻하고 사람 보는 안목은 탁월하다. 나더러 잘생겼다고 말하는 사람이니 최고 안목을 가진 사람이라고 볼 수 있다.

8

옥돌매트 여섯 장

집으로 가는 길에 하늘을 바라봤는데 하늘이 불그스름하게 물들어 있었다. 벌써 태양이 퇴근을 준비하려는 모양이다. 시간이 이렇게 빨리 흐를 줄은 몰랐다. 역시 누나와 함께 있으면 시간이 빨리 흐르는 마법에 걸리는 듯하다. 정모 하러 나간 막냇삼촌은 아직 집에 들어오지 않았을 것이다. 어쩌면 저녁밥을 먹고 들어올 수도 있겠다. 제발 그랬으면 좋겠다. 그래야 나더러 라면 끓이라며 귀찮게 굴지 않을 테니까. 소원이니까 삼촌이 부디 자신이 먹을 것은 스스로 해결했으면 좋겠다.

몇 시간 넘게 누나를 업고 다니느라 온몸이 지쳤다. 지금 내 몸 상태는 마치 지푸라기 위에 오른 해삼 같다. 집에 들어가면 편안히 누워서 쉬어야겠다는 생각만 가득했다. 현관문 번호 키를 누르고 문을 열다가 깜짝 놀랐다. 부모님이 신발을 급히 신고 나갈 채비를 하고 있었기 때문이다. 무언가에 쫓기는 것처럼 허둥지둥하는 걸 보니 뭔가 급한 일이 있는 듯하다.

"지금 어디 가세요?"

"아이고, 네 삼촌이 사고를 크게 쳤잖니. 내가 못 산다, 못 살아. 동안 아빠, 어서 갑시다."

"그래, 동안이 너는 집에 있어."

부모님은 신발을 신자마자 나를 휙 밀어내고 급히 나갔다. 삼촌이 사고를 치다니 오늘만큼은 제발 조용히 있기를 바란 내 소망을 산산조각 내버렸다. 무슨 사고를 쳤는지 몰라도 우리 가족을 혼란에 빠뜨리다니, 하루도 조용한 꼴을 못 보는 못 말리는 인간이다. 내가 못 산다, 못 살아.

"저도 같이 가요."

삼촌이 무슨 일을 저질렀는지는 모르지만, 나도 엄연히 가족이니 같이 가야 할 것 같았다. 아버지는 잠시 나를 쳐다보더니 급히 차를 가지러 갔다. 엄마는 식은땀을 닦아내며 연방 한숨만 내리쉬었다. 무슨 일인지 물어봐도 가보면 안다고 했다. 하여간 우리 가족은 친절하고는 담쌓았다니까.

평소 안전운전을 십계명처럼 여기는 아버지가 과속하면서 급하게 차를 몰았다. 이렇게까지 나오는 걸 보니 안 좋은 일인 건 확실하다. 한참을 달려서 도착한 곳은 다름 아닌 경찰서! 지구대나 동네 파출소도 아닌 경찰서였다. 도대체 무슨 사고를 쳤기에 여기까지 왔단 말인가. 삼촌이 걱정되면서 한편으로는 짜증나기도 했다. 삼촌 때문에 내 속이 편할 날이 하루도 없다. 나도 스트레스가 없어야 얼굴이 덜 늙을 게 아닌가.

경찰서에 들어오니 이상하다. 이곳은 죄를 짓지 않아도 오기가 참 싫어지는 기분 나쁜 느낌이 드는 곳이다. 죄짓고 반성문 쓰러 학생부실로 가는 기분이랄까.

삼촌은 형사과 사무실에서 조사를 받는다고 했다. 그래서 우리 가족은 '형사과'라고 파란색 바탕에 하얀 글씨로 쓴 사무실을 한참이나 찾았다. 겨우겨우 사무실에 찾아 들어가 보니 이건 뭐, 돼지우리 저리 가라 할 정도로 난잡했다. 형사나 용의자로 보이는 사람이나 담배를 뻐끔뻐끔 피워서 사무실 안이 희뿌옇고 진한 연기가 가득했다. 컴퓨터 탁탁, 거칠게 두드리는 자판 소리와 형사들 야야, 하는 소리, 용의자로 보이는 사람은 몰라요, 하는 소리가 섞여서 시끄러웠다.

"어떻게 오셨습니까?"

아주 짧은 스포츠 머리를 한 험악한 인상의 아저씨가 우리에게 다가왔다. 아마도 형사인 듯했다. 얼굴에서는 말 한 번 잘못하면 한 대 맞을 것 같은 강한 위압감이 느껴졌다.

"저희는 안진호 씨 가족입니다. 제 동생이 이곳에 왔다고 해서요."

아버지는 잔뜩 긴장한 표정으로 괜스레 흠흠 헛기침하며 대답했다.

"아, 폭행으로 들어오신 분 말이죠. 그분 아까 조사 마치고 유치장에 입감됐어요. 거, 웬만하면 피해자랑 합의 보세요. 큰 사건도 아니고 아직 젊은 사람인데 이런 걸로 전과자 낙인찍을 필요 있나요. 피해자는 치료한다며 가족이랑 병원에 갔으니까 연락해서 합의 보세요. 내일 오전까지 시간 드릴게요. 혹시 그 안에 합의가 안 되시면 우리도 어쩔 수 없이 영장 청구할 수밖에 없어요."

스포츠 머리 형사는 귀찮은 표정으로 합의를 해서 빨리 사건을 끝내야 서로 좋다는 핵심 내용만 후다닥 설명해주더니 정작 알고 싶은 사건 내막은 다 알려주지 않았다. 우리 가족은 우선 삼촌을 보려고 유치장으로 가서 면회를 신청했다. 면회실에서 기다린 지 오 분 만에 삼촌이 나왔다. 투명 벽을 사이에 두고 막냇삼촌을 만나다니 기분이 참 묘했다.

삼촌은 마치 삼십 년 동안 수용된 사람처럼 우울한 얼굴이었다. 당장 내일이라도 탈옥할 사람처럼 비장함도 약간 서려 있었다. 내가 알기엔 고작 세 시간만 있었으면서 온갖 엄살을 다 부린다. 그래도 내심 '형님, 형수님. 죄송합니다. 이런 사고는 절대로 안 저질러야 하는데…… 동안이 너한테도 면목이 없구나.' 하며 진심으로 회개하길 기대했다. 그러면 나도 값싼 동정이라도 하려 했다. 하지만,

"형님, 그리고 형수님! 왜 이제 오세요? 아, 진짜. 빨리 오셨어야 내가 이곳에 안 들어오죠. 에이, 조금 전에 저녁밥인지 뭔지 먹었는

데 엿 같아서. 내가 무슨 포로수용소에 있는 것도 아니고 보리밥에 지랄 같은 된장국과 깍두기만 먹었잖아요. 에이, 시팔. 밥 존나 맛없어. 나 빨리 빼내줘요. 아악! 답답해. 담배도 못 피우게 하고 무슨 이딴 곳이 다 있어. 법이 썩었어. 난 지금 심각하게 인권 침해 당하고 있다고요. 나 좀 빨리 빼줘요!"

우리 안진호 씨는 전혀 정신을 차리지 못했다. 예전에 삼청교육대인가 뭔가 있었다는데 당장 그리로 보내고 싶다. 지금도 있는지 알아볼까나. 사고 치고 들어간 주제에 밥이 어쩌고저쩌고 툴툴거리는 꼴을 보니 복장 터져 죽겠다. 부모님 얼굴을 보니 짜증과 체념이 가득했다. 아마도 나랑 같은 생각일 것이다. 내가 아버지라면 저 인간 절대로 안 빼내준다. 더도 말고 덜도 말고 딱 삼 년만 보리밥인가, 개밥인가 실컷 먹도록 놔둘 것이다. 물론 삼촌에게 쩔쩔매는 동생 바보인 우리 아버지가 그럴 리가 없겠지만 말이다.

"이놈아, 왜 싸움질이야. 어쩌자고 그랬어. 안 그래도 살기 어려워 죽겠는데."

아버진 삼촌을 보며 한숨을 연달아 내리쉬었다. 아버지가 내리 쉰 한숨으로 땅이 꺼진다면 아마 경찰서는 이미 지구 내핵으로 빨려 들어갔을 것이다. 우리 가족 전체가 삼촌 때문에 한숨이 아주 많이 늘었다. 나는 분노에 가득 찬 눈빛으로 삼촌을 계속 노려보았다.

"아, 몰라, 몰라! 빨리 빼달라고요. 같은 방에 있는 사람이 말하길 합의만 보면 끝난다면서요. 살짝 때린 거니까 얼마 안 줘도 될 테니 빨리 해결하세요. 아, 답답해. 내가 동안이었어 봐. 형하고 형수님이 이렇게 느릿느릿 일 처리했겠어요?”

삼촌은 괜히 나를 들먹거리면서 난리 부르스 중이다. 머리를 벅벅 긁고 맥반석 오징어처럼 몸을 배배 비트는 모습이 참 혼자 보기 아까운 가관이다.

“도, 도련님. 어떻게 된 일인지 차근차근히 설명을 해줘야 우리가 어떻게 해결할지 계획을 세우지요. 안 그래요?”

엄마는 최대한 화를 누그러뜨리며 삼촌에게 말했다. 아마 옆에 경찰이 있으니 평소답지 않게 교양미를 유지하려는 모양이다. 아무래도 집에 가면 말린 통북어 세 마리를 준비해야겠다. 통북어 대가리가 삼촌 등과 따귀에 꽂힐 생각을 하니 나도 모르게 절로 기분이 좋아진다. 오랜만에 우리 엄마가 펼치는 통북어 무예를 볼 순간이 얼마 안 남았다. 이 정도 사고를 친 거라면 북어 세 마리로는 부족하다. 한 다섯 마리 정도는 필요하니 마트에서 가장 튼실한 놈으로 준비해야겠다. 우리 엄마는 생긴 것과 다르게 진짜 무서운 사람이다. 엄마가 삼촌을 질근질근 짓밟을 생각을 하니 벌써 소름이 돋았다. 그런 엄마 표정을 삼촌은 눈치나 챘을까? 아직도 투명 벽 너머에서 난리 부르스를 멈추지 않았다. 그 모습을 보다 못한 경찰이 흠, 크게 헛기침하며 서류철을 탁, 하며 책상에 내리쳤다. 시끄러우니까 가만히 있으라는 뜻이다. 내가 하고 싶은 말을 대신 해주는 경찰이 무지하게 고마웠다. 삼촌도 경찰은 무서웠는지 겨우 진정하고 자리에 앉아 콧구멍을 후벼댔다. 하여간 이래저래 밉상이다.

"아, 시바. 나도 억울하다고요. 나 참 거지 같아서. 이게 어떻게 된 일이냐면……."

삼촌이 경찰서까지 온 사연에 대해 입을 열었다. 발단은 게임 동호회 모임에서 시작되었다. 게임 내 길드가 있었는데 요즘 한참 해결 중인 임무가 있었단다. 어떻게 임무를 해결하느냐에 대한 회의를 했다가 회의 시간이 길어지며 서로 의견이 맞지 않아 점점 말싸움으로 번지고 말았단다. 그러다가 동호회 부회장이라는 사람과 전략실장인 삼촌은 신경전을 벌이다 평소답지 않게 삼촌이 먼저 주먹을 휘둘렀다고 했다. 결국 치고받고 애들이나 할 짓을 다 큰 어른들이 하다가 지구대로 잡혀가고 그곳에서도 정신을 못 차리고 화해하지 않다가 경찰서까지 넘어오게 된 지경에 이르렀다. 어찌 되었든 가해자는 삼촌이 된 상황이다. 고작 게임 때문에 이 꼴이라니, 내막을 듣고 다시 생각해보니 기가 막힌다. 이건 초딩들도 피식, 비웃을 유치한 싸움이다. 삼촌도 문제지만 거기에 맞서 얻어터진 사람도 똑같이 멍청하다.

"동안아."

삼촌이 나지막한 목소리로 나를 불렀다. 이거 불안하다, 분명히 뭔가 시킬 기세다.

"왜!……요."

지금 삼촌에게 '요' 자를 붙이는 건 과분하지만, 부모님이 옆에 있으니 '요' 자를 붙였다. 존댓말을 들을 자격을 갖추지 못한 사람에게 존댓말이라니. 억울하다, 억울해.

"몰랐는데 여기 안에서 사 먹는 호박맛 머핀이 참 맛있더라, 밤만주도 괜찮고. 나가면서 호박맛 머핀이랑 밤 만주 몇 개 넣어줘라. 쪽팔리게 여기 있으면서 계속 얻어먹고 지낼 수 없잖아. 넉넉히 넣어라."

진짜 가지가지 한다. 거기서 얻어먹는 게 쪽팔린 일이 아니라, 여기로 들어온 짓이 진짜 쪽팔린 건데 왜 이러나 모르겠다. 일주일에 고작 만 원만 받는 내게 사식을 넣어달라고? 아니, 사식은 부모님에게 넣어달라고 했으니 나더러 간식을 넣어달라는 건데, 여기서 아주 팔자 늘어지셨다. 겨우겨우 욕을 참아냈다. 성격이 불같은 엄마가 참는데 나도 참아보려 했다. 한 번만 더 건드리면 욕이 확 튀어나올지도 모른다. 이 인간, 개념과 양심이 존재하기는 할까? 내가 들기론 하나님이 흙으로 사람을 빚어서 창조했다고 하는데 아마 삼촌을 만들어 낼 때는 흙이 부족했던 모양이다. 아니면, 덜 구워냈던가. 그러면 나는 심각하게 구워냈나? 제길.

치밀어 오르는 화를 겨우겨우 누르면서 지그시 눈을 감았다. 참으면 복이 온다고 했다. 그래, 나는 삼촌과 달리 복 많이 받고 싶은 사람이다. 눈 뜨고 이 인간 면상을 보다간 투명 벽을 부수고 한판 붙을지도 모르겠다. 어떻게 일주일에 만 원만 받는 조카에게 간식 달라는 소리가 나오는 건지 생각할수록 정말 기가 막힌다.

"야, 간식 넣어달라고. 이 삼촌을 위해 그 정도도 못 들어줘? 생긴 건 졸라 너그러운 동네 아저씨처럼 생겨 먹었는데 하는 짓은 더럽게 쪼잔하네. 너 요즘 머리가 술술 빠지지? 사람이 마음을 곱게 먹어야 안 늙고 머리도 안 빠지지. 네가 그 따구로 생겨먹은 건 다 네 탓이야. 네가 마음을 곱게 먹지 못한 탓이라고. 생긴 게 거지 같으면 마음이라도 고와야지. 너는 글러먹었어. 됐다, 됐어! 내가 안 처먹고 말지. 주지 마, 주지 마. 씨바, 평생 그 따구로 살아라!"

삼촌이 뭔가 잘못 알아도 한참을 잘못 알고 있다. 지금 나는 돈이 아까워서가 아니라 삼촌이 자기 행동에 반성하지 않아서 화가 난 것이다. 태어날 때부터 저런 사람이었으면 그러려니 하는데 원래 저런 사람이 아니라서 더 짜증나 죽겠다. 겨우겨우 화를 참고 있는데 터지려는 내 분노를 제대로 건드렸다.

"나 돈 없다고."

"됐다, 됐어. 너는 앞으로도 그렇게 살아. 쩨쩨한 놈, 얼굴이 못났으면 성격이라도 시원시원해야지. 아이고, 너한테 뭘 바라겠니."

"그래, 처먹지 마! 시바야! 네가 그러고도 삼촌이야? 간식 대신에 이거나 처먹어라!"

복이 나가든 말든 그런 거 신경 안 쓴다. 이제 안 참는다. 못 참는다. 마음이 편해야 오래 산다니까, 부모님이 옆에 있든 말든 신경 쓰지 않고 욕도 하며 양손 중지로 엿을 먹게 해줬다. 이 정도면 눈으로만 봐도 아주 배가 부를 것이다. 삼촌은 갑작스러운 폭풍 엿 공세에 기가 막힌다는 표정으로 나를 봤고 부모님도 나를 보며 깜짝 놀라 했다. 경찰은 내 모습을 보더니 피식 웃었다.

"이거 실컷 먹고 평생 살아라! 시바! 나는 이따위로 생겨 먹은 채 평생 살 테니까! 사람 얼굴 가지고 그러는 거 아니야. 누군 이렇게 생기고 싶어서 생겼어? 아픈 데 건드리지 말라고!"

양팔로 대왕 엿 한 방 더 날린 다음, 먼저 면회실을 나와버렸다.

"어오, 개뼈다구 같은 자식아!"

폭풍 엿 공세를 펼쳤지만, 아직도 분이 사그라지지 않았다. 경찰서 마당 한복판에서 소리를 고래고래 지르며 내 발 앞에 있는 깡통을 걷어찼다. 깡통은 경찰서 입구 쪽으로 날아가더니 정문을 지키는 의무경찰 형의 발 앞에 멈췄다. 의무경찰 형은 나를 보며 피식 웃더니 깡통을 주워서 옆에 있는 쓰레기통에 넣었다. 그 모습에 머쓱해져서 머리를 긁으며 살짝 고개 숙여 인사했다.

부모님은 한참을 더 있다가 나왔다. 나를 혼낼 줄 알았는데 어찌 된 게 아무런 말이 없었다. 아마도 내 마음을 이해해주려나 보다. 오늘따라 우리 엄마가 참 후하다.

"동안아, 먼저 집에 가 있어라. 우리는 볼일 보고 들어가야겠다."

엄마가 내게 천 원짜리 지폐 세 장을 내 손에 쥐여줬다. 감동이 마구 몰려온다. 왕소금보다 더 짠 엄마가 이럴 때도 있다니, 참 오래 살고 볼 일이다. 고정 용돈 일주일 만 원 빼고는 절대로 추가 용돈 따윈 주지 않았는데 아마도 삼촌 때문에 충격이 심해서 정신을 잠시 외국여행을 보낸 모양이다. 이유야 어찌 됐든 기분이 흐뭇했다. 엄마 마음이 바뀌기 전에 받은 돈을 주머니 속에 꼭꼭 넣어뒀다. 부모님은 차를 타고 먼저 경찰서를 빠져나갔다. 나도 경찰서를 나가면서 깡통을 주워준 의무경찰 형에게 다시 한 번 더 인사했다.

집에 돌아와 보니 시계는 벌써 아홉 시를 가리키고 있었다. 시간 참, 빨리도 흘러갔다. 시간이란 것 참 웃기다. 학교에서 지겨운 공부를 할 땐 더럽게 느리더니 주말엔 왜 이리 빨리 흘러가는지 모르겠다. 이거 누군가 우리를 가지고 노는 게 분명하다. 어쩌면 외계인이 우리가 사는 지구를 가지고 노는 건지도 모른다. 외계인이건 뭐건 오늘 같은 날 시간이 빨리 가니 기분이 더럽다. 저녁 먹을 시간이 훌쩍 지났지만, 배가 고프지 않다. 물론 주혜 누나가 내뱉은 내용물이 떠올라서 그런 것도 있지만, 막냇삼촌 그 인간을 생각하면 속에서 울화가 치밀어서 입맛이 없다. 숙제도 해야 하는데 머리가 복잡해서 하기도 싫다. 그냥 담임선생님한테 몇 대 맞고 운동장 뺑뺑이 돌아야겠다. 옷 갈아입고 욕실에서 씻은 다음에 거실 소파로 돌아와 앉아 보니 벌써 시간이 열 시다. 이거 확실히 외계에서 우리를 가지고 장난치는 게 맞다.

시간은 계속 흐르는데 부모님은 아직 소식이 없다. 아마도 일이 쉽게 해결되지 않으려나 보다. 혹시나 해서 전화를 걸어봤지만 받지도 않는다. 젠장, 아무리 그래도 내 전화를 씹다니 우리 엄마 참 너무하다. 내가 갑자기 아프기라도 하면 어쩌려고, 대놓고 씹다니. 휴, 우리 가족 너무 불친절하다.

다른 것도 하기 싫어서 그냥 소파에 벌렁 드러누워 천장만 멍하니 봤다. 텅 빈 집안에 혼자 있으니 내 신세 정말 처량하다. 나도 모르게 슬슬 잠이 온다. 여기서 자면 엄마가 통북어로 팍팍 때릴 텐데…….

∘∘∘∘∘

"아, 시바, 시바!"

익숙한 목소리가 들려 깜짝 놀라 눈을 떴다. 벽에 걸린 시계를 보니 벌써 새벽 두 시다. 그래도 잠을 조금 자긴 했나 보다. 현관문이 열렸고 삼촌이 구시렁거리는 소리가 집안에 울려 퍼졌다. 다행이라고 말해야 하는 건지 아니면 정말 아쉽다고 말해야 하는 건지 일이 잘 처리된 모양이다.

"아버지, 오셨어요. 엄마도 많이 피곤해 보이네요."

현관으로 달려나가 마중했지만, 부모님은 몹시 피로했는지 건성으로 고개를 끄덕이며 소파에 축 처져 앉았다. 삼촌은 계속 중얼중얼하면서 자기 방으로 들어가려 했다.

"진호야, 여기 잠시 앉아봐라."

아버지는 무겁게 내리깐 목소리로 삼촌을 불렀다. 표정이 다른 때와 달리 사뭇 진지했다. 삼촌은 머리를 긁적이며 부모님과 마주 앉았다. 나는 그 옆을 물끄러미 지켜보고 있었다.

"형, 나 피곤하니까 급한 거 아니면 내일 말해요. 유치장인지 나발인지 바닥이 딱딱하고 차갑더라고요. 냄새는 어찌나 심하던 지. 두 번 갈 곳이 안 되네, 시바."

"진호야, 너 언제까지 그럴 거야. 지금 네 나이가 몇 살이야. 서 른둘이야! 대학도 졸업하고 군대도 다녀왔는데 뭐가 문제야. 집에 서 빈둥대지 말고 취직자리라도 알아봐. 아직 젊으니까 마음만 먹 으면 금방 구할 수 있을 거야."

아버진 평소답지 않게 한 소리 했다. 삼촌이 막냇동생이라는 이유로 나보다 더 애지중지하며 싫은 소리 한 번 하지 않았던 동생 바보가 우리 아버진데, 오늘은 큰 결심을 한 모양이다.

"형, 제가 알아서 해요. 나도 나 나름대로 사업구상 중이라고 요. 형이 이 게임 산업이 얼마나 사업성이 대단한지 몰라서 그래요. 이거 잘만 하면 대박 납니다. 국가에서도 게임 산업을 육성하려고 해요. 내가 그냥 노는 게 아니에요. 알고 보면 나도 나 나름대로 시 장 조사를 하는 중이라고요. 게임은 역시 직접 해봐야 어떤지 알 수 있다 이거죠. 잘 알지도 못하면서 그런 소리 하지 마세요."

대학생 때도 게임을 좋아했던 삼촌이 게임 때문에 가장 큰 사 고를 쳤던 건 군인이었을 때다. 휴가 날짜를 잘못 계산한 삼촌은 나랑 피시방에서 놀다가 헌병 아저씨에게 잡혀갔다. 뜬금없이 잡아가는 헌병 아저씨들을 보며 어찌나 황당했는지 모른다. 그 사건은 우리 아버지가 삼촌이 복무하는 부대 대대장과 사단장을 만나서 겨우겨우 영창 며칠로 마무리되었다. 그런데 그 모든 게 게임 산업을 연구하고 시장조사를 한 거라고? 아이고, 지나가던 똥파리가 피식 웃을 소리다. 그 정도 조사했으면 벌써 사업이든 뭐든 했어야 한다. 괜히 핑계 댈 게 없으니까 이딴 소리나 한다. 솔직히 게임이나 잘하면 말도 하지 않는다. 다른 건 몰라도 삼촌은 게임만큼은 더럽게 못 한다. 나랑 붙을 때마다 전부 다 내가 이겼다.

"도련님, 그걸 말이라고 해. 그러지 말고 내일부터 가게 일이라도 도와요. 월급은 섭섭하지 않게 줄 테니까."

엄마는 웬일로 통북어 대가리로 삼촌을 응징하지 않고 살살 달랬다.

"싫어요. 내가 그깟 만두나 빚으려고 대학 나온 줄 아세요. 내일은 내가 알아서 해요. 신경 쓰지 마세요!"

삼촌은 소리를 버럭 지르면서 자기 방으로 들어갔다. 솔직히 방구석에 처박혀서 마우스 딱딱거리지 말고 좋은 머리로 우리 가게 운영이라도 도와줬으면 좋을 텐데 아쉬운 마음이 든다. 부모님은 고개를 절레절레 흔들며 한숨을 내리쉬더니 힘없이 안방으로 들어갔다.

나는 삼촌이 그냥 싫은 게 아니다. 내게도 나름대로 그럴 만한 이유가 있다. 삼촌이 사고 치기 시작할 때부터 부모님은 뒷수습하느라 바빠서 내게 관심을 주지 못했다. 초등학교 사 학년 때였나, 지나가던 동네 중학생 형들한테 아무런 이유도 알지 못한 채 엄청나게 맞았던 적이 있다. 나중에 알고 보니 중학생 형 중 한 명이 우리 반 어떤 여자애의 오빠였다. 여자애가 나더러 아저씨라고 놀리기에 운동장 모래 한 줌을 손에 쥐고 뿌린 적이 있는데, 그 모습을 보았던 여자애 오빠가 어떤 늙은 녀석이 자기 여동생을 괴롭히는 줄 알고 몇몇 친구들과 날 응징했던 것이다. 처음에는 날 때린 중학생 형이 여자애 오빠인 줄 몰랐다가 뒤늦게 알고 그 여자애에게 따졌다. 아저씨라고 놀림받은 것도 억울한데, 모래 한 줌 뿌렸다고 그렇게 무지막지하게 맞아야 되는 거냐고. 나는 그 여자애가 나에게 사과할 줄 알았다.

"네가 그렇게 생긴 게 죄지. 그러니까 누가 아저씨처럼 생기래. 네가 아저씨처럼 생겼으니까 아저씨라고 한 거지. 나 말고 다른 애들도 그러잖아. 왜 나만 가지고 그래?"

그러나 여자애는 되레 내게 짜증을 부리는 게 아닌가. 중학생 형들한테 맞은 날도, 그 여자애한테 제대로 된 사과도 받지 못한 날도 나는 엉엉 울었다. 이때 삼촌은 게임 동호회 사람이랑 술 마시다가 싸움이 붙어서 병원에 입원했었는데, 부모님은 자연스럽게 온 신경을 삼촌에게만 썼다. 나보다 삼촌이 더 다쳤으니까 그러는 것도 이해는 한다. 그래도 내 얼굴에 난 상처에 대해 이유를 묻기는커

넝 관심도 없다니. 나는 그때 맞은 데가 아팠지만, 마음이 더 아팠다. 이 얼굴로 놀림 당해서 아팠고, 이런 내 아픔을 부모님이 신경조차 써주지 않아 아팠다. 나중에 넌지시 이 얘기를 엄마에게 했는데 사내자식이 살다 보면 그럴 수도 있다고 대수롭지 않게 여겼다. 한참이 지난 다음에 말했으니, 별거 아니라고 생각한 모양이다. 가끔씩 부모님에게 장난 반, 진심 반으로 내 얼굴에 불만이라고 툴툴거리면 철없는 소리라 해버렸다. 엄마는 물론이고 아버지마저도 내 아픔을 살펴주지 못한 이유가 다 삼촌 때문이라고 생각한다. 시간이 흐르면서 삼촌이 싫은 이유가 바로 이거다.

°°°°°

막냇삼촌은 월요일 아침부터 컴퓨터 모니터를 뚫어지게 쳐다보며 키보드를 팍팍 두드려댔다. 무얼 하나 살짝 살펴보니 그래도 게임은 아니고 인터넷을 뒤적거린다. 설마 이른 아침부터 야동을 다운받아 보는 게 아닌가 싶었는데 그건 아니다. 더 자세히 보니 웬일인지 구인 사이트를 뒤적거리고 있다. 아니, 지금 정신 차리고 진짜로 취직자리를 알아보려는 모양이다. 내가 잠잘 동안에 엄마가 통북어로 엉덩이 찜질이라도 한 건가. 기적은 하루아침에 이뤄진다더니, 지금 그 기적이 일어나고 있는 건가.

"야, 동네 똥개처럼 어슬렁거리지 말고 담배나 사 와."

진짜, 어떻게 담배 심부름은 하루도 빼먹지 않는다. 그래도 삼촌이 제정신만 다시 찾아온다면야 이깟 담배 심부름 백 번도 더 하겠다.

담배 사러 슈퍼에 갔는데 주인아줌마는 나더러 담배 좀 그만 피우라고 한마디 했다. 계속 담배를 그렇게 피우면 결혼하고 애 가질 때 힘들 거라나. 아줌마, 나 고등학생이라니까요. 그리고 내가 담배 피우는 것도 아니라구요. 아침부터 늙었다는 소리를 들으니 기분이 제대로 구렸다.

"담배 사 왔어. 라면 먹을 거야?"

"안 먹어. 너 혼자 먹어라."

아이고, 우리 삼촌! 또 비싸게 그런다. 이래놓고 분명히 끓여 놓으면 뺏어 먹을 거면서. 안 봐도 비디오다. 그래서 오늘은 라면을 두 개나 끓였다. 우리 엄마는 언제쯤이면 아침밥을 차려줄까? 다 좋은데 우리 엄마 심각하게 아침잠이 많다. 엄마가 차려준 아침밥을 먹어 본 기억이 없다. 아버진 오늘도 식빵으로 아침을 때운다. 아버지가 점점 쪼그라든 식빵처럼 말라가는 이유는 아침밥 때문일 것이다. 그 와중에 나의 라면 끓이는 솜씨는 일취월장이다. 하루가 다르게 면발이 쫄깃하고 맛도 좋아진다. 공부를 하다가 안 되면 라면 장사를 해야 되려나.

"다 끓였냐?"

역시 내 예상은 절대로 빗나가지 않았다. 삼촌은 꼭 다 끓이면 하이에나처럼 슬금슬금 기어 나온다.

"응, 두 개 끓였으니까 나눠 먹으면 돼."

"닥쳐. 코딱지만 한 걸로 나눠 먹고 말고가 어디 있어. 나 배고파 뒈지겠으니까 너는 따로 하나 더 끓여 먹어. 아니, 라면 먹지 마라. 라면 먹으면 더 늙는다더라. 너 여기서 더 늙으면 내일은 병풍 뒤에 누워 있어야 해. 벌써 관 속에서 잠자고 싶으냐?"

우와, 일부러 두 개나 끓였는데 두 개 다 처먹겠단다. 돼지 같은 사람 같으니. 기껏 한다는 말이 늙으니까 라면 먹지 말라고? 그렇게 걱정되면 직접 밥이라도 해주든가. 어릴 때는 과자도 구워주고 스파게티도 잘 만들어주더니만, 이젠 그걸 다 보상받겠다는 심보인지 나더러 음식을 다 만들어 오라 한다.

"그러지 말고 나눠 먹자. 이건 무슨 심보야, 밥도 없으니까 같이 먹어."

"시바, 어디서 어리광이야. 이제 네가 어리광 부리면 징그러워. 꼭 노망난 할배 같다고."

"아, 진짜 이럴 거야? 배고파서 어떻게 공부해?"

"너, 공부하지 마. 공부하면 스트레스 받아서 더 늙을 거잖아. 지금도 네가 부담스러워. 더 이상 늙으면 안 돼."

"장난 치지 말라고. 나 배고파!"

"꺼져, 오늘부터 나는 사업 구상에 들어가야 하니 배가 든든해야 해. 그러니까 너는 알아서 해결해. 삼각김밥이라도 밥으로 먹어라, 다 너를 생각해서 하는 말이야."

"와, 진짜!"

사람이 먹는 걸로 이러면 안 되는 것이다. 서러워서 눈물이 왈칵 쏟아지려고 한다. 아버지가 늘 먹던 식빵도 오늘은 바닥이 났다. 진짜 굶은 채로 학교로 가야 한다.

"시바, 시바, 시바!"

내가 아무리 욕을 퍼부어도 삼촌은 이 정도 욕에는 신경도 쓰지 않는다. 그냥 평온하게 라면을 매우매우 잘도 먹는다. 내 욕은 욕으로 들리지 않나 보다. 괜히 나만 더 속 터진다. 생각해보건대 내가 욕을 쓰기 시작한 것도 삼촌 때문이다. 나중에 화병 걸려서 앓아누울 지경이다. 삼촌의 라면 먹는 모습이 아무리 봐도 얄밉다. 그냥 지켜볼 수만은 없다. 참으면 복이 올지 몰라도 나는 병난다. 병나면 복이건 뭐건 다 소용없는 일이다. 일단 살고 봐야 하는 일이다.

"에잇, 다 처먹어라!"

냄비에 코 박을 듯이 라면 먹는 삼촌 뒤통수를 손으로 꾹 눌렀다. 진짜 코 박고 처먹으라는 따뜻한 내 배려다.

"이 개새야, 미쳤어? 너 뒈질래!"

드디어 삼촌이 반응을 보였다. 특히 코 주위가 벌겋고 콧구멍엔 라면 면발이 대롱대롱 달렸는데 마치 인디언처럼 벌건 얼굴이 웃겼다.

"내가 뭘? 많이 먹으라고 떠먹여 준 거야."

마지막으로 덕담 한마디 남겨두고 집을 나섰다.

○○○○○

삼촌은 그 뒤로도 며칠 동안 평소 삼촌다운 모습을 보여줬다. 한 가지 변화된 거라면 담배 심부름과 더불어 햇반도 메뉴에 추가되었다는 것. 라면을 그냥 먹으면 심심하다나, 뭐라나. 제길! 그래도 그런대로 아무 탈 없이 잘 지내왔다.

하지만 누구도 예상하지 못한 아니, 예상조차 하기 싫은 사건이 터지고 말았다. 노는 토요일을 앞둔 금요일이었는데 막냇삼촌이 쥐도 새도 모르게 사라진 것이다. 그냥 떠난 거라면 우리 가족 미래를 위해서 평생을 감사한다지만, 그게 아니다. 바람과 함께 사뿐히 사라지면 우리 안진호 씨가 아니겠지.

"도, 도련님이!"

엄마는 뒷목을 부여잡고 기절하고 말았다. 아버진 전화를 걸면서 엄마를 깨우려 애썼다. 지금 왜 그러느냐고? 삼촌이 우리 집 한 달 생활비를 들고 있기 때문이나. 쉽게 말하자면 우리 가게 한 달치 매출금을 가지고 튄 거다. 이번 달 생활비에는 내야 할 대출금 이자에 참고서 및 야자비도 포함되었으며 피 같은 내 용돈도 포함되어 있다. 이걸 다 정산하려고 어젯밤 아버지가 통장에서 찾아 놓았던 건데, 미치고 팔딱 뛰겠다. 혹시나 싶어서 내 방을 다시 한

번 더 살펴봤다. 젠장, 믿을 수가 없다. 큰 물건이 사라졌다. 혈압이 급상승했다. 내 노트북도 가져가다니! 이걸로 이비에스 강의도 듣고 숙제도 하며 쉬는 날 영화도 보는 유일한 보물인데. 나쁜 인간 같으니.

어느새 다시 정신을 차리고 일어난 엄마는 막냇삼촌 방에서 쪽지 한 장을 들고 나왔다. 그리고 천천히 그 내용을 읽어가는데 기가 막혔다. 내용인즉슨 이제 사람답게 살아보고자 사업을 추진하려 잠시 어딘가 다녀온다는 것이다. 부모님을 비롯해 나까지 사랑한다고 들먹이며 지금 가져가는 것은 아주 잠시 빌려가는 것이란다. 나중에 이자 팍팍 쳐서 갚겠다는 귀신 씨나락 까먹는 소리도 잊지 않았다. 우리 가족은 일제히 뒷목 잡고 완전히 정신을 놓아버렸다.

"내가 그 녀석을 믿었건만……"

가장 충격이 심한 사람은 아버지였다. 나는 삼촌이 충분히 그러고도 남을 인간이라는 걸 알고 있었지만, 아버지는 아니었던 거다. 정말 생각할수록 괘씸해서 참을 수가 없었다. 그래서 학교 가는 길에 동네 파출소에 들러서 삼촌을 잡아줄 수 있겠느냐며 경찰 아저씨한테 사정을 말했지만, 절도는 동거 가족끼리 처벌이 안 된다나 뭐라나 말도 안 되는 법 조항을 들먹이며 그냥 참으라고 했다.

"커억, 퉤."

나의 신고를 귀찮아하는 기색이 역력했던 경찰 아저씨를 뒤로

하고 나오며 파출소 입구에 내 유전자가 가득한 가래침을 뱉었다.

삼촌 소식이 다시 들려온 건 그로부터 정확히 보름 만이다. 전화나 편지가 온 것은 아니었다. 뜬금없이 택배가 왔다. 그것도 아주 큰 상자가 와서 택배기사가 엄청나게 구시렁거렸다. 물론 삼촌이 그 상자에 들어 있을 리는 없고 대신 옥돌매트가 한 개도 두 개도 아닌 무려 여섯 개나 있었다. 택배비도 착불이다. 하필 내가 집에 혼자 있을 때 오는 바람에 내 돈으로 택배비를 내야 했다. 옥돌매트와 함께 쪽지도 한 장이 딸려 왔다.

'네트워크 마케팅 사업을 하니까, 조금만 힘을 실어주세요. 이거 얼마 안 하니까 계좌로 넣어줘요. 계좌 번호는……'

더 이상 볼 가치가 없는 내용이다. 얼마 안 한다는 게 자그마치 삼백만 원이다. 아버지에게 이 쪽지를 보여줬더니,

"이, 개새끼가!"

원래 욕은 하지 않던 아버지가, 최소한 내 앞에서는 항상 바르고 고운 말만 하던 아버지가 분노로 가득 찬 표정으로 욕을 내뱉었다. 그것도 아주 걸쭉하게. 그 네트워크 마케팅이 어쩌고저쩌고하는 게 말만 그럴싸하지 바로 말로만 듣던 다단계란다. 그럼 그렇지, 막냇삼촌이 하는 짓이 다 그렇다.

그날 밤, 아버진 선반에 신줏단지 모시듯 아껴두던 이십 년산 양주를 물처럼 벌컥벌컥 들이마셨다. 나중에 들어온 엄마도 그 인간 쪽지를 보더니 아버지와 함께 술을 벌컥벌컥 마셨다. 결국 우리

가족은 한 사람당 옥돌매트를 두 개씩 차지하는 호사를 누리게 되었다. 물론 그 돈은 아버지 통장에서 고스란히 빠져나갔다. 빌어먹을, 겨울도 다 지나간 마당에 옥돌매트가 뭐람. 특히 내가 쓸 매트는 금 성분도 같이 있었다. 여기에 따로 쪽지가 있었는데 내용은 이랬다.

'사랑하는 조카야, 이게 노안 방지에 좋단다. 매일 드러누워라.'

옥이랑 금에는 좋은 성분이 많다지만, 마음 편히 드러눕지 못했다. 대신 옥돌매트를 볼 때마다 욕을 날렸다. 이런 내 불만이 삼촌에게 전해졌는지 정확히 보름이 지나고 나서 또 택배가 왔다. 택배가 이렇게 무서운 존재인지 처음 알았다. 이번에는 얼음 나오는 정수기다. 젠장, 여름을 대비하라나. 거기다 미네랄이 자동으로 나오니 내 얼굴에 큰 도움이 된다고 눈물 나게 고마운 쪽지도 보냈다. 항상 '사랑하는 조카야' 이 말은 빼먹지 않았다. 그날 또 우리 부모님은 술을 마셨다. 그렇게 우리 집에는 얼음 나오는 정수기까지 생겼다. 물론 우리 가족 중 누구도 정수기에 손 하나 까딱하지 않았다. 솔직히 노화에 좋은 미네랄이 풍부하다니 손이 가려 하다가도 삼촌을 생각하면 꼴도 보기 싫었다. 아버지는 술만 마시면 정수기를 붙잡고 욕을 마구 퍼부었다. 엄마는 볼 때마다 한숨을 내리쉬며 정수기를 발로 뻥 걷어차고는 했다.

갑자기 아무 신이라도 믿고 싶었다. 신이 힘을 써주지 않으면 우리 가족은 조만간 파산 날지도 모른다. 오! 하나님, 부처님, 그 외

기타 등등 이름 모를 잡신님들, 우리 막냇삼촌이 잃어버린 개념을 찾게 도와주소서. 먼저 찾아주는 신님께 제 용돈 씁니다.

9

나, 이런 사람이야

얼음정수기와 아버지가 날마다 깊은 대화를 할 즈음 문득 주혜 누나 안부가 궁금했다. 그동안 막냇삼촌 그 인간이 하도 쓸모없는 물건을 보내고 그걸 처리하느라 누나를 전혀 신경 쓰지 못했다. 그래도 그렇지 나는 정신없어서 연락을 못 했다지만, 누나는 왜 그동안 연락을 하지 않았을까? 그때 꽐라가 된 상태로 주사를 부린 게 창피해서 그랬을까? 그런 거라면 별로 실망하진 않았다. 나야 늘 집에서 겪는 일이기 때문이다. 오히려 그런 모습을 보인 누나가 친근하고 귀여워 보였다. 누나에게 연락해볼 생각으로 전화기를 들었다가 '괜히 부담스러워하진 않을까?' 하는 생각이 들었다. 그래서 전화기를 던져두고 침대에 벌렁 누웠다. 잠시 멍 때리기 놀이 중인데 성우한테서 연락이 왔다. 주말인데 우울하게 방콕 하지 말고 노래방이라도 가자고 했다. 나야 딱히 할 일이 없으니 오케이 하고 옷을 주섬주섬 챙겨 입었다. 막냇삼촌 그 인간이 입을 만한 옷은 전부 가져가 버리는 바람에 후줄근한 티셔츠 몇 벌과 동네 헌옷 수거함에서 주워온 것처럼 꼬질꼬질한 청바지 몇 벌만 남았다. 티셔츠는 남은 것 중 가장 깨끗한 흰 바탕에 파란 글씨로 '와썹맨'이라고 새겨진 것으로 골랐다. 영어도 아닌, 센스 넘치게 한글로 쓴 '와썹맨'이라니. 막냇삼촌이 잠시 힙합음악에 빠졌을 때 사 온 것인데 필요 없다며 나에게 던져준 것이다. 그때도 그랬지만, 지금 봐도 이 옷, 참 마음에 안 든다. 그래도 그나마 있는 옷 중에 가장 옷처럼 보인다. 다른 건, 전부 다 길에서 주워온 누더기처럼 너덜너덜하다. 그 옷들을 입고 돌아다닌다면 누군가 내게 십 원짜리를 던져줄지도 모른다.

다른 엄마들은 자식 방에 시도 때도 없이 들어와서 청소해준다며 귀찮게 한다던데, 우리 엄마는 내 방에 전혀 관심이 없다. 아들의 옷이 이 지경에 이르기까지 내버려두다니. 우리 엄마, 진짜 살림을 파업한 모양이다. 그래도 가게 일이 바쁘니 넓은 아량을 가진 내가 이해할 수밖에 없지만.

이래저래 내 얼굴처럼 마음도 늙은이가 되어야 하는 내 인생. 바지는 짝퉁 종결인 'Bang-bong' 상표가 붙은 걸로 골랐다. 이거 멀리서 보면 유명 브랜드다. 사실은 뱅봉인데 어쩐지 시골 동네 형 이름 같다. '뱅봉이 형!'

쓸만한 옷을 다 갖춰 입고 안방에 조용히 들어가서 엄마가 쓰는 전신 거울로 내 모습을 비춰 봤는데 참 가관이다. 어딘가 어울리지 않은 옷차림에 늙수그레한 내 얼굴까지 뒷골목에서 껌 씹다가 나온 양아치처럼 보인다. 성우가 이런 옷을 입었으면 아마도 아이돌그룹처럼 뽀대가 날 텐데. 얼굴이 이렇게 생겼으니까 어떤 옷을 입어도 헌옷 수거함에서 주워 입은 것 같아 우울하다.

가만 보면 우리 부모님 얼굴은 꽤 괜찮다. 엄마는 엄마대로 나이에 맞지 않은 뽀얀 피부와 이목구비가 뚜렷하며 아버지는 갸름하고 날카로운 턱선, 부리부리한 눈매와 오뚝한 콧날까지, 나이보다 무려 열 살은 어려 보인다. 아버지가 어려 보이는 만큼 내가 늙어 보이게 된 걸까. 누가 나에게 이런 저주를 걸었을까? 잡히기만 하면 정확히 삼백육십오 번 박치기 세례를 퍼부을 것이다. 그럼 일 년이라도 젊어질지 누가 알겠는가.

옷을 다 챙겨 입고 현관으로 나오려는데 내 휴대전화에 띠링 문자 메시지가 왔다.

동안아, 뭐해?

주혜 누나다! 드디어 누나에게서 먼저 연락이 왔다. 나를 잊고 지낸 줄 알았는데 폭풍 감동이다. 문자로 답장하려다가 거의 한 달 만에 하는 연락을 문자로 하긴 아깝다는 생각에 통화 버튼을 눌렀다. 누나는 정말 반갑다는 목소리로 시간 있으면 스타카페에서 만나자고 했다. 성우와의 약속이 있긴 하지만 누나가 부르는 거니 그냥 취소하기로 마음먹었다. 누나와 통화를 마치고 나서 곧바로 성우에게 오늘은 못 나간다고 연락했다.

"야, 장난 까냐. 시바, 너 때문에 딴 약속도 안 잡았다고. 오늘 졸라 예쁜 애가 만나자고 했는데! 와, 너 베프를 이렇게 막 대해도 되는 거야? 우리, 친구 맞아? 시바야!"

성우는 예상대로 울컥하며 난리를 쳤다. 녀석, 여자는 안 만난다더니 종종 여자를 만나러 다니는 모양이다. 그래도 어쩌겠나, 한 달 만에 연락한 누나를 만나는 게 더 중요하니 잘 타이르는 수밖에.

"미안. 대신에 오늘 밤에 우리 집에 찾아와. 그럼 빵 뚫어줄게."

"빵? 안 그래도 빵 다 떨어져 가는데, 진짜지? 좋아, 대신에 두 개 뚫어줘."

"알았어, 알았어. 원래 한 사람당 하나씩이지만 오늘은 특별히 너한테 두 개 뚫어준다."

성우는 고작 빵 두 개로 화를 누그러뜨렸다. 단순한 녀석 같으니. 겨우 한숨을 돌리고 누나를 만나러 스타카페로 향했다. 햇볕이 쨍쨍한 태양이 즐겁게 노래하는 날이니 내 얼굴에 암체처럼 기생하는 여드름이 서식하기 딱 좋은 날씨다. 여드름아, 제발 내게 오지 마. 여드름이 걱정이었지만 누나를 만나러 간다는 생각에 발걸음은 가벼웠다.

ooooo

　스타카페에는 올 때마다 사람들이 바글바글하다. 거의 다 다정한 연인들만 보인다. 자석처럼 달라붙어서 시시덕거리는 것이 눈꼴셔서 못 봐주겠다. 세상 사람들은 참 제 짝을 잘 찾아간다. 심지어 유치원생도 연애하고 드라마처럼 삼각관계에 엮이니 기가 막힐 노릇이다. 연애, 나랑은 아주 먼 나라 얘기다. 세상에 여자가 반이라고 하는데 내 짝은 어디에서 찾을 수 있으려나, 이러다 혼자 늙어 죽는 건 아닐까, 겁이 나고 괜스레 한숨이 새어 나온다. 그 흔한 연애도 못 해보니 서러운 마음이 든다. 누나는 왜 이런 곳에서 나를 만나자고 하는지 모르겠다. 하긴 누나는 잘못은 없다. 이렇게 생긴 내가 잘못이지. 막냇삼촌은 매년 수많은 여자를 만나서 헤어지고 내 친구 성우도 귀찮을 정도로 여자가 달라붙는데, 나는 뭐지? 이게 다 심각하게 늙고 못생긴 내 얼굴 때문이다. 세상은 왜 얼굴로 사람을 판단하는 건지 모르겠다. 태어난 걸 이렇게 태어났는데 내가 어찌할 방법이 없잖아!

　누나는 처음 만난 그날처럼 창가 쪽에서 마치 화보에 나오는 모델처럼 턱을 괴고 앉아 있었다. 나를 보더니 반갑다며 손을 번쩍 들고 흔들었다. 이 누나, 웃는 모습이 상당히 예쁘다. 그나저나 한 달 사이에 얼굴이 삐쩍 마른 듯하다. 그동안 마음고생이라도 한 건가, 괜스레 걱정이 몰려왔다.

“동안아!”

“누나, 오랜만이에요.”

“정말, 정말 오랜만이야. 네 얼굴 다시 보니까 진짜, 진짜 좋다!”

누나는 내게 다가오더니 두 손을 맞잡고 제자리에서 방방 뛰었다. 마치 우리 엄마가 삼십 년 만에 여고 동창생을 만난 것처럼 말이다. 덕분에 사람들 눈길이 우리를 향했다. 민망해서 절로 얼굴이 붉어졌다.

“누나, 어서 앉아요. 사람들이 다 쳐다봐요.”

“뭐 어때, 사람들이 우릴 보든 말든 무슨 상관이야. 너 은근히 소심하구나, 짜식.”

누나는 오른손으로 내 머리를 쓱쓱 쓰다듬어줬다. 누나 손길이 그리 나쁘지 않았다. 이 누나는 보면 볼수록 참 시원시원한 성격이다. 내숭 떠는 여자애들보다는 백배 낫다.

“동안아, 오랜만에 만났는데 뭐하고 놀까?”

“그러게요. 급하게 나오느라 뭘 할지 생각을 못 했어요.”

“저런, 이 누나를 만나면서 그런 것도 생각 안 했다니, 이거 데이트 상대로는 빵점인걸? 별수 없지. 스트레스도 풀 겸 노래방에 가자.”

누나는 지난 한 달간 무슨 이유 때문에 연락을 안 했는지 말이 없었다. 궁금했지만 물어볼 용기가 생기지 않았다. 아마 먼저 말하지 않는 걸 보니 조금 힘든 일이 있었던 모양이다. 스타카페에서 라떼 한 잔을 마신 우리는 근처 동네 노래방으로 향했다. 처음 만날 때 갔던 노래방과 다른 곳이었다. 누나는 이곳의 단골이라고 했다. 이름은 ‘백점노래방’. 참, 이름 한번 와 닿는다. 내가 노래방에서 노래를 부를 때 한 번도 백 점을 받아보지 못했던 걸 어찌 알았는지 누나가 기가 막힌 곳에 데리고 왔다. 과연 백 점을 얼마나 주려나, 안 주면 막냇삼촌을 잡아간 스포츠머리 형사에게 허위과대광고로 신고할 거다.

역시 동네 노래방이라서 그런지 인테리어가 과거로 타임머신을 타고 온 느낌이다. 촌스럽고 후졌다. 시큼한 곰팡내도 스멀스멀 올라오고, 거의 동네 오락실 노래방 수준이다. 주말이지만 노래방엔 손님은커녕 파리 한 마리도 날아다니지 않았다.

“주혜 왔어?”

“이모, 우리 놀러 왔어요.”

누나는 노래방 아줌마와 매우 친해 보였다. 누나를 반갑게 맞이해 주는 모습을 보니 한두 번 들락거린 건 아닌 듯하다.

“아는 오빠랑 같이 왔구나. 아이고, 총각이 참 듬직하게 생겼어. 몇 살이야?”

지금 아줌마가 말하는 오빠, 바로 나를 말하는 거다. 이보세요, 아줌마! 제가 주혜 누나보다 여섯 살이나 어립니다! 이 말이 목구멍까지 올라왔지만 꾹꾹 눌러 참았다.

“하하, 이모. 얘, 나보다 동생이에요. 하하.”

내가 울컥할 줄 알았는지 누나가 대신 대답했다. 누나, 굳이 그러지 않아도 괜찮아요. 정말 괜찮다고요, 진짜 괜찮은데……. 아줌마는 미심쩍은 표정으로 나를 한참이나 쳐다봤다. 아, 왜 그러세요. 그렇게 안 봐도 내가 아줌마랑 나이 비슷해 보이는 거 압니다! 딱 십 초만 더 쳐다봤으면 누나건 뭐건 버럭 하고 나가려 했다. 십, 구, 팔, 칠, 육, 오…….

"주혜가 동생도 데려왔으니 브이아이피 룸으로 가. 오늘 서비스는 많이 줄게."

이 아줌마, 내 머릿속을 읽은 걸까? 나를 보는 시간을 절묘하게 끊더니, 우리를 브이아이피 룸으로 안내했다. 스무 명 이상 단체 손님만 받는 방이라서 그런지 진짜 크다. 집에서 공만 가져오면 축구 시합을 해도 될 정도다. 이런 곳에서 누나랑 단둘이 놀 생각을 하니 부담스러웠지만, 그래도 마음껏 놀 수 있겠다는 생각에 설레기도 했다.

"그냥 놀기 심심한데 맥주나 한 잔 마실까?"

누나가 지금 술을 마시겠단다. 지난번에 겪은 바로는 이 누나, 한 번 마시면 엄청나게 많이 마시면서 주사도 장난이 아니다. 까딱 잘못하면 천삼백칠십오 다시 삼 번지로 누나를 업은 채 올라가야 한다. 그때를 떠올리는 것만으로도 팔다리가 후들거린다. 다시 그 짓을 할 수는 없다.

"술은 절대 안 돼요!"

오른손을 쫙 펴서 앞에 내밀고 흔들며 단호히 거절 의사를 밝혔다.

"짜식, 내가 지난번처럼 취할까 봐 그러는구나. 알았어. 그럼 음료수 마시자. 맥주 비슷한 밀키스 어때? 좋지?"

누나는 잠시 방을 나가더니 밀키스를 무려 열 캔이나 들고 왔다. 왜 이렇게 많이 가져왔느냐고 물었더니 어차피 놀다 보면 다 마시게 된단다. 어쩌 살벌하게 놀 기분이다. 이 누나, 정말 화통한 듯하다. 누나는 재킷을 벗고 심지어 신발까지 벗어서 의자 위에 던져 두었다. 그리고 마이크를 들더니 노래방 책도 보지 않고 번호를 누르기 시작했다. 이건 뭐지? 누나에게서 노래방 고수 향기가 폴폴 풍겨온다.

ㅇㅇㅇㅇㅇ

"매일 똑같이 굴러가는 하루 지루해 난 하품이나 해…… 뭐 화끈한 일 뭐 신나는 일 없을까? 할 일이 쌓였을 때 훌쩍 여행을, 아파트 옥상에서 번지점프를, 신도림역 안에서 스트립쇼를…… 야이야이야이야…… 머리에 꽃을 달고 미친 척 춤을, 선보기 하루 전에 홀딱 삭발을, 비 오는 겨울밤에 벗고 조깅을…… 야이야이야이야이야……"

누나는 고난도 헤드뱅잉까지 보여주며 '신나게'라는 단어만으로는 부족할 정도로 노래를 고래고래 부르며 놀았다. 나에겐 탬버린 두 개로 열심히 리듬을 타라고 시켰다. 어쩌겠나, 열심히 찰랑찰랑거리면서 누나 노래에 맞춰 생쇼를 했다. 분명히 딱 한 시간만 노는 줄 알았는데 친절한 아줌마는 시간을 추가해줬다.

십 분, 십오 분, 이십 분, 삼십 분, 육십 분!

잠시 화장실에 갔다 돌아오는 누나의 손에는 주인아줌마 전용 리모컨이 들려 있었다. 이걸로 무한정 시간을 추가할 수 있다는 만능 리모컨이다. 노래방 시계가 살벌하다는 거 지금 제대로 느꼈다. 이게 단골이 누리는 특혜인가. 누나는 아는 자우림 노래를 다 부르고 소리를 빽빽 지를 수 있는 노래라면 다 불러댔다. 그러면서도 절대 지치지도 않는지 시간이 갈수록 누나 목소리엔 힘이 더 실리고 있었다. 나는 옆에서 탬버린 흔드느라 팔이 몸과 분리될 지경이다. 코러스까지 해주느라, 목은 찢어질 것처럼 아프고 따끔거렸다. 혀에서 살짝 피 맛이 느껴진다. 이러다 진짜 성대 결절이 오는 거 아닌지 모르겠다. 아직 변성기라 목소리를 잘 관리해줘야 하는데 큰일이다. 이 얼굴에 목소리까지 구리면 나는 어떻게 살아간단 말인가.

누나가 멈추지 않고 만능 리모컨으로 시간을 추가해서 이제 목소리 관리는 포기하기로 했다. 그냥 나도 정신을 놓고 미친 듯이 놀기로 했다. 그까짓 목소리 따위 갈 테면 가라지. 그래도 진짜 노는 게 어떤 건지 지금 몸으로 제대로 배우고 있다. 나중에 성우랑 노래방에서 놀 때 이렇게 놀면 성우 녀석, 깜짝 놀라 뒤로 자빠질 것이다. 누나가 예상한 대로 밀키스 열 캔은 금방 비우고 추가로 여섯 캔을 더 마시고 나서야 노래방에서 나올 수 있었다. 밀키스를 마시고서도 취한다는 게 뭔지 알 듯하다. 속은 울렁거리고 머리가 알딸딸한 게 땅이 두 개로 보인다.

오늘 누나를 스타카페에서 만난 시간은 열한 시다. 노래방에 들어온 시간이 열두 시 즈음이고 지금은 벌써 여섯 시다. 자그마치 여섯 시간 동안 노래를 부르며 소름 끼치게 놀았다.

"동안아, 오늘 완전 신났지? 나는 제대로 필 받았잖아. 큭큭."

누나는 아직도 쌩쌩하다. 반면에 나는 더 늙어버린 기분이다. 길거리에 세워진 반사등을 비춰서 내 얼굴을 봤다. 다크써클이 턱을 향해 백 미터 달리기를 한다. 피곤이란 녀석이 내 몸에 자리 잡았다. 아, 길바닥에 상자라도 깔아서 벌렁 눕고 싶다.

"누, 누나. 안, 안 지쳐요?"

나는 지친 나머지 말도 제대로 나오지 않았다.

"에이, 고작 이걸로 지치겠어. 내가 한창땐 하루에 열두 시간을 풀로 놀았는데. 지금은 늙어서 이 정도밖에 못 놀았네. 아쉽다. 그보다 너, 배고프지? 벌써 저녁 먹을 때다. 저녁 먹으러 가자."

누나가 팔짱을 끼고 날 이끌었다. 다리에 힘이 풀린 나는 거의 끌려가듯이 누나를 따라갔다. 우리가 도착한 곳은 곱창구이를 파는 곳이었다. 누나의 단골집이라는 이 식당은 스타카페와 전혀 다른 분위기로, 회색 벽으로 둘러진 곳에 '외상금지'라는 푯말이 인상 깊은 곳이었다. 연탄 연기가 안을 가득 메워 눈이 따가운 데다가 술 먹는 아저씨들만 있는데, 누난 이런 곳이 왜 좋다는지 모르겠다.

"동안아, 여기 보기엔 허름해 보여도 곱창 맛은 기똥차! 먹어보면 큭 하고 죽을걸? 그만큼 맛있다는 거야. 음, 그리고 곱창에는 소주 한잔을 곁들여야 최고인데 말이지."

"누나, 제발 술은……."

"치, 그래도 곱창을 그냥 먹긴 그렇잖아. 딱 한 잔만 마실게. 한 잔만 마시고 나머진 네가 마셔. 네가 취하면 내가 업어갈게."

"누나가 어떻게 나를 업어요. 그냥 사이다랑 같이 먹어요."

"동안아, 딱 한 잔만 마시면 안 될까앙?"

누나는 계속 어린아이처럼 떼쓰면서 애교를 부렸다. 마음이 잠시 흔들리려는데 누군가 우리 앞으로 다가왔다.

"소주혜."

가만 보니 낯익은 사람이다. 이 사람은 지난번에 피부 관리실에서 봤던 그 남자다.

"어……."

해맑게 웃던 누나 표정이 돌처럼 딱딱하게 굳어버렸다.

"여기서 다 만나네. 역시 우린 인연이야. 안 그래? 이 운명을 거부하지 마. 왜 나를 피해. 한 달 내내 너희 집 앞에 있었는데 왜 나를 피해? 고작 이런 늙은 놈 만나려고 그런 거야? 이 새끼가 나보다 잘난 게 뭐야?”

그 남자는 기분 나쁘게 괜히 나를 들먹거렸다. 고작 두 번째 본 사람더러 ‘늙은 놈’과 ‘이 새끼’라니 제대로 짜증 난다. 누나가 그동안 연락을 못 한 이유를 다는 모르겠지만, 아마 이 남자가 괴롭혀서 정신이 없었던 듯하다. 그런 거라면 나를 불러줬으면 싸움 잘하는 성우랑 힘을 합쳐서 물리쳤을 텐데.

“내 남자친구야. 오빠가 이 새끼, 저 새끼 할 사람이 아니라고. 오빠는 지금 접근금지인 거 몰라? 이렇게 가까이 오면 경찰한테 신고할 거야.”

“미친년, 내가 너한테 왔어? 네가 알아서 온 거잖아. 너도 참 독한 년이야. 어떻게 법원에다가 접근금지를 신청할 수 있어? 그 이유가 뭐야, 내가 싫은 이유가 뭐냐고. 고작 이딴 늙은 놈이랑 만나다니. 너 눈이 삐었구나, 삐었어. 이봐, 형씨.”

그 남자는 내 어깨를 툭 쳤다. 나더러 계속 늙은 놈이라는 것도 기분 더러운데 ‘이봐, 형씨’라니 이거 지금 완전 시비 거는 거다. 그리고 남자에게서 진한 소주 냄새가 풍겨왔다. 맨정신일 때는 나를 보며 피하더니 취해서 마구 들이대는 모양이다. 최대한 누나를 생각해서 울컥 솟아오르는 화를 참아봤다. 대답은 하지 않고 ‘뭘 봐’ 하는 표정으로 남자를 노려봤다.

“형씨를 보아하니, 별거 없는 백수 같은데 이런 거 보기나 했어?"

　남자는 자기 지갑에서 황금색 카드를 꺼내더니 테이블 위에 올려놨다. 번쩍번쩍한 황금색 카드다. 이게 말로만 듣던 한도 무제한 골드카드란다. 젠장, 지금 돈 많다고 자랑하는 중이다. 하여간 어른들은 돈 자랑하는 걸 더럽게 좋아한다. 누구는 교통카드 충전할 돈도 없어서 빌빌거리는데. 자존심이 팍 상하고 기가 팍 죽었다. 그래도 누나가 나를 남자친구라고 소개하는 걸 보니 이 남자를 어떻게든 떼어내야 한다는 사명감이 불타올랐다. 절대 기죽는 모습을 보이지 않기로 했다. 그래, 내가 이 남자에게 꿀릴 이유가 없다. 이럴수록 당당하고 강하게 나가기로 마음먹고 나도 내 지갑에서 카드 한 장을 꺼냈다.

　"나도 카드 있어. 팝카드라고 전국 수십 개 도시에서 사용할 수 있는 카드지. 버스, 지하철 심지어 편의점에서도 사용 가능하다 이거야. 할인혜택도 빵빵해. 당신 골드카드로 지하철 표 끊을 수 있어? 못 끊지? 만약 그런다면 역무원이 당신 보고 미쳤다 욕할 거야, 안 그래?"

　내가 골드키드 앞에 시커먼 교동카느를 불쑥 내밀다니, 호랑이에게 멍멍 짖는 하룻강아지와 무엇이 다르겠나. 이건 좀 아니긴 해도 별수 없다. 누나를 지키려면 약간 미쳐 보일지언정 기죽지 말아야 한다. 어깨를 쫙 펴고 당당하게 남자를 쳐다봤다. 꿋꿋한 내 모습을 본 그 남자는 '꺽' 하고 딸꾹질하더니 주머니에서 자동차 키를 꺼냈다. 그러면서 검지로 식당 바깥을 가리켰다. 그곳에는 검은색 중대형 승용차가 있었다. 이름은 뭔지 모르지만, 엄청나게 비싸 보이는 고급 자동차다.

"좋아. 당신, 차는 있어? 보아하니 마을버스나 타게 생겼는데."

이 남자, 진짜 말하는 거 재수 없다. 도대체 고급 승용차 타게 생긴 사람이랑 마을버스 타게 생긴 사람이 어떻게 다르단 말인가. 당장에라도 한 대 때리고도 싶었지만 그러면 내가 우스워 보이니 부글부글 끓는 속을 가라앉히고 주머니를 뒤적거리다가 손에 잡히는 열쇠를 꺼냈다. 내 손에 잡혀 나온 열쇠는 황당하게도 자전거 열쇠다. 내 것도 아닌 아버지가 애지중지하던 자전거 열쇠다. 며칠 전에 자전거 열쇠 잃어버렸다고 아버지가 한참을 찾으러 다녔는데 그게 나한테 있다니 황당했다. 아마 막냇삼촌이 아버지 몰래 탔다가 내 주머니에 넣어 둔 모양이다. 잘못했다가 내가 자전거 도둑놈으로 몰릴 뻔했다. 하여간, 삼촌은!

"이게 뭔지 알아? 이게 바로 기어가 이십사 단 산악자전거란 말이지. 그깟 자동차는 차도에서만 신호등 눈치 보면서 달리지? 이건 인도와 차도를 다 다닐 수 있고 산도 오를 수 있다 이거야. 당신 이런 거 있어? 기름 값도 걱정 안 해도 되는 친환경 교통수단인 거 몰라? 겨우 똥차 한 대 가지고 유세 떨기는, 쳇!"

이렇게 말하는 내가 참 웃겼다. 저 자동차 사이드미러만 해도 자전거 열 대 값은 족히 넘어 보인다. 고급 자동차만 봐도 이 남자는 진짜 잘난 놈이다. 아마도 집안 자체에 돈이 많은 듯했다. 그래도 부러우면 지는 거니까 참아야 한다. 여기서 계속 밀리면 안 된다. 별거 없어도 당당하자! 누나 표정을 보니 아주 잘하고 있으니 계속 그렇게 하라는 표정이었다. 남자는 말도 안 되는 허세를 부리는 나를 조금 짜증이 난 표정으로 쳐다봤다.

"좋아, 부가적인 거 다 빼고 생긴 것만 따져보자. 거울 좀 봐. 눈이랑 코, 갸름한 턱선까지 나보다 잘난 게 하나라도 있어?"

얼굴을 들먹거리니 갑자기 할 말이 없어졌다. 그래, 내가 이 남자보다 늙어 보이고 못생긴 건 사실이니까. 내 당황해하는 표정을 보고는 남자가 씩 웃으며 말을 계속 이었다.

"거기다 난 당신처럼 더럽게 성인 여드름은 안 났지. 자기 관리가 철두철미한 사람이 나야. 옷도 봐. 나, 이 옷 백화점 명품관에서 샀어. 당신은 시장 바닥에서 샀나, 아니면 헌옷 수거함에서 주웠어? 구질구질하긴, 쯧."

헌옷 수거함이라는 말에 울컥했다. 내가 봐도 지금 입은 옷이 그렇게 보이기 때문이다. 남자는 번쩍번쩍 빛이 나는 명품 정장을 입었다. 내가 처음 누나를 만났을 때 입었던 막냇삼촌의 양복보다 천 배는 좋아 보였다. 괜한 자격지심에 울컥해서 주먹이 올라가려다 누나를 보며 겨우 참았다.

"나는 명품 따위는 안 입어. 명품은 허영심이라고."

"쳇, 없는 놈들이 다 허영 타령 하더라. 나는 주혜를 책임질 수 있는 능력이 충분해. 당신을 보니 주혜가 도와줘야겠구먼. 도대체 당신이 나보다 잘난 게 뭐야. 있으면 한번 말해봐. 하나라도 있으면 남자답게 순순히 물러나줄게.”

이 남자, 실제로는 나보다 나이가 한참 많을 텐데 내가 자신보다 나이가 많은 줄 착각한다. 이것만 해도 기분 나쁘지만 더 기분 나쁜 건, 내가 이 남자보다 얼굴이 심각히 딸린다는 것이다. 아무리 나한테 편파적으로 생각해도 내가 못나 보이는 건 어쩔 수 없다. 남자는 몸매도 대충 보니 근육이 탄탄해 보인다. 반면에 나는 트랜스지방에 찌든 기름살이다. 이 남자한테는 복근도 있을 것이다. 반면에 나는 살짝 복부비만이다. 계속 생각할수록 내가 완전 꿀린다. 오늘따라 내 똥배가 더 불룩하게 튀어나왔다. 머리숱마저도 별로 없어 보인다. 얼굴을 비교하자니 주눅이 안 들 수가 없다.

“어오, 시바!”

속상한 마음에 자리에서 벌떡 일어섰지만, 딱히 할 말이 없었다. 내가 이 남자보다 무엇이 잘났다고 할 수 있겠는가. 남자는 나를 보며 피식 비웃었다. 어호, 진짜 싸워볼까? 그런데 이 남자, 싸움도 잘할 것 같다. 괜히 달려들었다가 맞을 것 같아 겁이 났다. 갑자기 싸움 좀 하는 성우가 보고 싶었다. 성우야, 지금 어디 있어. 나 도와줘라. 누나는 안타까운 표정으로 나를 쳐다봤고 내 고개는 절로 숙여졌다.

“거참, 시끄럽네. 거기 티셔츠 입은 양반이 얼굴은 더 크네.”

옆 테이블에서 술을 마시던 대머리 아저씨가 한마디 했다. 유치하게 싸우는 모습을 지켜보며 한심하고 답답했던 모양이다. 대머리 아저씨 옆에 앉은 이 대 팔 머리 아저씨도 동의한다는 뜻으로 고개를 끄덕이며 소주잔을 비워냈다. 생각해보니, 내가 이 남자보다 머리는 훨씬 컸다. 평소라면 머리 크다는 말에 울컥했겠지만, 지금은 듣던 중 반가운 소리였다. 남자는 대머리 아저씨를 찌릿 흘겨보다가 나를 쳐다봤다. 설마, 머리 큰 걸로 나서겠느냐는 표정이었다. 취해서 그런지 눈이 풀려서 참 가관이다. 내가 술 취한 사람하고 뭐 하는 짓인지.

"그래, 내가 머리는 훨씬 크다!"

"이봐, 형씨. 그건 아니지. 머리 큰 게 뭐 그리 자랑이라고."

"뭐든지 큰 게 좋은 거 아닌가? 머리 크면 집어넣을 지식이 얼마나 많은데."

"주혜는 머리 큰 남자 안 좋아한다니까!"

남자는 짜증이 가득한 표정으로 소리쳤다. 옆자리 대머리 아저씨와 이 대 팔 아저씨는 '미친놈' 하며 다 들리게 구시렁거렸다. 하긴 누가 머리 큰 남자를 좋아하겠는가, 또 말문이 막혔다. 이번에 대머리 아저씨가 더 안 도와주나, 슬쩍 봤다. 그러나 대머리 아저씨는 내 시선을 피한 채 '드러운 세상' 하며 소주만 들이켰다. 이대로라면 남자에게 제대로 지는 것이다. 어깨에 힘이 주욱 빠지려 했다.

"누가 그래, 나 머리 대빵 큰 남자 좋아해. 그래서 만나는 건데?

모르면 닥쳐줄래?"

조용하던 누나가 드디어 입을 열었다. 남자는 누나를 보며 말이 되는 소리냐고 길길이 날뛰었지만, 누나는 표정 하나 변하지 않고 "진짜거든." 하고 쐐기를 박았다.

"그래, 나 머리 큰 게 매력이야. 그러니까 그냥 가라고. 계속 사람 괴롭히지 말고."

다시 자신감을 찾은 나는 남자에게 툭툭 쏘아붙였다. 남자는 뒤통수에 망치를 얻어맞은 표정으로 슬금슬금 가게를 빠져나가 버렸다. 대머리 아저씨는 "거봐, 남자는 머리 큰 게 좋다니까." 한마디하고 이 대 팔 아저씨도 "우리 때는 머리 큰 남자가 최고였어." 하고 맞장구쳤다. 나는 고맙다는 의미로 허리를 꾸벅 숙이고 인사하며 자리에 앉았다.

"짜식, 너 진짜 멋졌어."

누나는 엄지를 추켜세우며 다른 손으로는 내 어깨를 툭툭 쳐주었다. 평소 내가 가장 못났다고 생각한 머리 큰 걸로 이기다니, 기분이 묘했다. 이런 걸로도 당당해질 수 있구나, 싶었다. 앞으로 어떻게 될지는 모르겠지만, 우선 오늘은 그 남자가 누나를 괴롭히지 않을 듯하다. 이 순간만큼은 나란 녀석, 꽤 쓸 만하다.

"헤헤, 제가 어릴 때부터 머리 큰 걸로 누구한테 밀리지 않았죠."

"그래그래, 기특해. 오늘 누나가 고기 많이 먹게 해줄게. 그런 의미로 나 소주 딱 한 잔만 마실게. 응?"

"아, 누나. 제발."

"딱, 한 잔만."

"어휴, 마셔요, 마셔."

오늘도 누나를 업고 공포스런 천삼백오십 다시 삼 번지를 올라가야 될 모양이다. 다른 건 몰라도 내 다리에 튼실한 근육이 생기겠다. 누나에게 근육을 선사해줘서 고맙다고 해야 하나.

"누나, 딱 한 잔만 마신다고 했잖아요. 왜 벌써 한 병이에요!"

"딱 한 병만 더, 헤헤."

젠장, 이 누나 벌써 한 병 다 마시고 한 병 더 주문했다. 제발 그만 좀 마시지 그칠 기미가 안 보인다.

"제발, 그만 마셔요!"

천삼백오십 다시 삼 번지, 진짜 가야겠구나. 내 뇌가 시키지 않았는데도 다리가 알아서 스트레칭을 하고 있었다.

ooooo

지금 내 다리는 계속 후들거린다. 주혜 누나가 사는 천삼백오십 다시 삼 번지를 또 다녀왔다. 젠장, 누나가 지난번보다 마른 줄 알았는데 오히려 더 살이 쪘다. 확실히 누나 뱃속에 내장지방이 가득하다. 안 그러고서야 이렇게 무거울 리가 없다. 장 청소라도 받으라고 진지하게 말해봐야 하나.

주혜 누나 엄마는 잘생긴 청년이 다시 왔다며 매우 반가워했다.

"오늘은 그냥 가지 마요. 된장찌개 끓여 줄 테니까."

"아, 아니에요. 저 괜찮아요."

"그냥 보내면 내 마음이 불편해요. 조금만 기다려요. 금방 끓여 올 테니까."

"그러면 제가 같이 도와드릴까요?"

"눈은 잘 안 보여도 우리 집은 훤하니까 걱정하지 말고 편하게 있어요."

누나가 술 많이 못 마시게 신경 쓰느라 고기를 얼마 먹지 못했다. 거기다 누나를 업고 여기까지 오느라 배가 무지하게 고팠는데 된장찌개를 끓여 준다니 반가웠다. 누나는 바닥에 드러누워서 뭐라뭐라 구시렁거렸다. 하여간 어떤 사람이든 술만 마시면 다 이상해지는 건 어쩔 수 없다. 제발 여기서 욱욱거리지나 말았으면 좋겠다. 기다리면서 방 안을 두루두루 살펴봤는데 누르끄름하게 변색한 하얀 벽지와 쥐가 갉아 먹은 것처럼 모서리가 닳은 책상, 빛바랜 책들도 보이고 텔레비전과 컴퓨터는 내가 초등학교 일 학년 때 썼을 만한 옛날 모델이었다. 누나가 힘들게 산다는 생각에 절로 한숨이 새어 나왔다. 그 사이 구수한 냄새가 내 콧속에 들어오려 똑똑 노크하더니 불쑥 머리를 들이밀고 들어왔다. 와, 이 냄새는 우리 집에서는 맡아본 적 없는 냄새다.

“잘생긴 청년, 상 좀 들어줘요.”

와, 이 아주머니 정말 나를 바람직하게 부른다. 그래, 내가 진짜 잘생긴 게 아닌 건 안다. 그래도 잘생겼다고 하니 기분은 하늘을 붕붕 날아갈 지경이다. 네, 하고 대답하며 부엌에 나가 상을 받아 방으로 돌아왔다. 둥그런 나무 밥상 위에는 내 코에 함부로 들어왔던 된장찌개가 누렇고 찌그러진 양은냄비에 담겼다. 밥그릇에 밥은 우리 동네 뒷산처럼 수북하게 쌓였다. 김치도 자르지 않고 포기째 접시에 놓였다. 단출했지만, 절로 입맛이 돋았다.

“어서 들어요.”

아주머니는 내 앞에 마주 앉아 손짓했다. 그런데 밥이 한 그릇뿐이었다.

“혼자 먹기 좀 그런데 같이 드세요.”

“나는 아까 챙겨 먹었으니까, 어서 들어요. 먹는 모습만 볼 테니까.”

“엇, 제가 보이세요?”

“희미하게 사람 형체 정도는 구분해요. 앞에 사람이 있다는 정도만 알지요.”

“아, 그렇구나. 맛있게 잘 먹겠습니다!”

된장찌개를 한 숟갈 떠서 먹었는데 이런, 우리 엄마가 한 해괴한 음식은 단번에 싹 잊게 할 정도로 황홀했다. 밥이 너무 많아 걱정했는데 된장찌개를 먹으니 그런 걱정은 자취를 감춰버렸다.

"잘생긴 청년이 아주 맛있게 잘 먹고 있네요. 난 소리만 들어도 다 알 수 있어요. 천천히 많이 먹어요. 이것도 같이 먹구요."

아주머니는 미소 지으며 손으로 직접 김치까지 찢어서 밥 위에 올려줬다. 김치마저도 예술이었다. 주혜 누나는 옆에서 계속 웅얼거리는데 된장찌개와 김치를 먹고 있으니 주혜 누나마저 잠시 잊게 했다. 정확히 나는 밥을 두 공기를 비워냈다. 이것도 아쉬워 더 먹고 싶었지만, 그건 실례되는 일 같아서 겨우 참았다. 계속 구시렁거리던 누나를 두고 아주머니가 대문까지 배웅해줬다. 배가 든든하니 집으로 가는 발걸음이 날개를 단 것처럼 가벼웠다.

10

하악, 하악, 하악, 하악

우리 가족에 대해 생각해보면 참 이상하다. 하긴 이런 생각하는 나도 이상한 놈인 건 매한가지지만, 우리 부모님은 진짜 이상하리만큼 게으르다. 우리 가족 중에 가장 부지런한 걸로 따지자면 막냇삼촌이 온종일 쉬지 않고 컴퓨터를 하고 있으니 부지런하다 볼 수 있다. 물론 잡다한 심부름을 다 나를 시켜 먹어서 진짜 싫지만, 그래도 삼촌은 잠시도 쉬지 않고 손가락을 움직이니 부지런한 건 확실하다. 나는 늘 삼촌 심부름에 시달리지만, 부지런하지 않다. 환경만 허락한다면 종일 내 침대에서 뒹굴뒹굴하고 싶은 귀차니즘 에너지가 가득한 사람이다. 물론 환경이 그걸 허락하지 않아 우울하지만.

원래 우리 아버지는 시청 공무원이었다. 서류를 발급해주는 일을 했는데 그리 바쁘지 않아서 그런지 내 친구들 아버지보다 가정적으로 살아왔다. 여기서 가정적인지에 대한 기준은 정시 퇴근을 말하는 것이다. 특별히 비상근무가 없으면 저녁 여섯 시 땡 하면 집에 들어왔다. 어릴 때 아버지는 퇴근하고 들어올 때면 붕어빵이나 과자를 자주 사 왔다. 아버지가 사 온 주전부리를 먹으며 공무원이 최고라고 생각했다. 그래서 나중에 크면 대학 따윈 가지 말고 곧바로 공무원이 되려 했다. 공무원만 된다면 아버지처럼 편하게 살고 자식에게 간식도 자주 사다 줄 테니 그런 삶이 부러웠다. 하지만 이제는 그런 마음을 싹 바꾼 지 오래다.

가늘고 긴 생존을 원하던 아버지는 지금은 공무원이 아니다. 우리 동네에 작은 만두 가게가 있는데 거기 대표이사님이다. 우리 엄마는 조금 더 높은 회장님이고 거기서 일하는 알바 아줌마를 포함해 일하는 사람은 달랑 세 명뿐이다. 알바 아줌마 직함은 실장님이다. 무슨 가게에 직원은 없고 간부들만 있다니 신기한 곳이다. 나도 커서 만두집에서 일을 도우면 전무 정도는 시켜주려나. 삼촌에게도 그 자리를 주려고 했으나 그 높은 전무 자리를 버리고 생각할수록 허무맹랑한 네트워크 마케팅 사업에 몸 바쳐 정확히 보름에 한 번씩 우리 가족 고혈압을 유발하고 있는 거고.

솔직히 나는 아버지가 공무원으로 정년퇴직할 줄 알았다. 나뿐만이 아니라 주변 사람 모두 그렇게 생각했었다. 아버진 특별히 비리 같은 걸 저지를 줄도 몰랐고 남에게 나쁜 소리도 못하는 사람이라 별 탈 없이 평생 공무원을 할 줄 알았다. 진짜 큰 문제가 생긴 것은 지방선거를 치르고 새로운 시장이 취임할 때부터다. 아버진 그 사람이 시장으로 당선되면 우리가 사는 도시가 참 좋아질 거라며 엄마와 삼촌에게 꼭 그 사람을 찍으라고 했다. 하지만 새로운 시장은 그런 아버지 믿음에 발등을 제대로 찍는 사건을 터트렸다. 바로 '무능한 공무원을 골라내 퇴출하겠습니다!'라는 새로운 공약을 지키기로 한 거다. 시민들은 환호했지만, 아버진 세상을 다 산 것처럼 우울감에 빠졌다. 얼마 있다가 아버지는 평소보다 훨씬 절망한 표정으로 집에 들어왔다. 기어이 그 무능한 공무원에 아버지가 포함되었다는 것이다. 그러고도 얼마간은 대기발령 상태에서 무슨 교육원인가 뭔가 하는 곳에 출근하다가 마지막까지 무능 공무원으로 낙인찍혀 그만두게 된 것이다. 그때 억지로 그만둔 사람은 아버지를 포함해서 달랑 세 명뿐이었다. 결과가 이렇게 나오자 사람들은 별로 좋아하지 않았다. 당연히 아버지가 잘렸다는 사실을 아쉬워한 것은 아니다. 아버지처럼 하급공무원 몇 명만 쫓아내서 불만이라는 것이다.

결국 새로운 시장이 시도한 무능 공무원 퇴출 계획은 엄한 아버지만 쫓아내 놓고 흐지부지 없어졌다. 아버신 아주 상심해서 며칠간 드러누워 있다가 보름쯤 지나자 갑자기 자리에서 일어나더니 새로이 사업을 해보겠다고 했다. 외할머니가 만두를 잘 만드니 만두 가게를 하면 좋겠다고 했다. 물론 우리 엄마가 며칠 동안 단식 투쟁을 하면서 말렸고 나도 엄마를 지지하는 태도였으나 아버지

뜻을 꺾을 수 없었다. 엄마가 단식 투쟁을 하던 중에 아버진 이미 만두 가게를 할 점포를 계약해버렸으니 되돌아올 수 없는 강을 건너버린 것이었다. 하지만 아버지는 큰 실수를 하신 거다. 외할머니는 만두뿐만 아니라 모든 음식을 맛있게 잘 만든다. 그러니 엄마도 열심히 배우면 음식을 잘할 수 있을 거라고 아버지는 확신한 것인데, 엄마 음식 솜씨를 잘 알면서도 그런 생각을 했다니. 우리 엄마는 한마디로 요리를 못한다. 다른 말로 수식할 것도 없이 그냥 못한다. 엄마가 만든 음식은 음식이 아니다. 그냥, 그냥, 그냥, 음식물이다.

초등학교 시절 봄 소풍 때였다. 나는 엄마가 김밥만큼은 '잘'은 아니더라도 사람이 먹을 수 있을 만큼 만들 것이라는 허황된 믿음으로 엄마에게 김밥을 만들어 달라고 했다. 엄마는 한사코 사양하며 분식집에서 사 온다고 했다. 다른 친구들처럼 엄마 사랑이 가득한 김밥을 먹고 싶으니 엄마가 싸주지 않으면 절대로 소풍에 가지 않겠다고 고집을 피운 결과 내 뜻을 이뤘다. 모양은 정말 먹기 아까울 정도로 예쁘게 만들어졌다. 김밥 공예가 있다면 대상감이랄까. 그런데 엄마는 소풍 장소에 도착할 때까지 절대로 먼저 먹지 못하도록 했다. 꼭 점심때 배가 많이 고프면 먹으라고 신신당부했다. '꼭'이라는 글자를 무려 다섯 번이나 반복했다. 그땐 왜 그랬는지 몰랐지만, 엄마가 만들어 준 김밥을 한 개 집어먹자마자 그 뜻을 바로 알았다. 역시 우리 엄마는 참 정직하다. 어떤 음식을 만들어도 이렇게 똑같이 맛없을 수가! 세상에 이런 맛이 있을지 의문스럽고 이런 맛이 있다는 사실에 화가 날 정도로 맛없었다. 그때 아무것도 모르고 예쁘게 담긴 내 김밥을 하나씩 먹어 본 친구들은 한바탕 난리가 났다.

"웩웩, 내가 진심으로 말하는데 이 김밥 먹지 마라. 어디서 사 온 거야? 완전 발가락으로 만들었어. 이건 김밥이 아니야. 그냥 음식 찌꺼기 말아 놓은 거라고. 웩웩, 버려 버려. 저기 비둘기 있네. 저 녀석들한테 줘버려. 사람 먹을 게 못 된다. 너 이거 먹으면 얼굴 더 늙는다."

그때 가장 친했던 준기가 헛구역질을 하며 제일 심하게 난리를 부렸다. 어쩌면 그때 늙은 내 얼굴이 왜 그런지 그 이유를 조금은 느꼈던 건지도 모르겠다. 엄마가 한 음식에 스트레스 지수가 급격히 상승하여 노화 호르몬을 촉진하고…….

준기 말대로 옆에서 먹이를 찾아 두리번거리던 비둘기에게 내 김밥을 모두 던져줬다. 우리 주위를 어슬렁거리며 부스러기라도 던져주길 원하던 비둘기들은 초롱초롱한 눈으로 나를 보더니 김밥을 주워 먹기 시작했다. 비록 사람이 먹지 못하는 거지만, 비둘기 배라도 채우면 자연과 더불어 살아가는 사람으로서 한몫한다고 생각했다. 하지만 비둘기들은 내가 던져준 김밥을 몇 번 쪼아 먹더니 갑자기 머리를 부르르 털어내면서 뱉어냈다. 비둘기가 그렇게 치를 떨며 음식을 뱉어내는 모습은 처음 봤다. 비둘기는 뱉는 걸로 모자라 푸드덕푸드덕 공중부양하더니 김밥을 잘근잘근 짓밟으며 '구르르 국국, 구르르 국국' 엄청 시끄럽게 울어댔다. 비둘기 무리 중 우두머리로 보이는 머리 큰 녀석이 나를 매섭게 노려봤다. 그 눈빛이 마치 '너, 이딴 거 한 번만 더 주면 부리로 대가리 쪼아버린다. 어오! 너 다신 내 눈에 띄지 마라. 진짜 뒈진다.'라고 말하는 것 같았다. 비둘기들이 금방이라도 단체로 나를 쪼아버릴 기세였다. 안 그래도 몇 마리는 잠시 어디로 날아가더니 발에 돌멩이와 나뭇가지를 들고 돌아왔다. 그때 나 혼자 있었더라면 비둘기에게 집단 구타 당해 사망신고서를 써야 했을지도 모른다. 내가 그때부터 비둘기를 무서워한다.

아무튼 우리 엄마 음식은 비둘기도 화낼 정도로 맛없다. 그런 엄마가 외할머니에게 만두를 전수받으면 똑같이 잘 만들 거란 아버지의 헛된 믿음 때문에 아무런 준비도 없이 덜컥 만두 가게를 개업했다. 엄마는 어차피 할 것 제대로 만들어 보겠다며 외할머니에게 배운 그대로 만두를 만들어냈다. 물론 언제나 모양은 똑같다. 아니, 더 예쁘게 나왔다. 만두 공예가 올림픽 정식종목이라면 금메달 감이다. 신기하게 모양은 누가 봐도 떡하고 입이 벌어질 정도로 예쁘게 잘 만든다. 그러나 맛은 안 봐도 비디오다.

"웩웩, 이게 만두야! 이거 팔면 우리 가게 한 시간 만에 망해! 테러 당할지도 모른다고!"

첫 시식으로 내가 먹어봤는데 역시, 입맛만 버렸다. 젠장, 하필 만들기는 많이 만들어 놨다. 이걸 버려야 하는데 마침 밖에 비둘기들이 보였다. 아버지는 비둘기 배라도 채워주라며 남은 만두를 모두 던져주라고 했지만, 차마 그러지 못했다. 저 비둘기 중에 나를 살벌하게 째려본 우두머리 비둘기와 돌멩이를 주워 온 비둘기 녀석들이 있을 듯해서 살짝 쫄았다. 하는 수 없이 개업 시작 삼십 분 만에 우리 가게는 무기한 휴업에 들어갔다. 그래도 아버지는 엄마가 만두만큼은 반드시 잘 만들어 낼 수 있을 거라며, 외할머니 피를 물려받았으니 반드시 해낼 수 있다며, 희망을 버리지 않았다. 하지만 시간이 지날수록 모양만 예술작품이 되고 맛은 점점 안드로메다로 가는 엄마 만두를 우리는 포기할 수밖에 없었다. 결국 아버지가 직접 외할머니에게 배우기로 했다. 그게 훨씬 빠른 거라는 걸 늦게라도 깨달았던 거다.

휴업한 지 두 달이 지나서야 다시 만두 가게를 개업해 아버지는 대표이사 겸 주방장을 맡았고 엄마는 회장 겸 서빙을 맡아 장사를 시작하긴 했다. 물론 아버지가 배워서 만든 만두도 별로다. 대형 할인점에서 파는 냉동만두가 백 배 더 맛있다. 아버지가 만든 만두를 먹으면 꼭 세 시간씩 늙는 기분이다. 아주 가끔 맛있을 때가 있는데 그때는 아버지가 만두를 잘못 만들었다며 자책하는 날이었다. 그런 모습을 보며 나는 더 늙어갔다.

형편없는 맛에도 우리 만두 가게는 몇 년째 잘 이어가고 있다. 대박? 에이, 그럴 리가 있겠나, 그냥저냥 겨우겨우 버텨가는 중이다. 이렇게 버티는 이유는 다른 곳보다 가격이 싸기 때문이다. 다른 거 없다. 딱 그 이유 하나로 여태까지 버텨왔다. 재료값이 올라가도 음식값은 못 올린다. 만약에 음식값을 올린다면 분명히 손님들이 다 떨어질 것이다. 내가 장담한다. 우리 만두 가게는 싼 맛에 주린 배를 채우러 오는 곳이니까. 그래서 우리 집은 가게를 운영하며 겨우 입에 풀칠할 정도로만 먹고 산다. 요즘에 아버지는 가게에 나가서 만두만 만들어 놓고 집에 들어온다. 그 밖에 다른 일은 엄마가 다 알아서 한다. 물론 처음부터 아버지가 이러지는 않았다. 누구보다 더 열정적으로 장사했는데 열정에 비해 턱없이 맛없는 만두는 그 뜨거운 열정마저 식어버리게 했다. 만두도 만두지만 코딱지만큼 버는 것마저도 막냇삼촌 그 인간이 다 말아먹으니 돈 버는 재미가 없을 것이다. 내가 아버지였으면 벌써 그 인간 입에 엄마표 만두를 백 개 정도 쑤셔 넣으며 인생이 원래 이렇게 맛없고 쓰고 짜고 거지 같다고 느끼게 했을 것이다.

ooooo

집에 들어왔는데 아무도 보이지 않았다. 평소대로라면 아버지가 거실 소파에 누워서 텔레비전을 볼 텐데 이상했다. 아마도 일찍 잠이 들었나, 내 방에 들어가려는데 순간 이상한 소리가 귀를 자극했다.

하악, 하악, 하악.

뭐지, 왜 우리 집에서 야릇한 숨 가쁜 소리가 들리는 걸까? 그 것도 막냇삼촌 방에서 들렸다. 분명 막냇삼촌이 돌아온 것은 아닐 텐데. 이건 대체 무슨 소리지? 아무리 들어도 아버지 숨소리도 아 니고, 그렇다고 엄마 목소리도 아니다. 엄마는 아줌마치고 곱상한 외모와는 다르게 우리 아버지보다 더 남성스러운 중저음이다. 그러 니 돌고래처럼 고음역 숨소리는 내지 않을 것이다. 그렇다면 아버 지가 우리 몰래 다른 여자를……? 잘못하면 '사랑과 전쟁'에 우리 가족이 나올지도 모른다. 나도 출연시켜주려나, 내가 내연남으로 제작진이 오해하면 어쩌나, 아니! 지금 이게 문제가 아니라. 어떤 상 황인지 확인해야 했다. 떨리는 마음으로 방문을 열었다. 다행히 방 안에는 한 남자가 있었다. 컴퓨터가 켜져 있고 모니터엔 알아듣지 못할 일본어 자막이 마구마구 뜨면서 인형처럼 예쁘게 생긴 여자 랑……. 아무튼 내 정신 건강을 심각하게 해칠, 미성년자는 물론이 고 순수한 어른도 관람불가해야 할 동영상이 재생되는 중이다. 저 동영상을 보는 남자의 뒷모습이…….

"아버지!"

"어, 어…… 도, 동안이 왔어? 허허."

아버진 나를 보더니 깜짝 놀란 표정으로 서둘러 컴퓨터 모니 터를 껐다. 하지만,

"하악, 하악, 하악."

소리는 스피커를 통해 계속 흘러나왔다. 그것도 아주 크게.

"아버지, 야동 보세요?"

"그, 그게 아니고 실수로 그만 흠, 흠."

"와, 아버지가 그러실 줄이야."

"지, 진짜 그, 그런 게 아니고 실수라니까."

"됐어요."

사실 저 작품, 내게 낯익은 작품(?)이다. 내가 직접 내려받아 본 건 아니고 막냇삼촌 그 인간이 아침부터 즐겨보는 명작 중 하나다. 절대 고의로 본 건 아니고, 아주 우연히 그 인간 심부름을 하면서 슬쩍 간접적으로 봤다. 그 인간은 귀중한 자료라면서 컴퓨터 속에 숨김 폴더를 사용하며 꼭꼭 숨겨뒀는데 그걸 아버지가 용케 찾아낸 것이다. 언제 이 정도의 고급 기술을 배운 건지.

우리 아버지는 얼마 전부터 컴퓨터를 즐겼다. 인터넷 고스톱이 재미있어서 그런 줄 알았는데 몰래 야동을 볼 줄이야. 아버지를 보며 기가 막혀서 헛웃음이 절로 터져 나왔다.

"괜찮아요. 남자 본능은 어쩔 수 없는 거죠. 그래도 소리는 줄이고 보세요. 엄마한테 걸렸으면 큰일 났을걸요. 통북어 소리가 온 집안에 울렸을 거예요. 저한테 걸린 게 다행인 줄 아세요."

"이 녀석이 끝까지 이 아버지 말을 안 믿네. 이번이 처음이라니까 그러네. 흠흠!"

어른들은 참 이상하다. 뻔히 보이는 거짓말을 끝까지 한다. 어찌겠나, 아버지니까 그냥 속아주는 척하는 수밖에. 헤드셋 설치법을 슬쩍 알려드려야 하나.

"알겠으니까, 어서 저 스피커 좀 어떻게 해봐요. 기분이 이상해지잖아요."

"아, 그, 그래, 미안하다."

아버지는 얼른 스피커를 끄고 컴퓨터 전원도 껐다. 아버지가 저런 거까지 보는 걸 보니 이래저래 적적한가 보다. 아마 살아감에 재미가 없으니 그런 모양이다.

생각해보면 우리 아버지도 만만치 않게 사고를 저질렀다. 동창회에 나가서 나온 술값을 카드로 긁어버린 일, 쓰레기 분리수거 안 하고 몰래 버리다가 동네 부녀회장님에게 딱 걸려서 벌금 낸 일, 술 취한 채 동네 지구대로 가서 국가가 어쩌고저쩌고하면서 난동 피운 결과 법원에 가서 즉결 심판 받은 일…… 이래저래 자잘한 사고는 많이 치고 다녔다. 물론 무능 공무원으로 퇴출당하고 대책 없이 만두 가게 개업한 건 평생에 잊을 수 없는 가장 큰 사고다. 그래도 막냇삼촌이 우리가족 뒤통수와 발등을 동시에 내려친 사고에 묻혀서 그리 혈압을 유발하지 않을 뿐이다. 이번에 아버지가 야동을 본 일은 큰 사고는 아니지만 내 기억 속에 오래 남을 듯하다. 아버지를 보니 역시 아버지도 남자라는 생각에 나도 모르게 피식 웃음이 나왔다.

아버지는 아무 일도 없었다는 듯 헛기침을 하며 말했다.

“그나저나 너는 어딜 다녀왔기에 이렇게 늦은 거냐. 아까 저녁에 성우 왔다 갔다.”

저런, 성우랑 저녁에 만나기로 했는데 천삼백오십 다시 삼 번지를 정신없이 다녀오느라 깜빡했다. 월요일에 학교에 가면 성우가 개와 새를 접목한 기막힌 욕 랩을 펼칠 것이다. 어쩐지 아까부터 계속 귀가 간지러웠다.

“아, 맞다! 그냥 나중에 전화할게요.”

“그래, 배는 안 고프냐? 가게에서 만두 가져왔으니까 같이 먹자.”

오늘도 재고 만두를 잔뜩 가지고 왔다. 이 만두, 확실히 내 노화를 촉진하는 게 틀림없다. 아버지와 함께 부엌으로 가서 식탁에 마주 앉았다. 아버진 식탁 위에 놓여 있는 먹다 남은 소주를 벌컥벌컥 마셨다. 소주는 쓰디쓴 건데 왜 저렇게 마시는지 모르겠다. 그걸로 부족했던지 냉장고에서 소주 한 병을 더 꺼내왔다.

“너도 한잔할래?”

아버지가 소주잔을 건네줬다. 이거 뭐지, 내가 가끔 술 마신다는 걸 시험해보는 건지 모른다. 약점 잡아서 폭로하지 못하도록 수를 쓰는 걸까.

“아, 아니에요. 아직 학생이잖아요.”

“짜식, 빼기는. 몰래 진호랑 맥주 한 잔 마시는 거 다 안다. 그리고 아버지가 주는 술은 괜찮은 거야. 한잔해라.”

어른들은 나처럼 미성년자에게 술을 줄 때마다 하는 레퍼토리가 같다. 어른이 주는 건 괜찮단다.

"네, 그럼 딱 한 잔만 마실게요."

아버지가 따라 주는 소주를 받아 마셨다. 솔직히 나는 술이 싫다. 술 때문에 고생한 게 한두 번인가. 그래도 이상하게 소주라는 녀석, 쌉싸래하면서도 입에 착착 달라붙는 게 맛은 괜찮다. 이래서 사람들이 소주를 예찬하나 보다. 점점 알딸딸하다.

"동안아, 너는 여자친구는 있느냐?"

아버지는 만두를 안주 삼아 우적우적 씹어 드시면서 물었다.

"솔직히 이 얼굴로 여자친구가 있다는 게 말이 되나요?"

"그런 말이 어디 있냐. 내 아들이라서 그런 건 아니지만, 너 정말 잘생겼어."

"그건 제가 아버지 아들이니까 그렇게 말씀하시는 거죠."

이번엔 내가 알아서 소주를 따라 마셨다. 아버지도 말리지 않았다. 여자친구 얘기하고 내 얼굴 얘기하다 보니 속이 더 쓰리다. 쓰읍, 소주병에 비친 내 얼굴을 보니 더 늙었다. 앞머리도 조금 더 벗겨진 것 같고.

"언제든지 여자친구, 아니 여자친구 삼고 싶은 사람 있으면 말해라. 내가 팍팍 밀어주마."

"진짜죠?"

"그럼, 그런 사람이 있긴 하니?"

“음, 아직은 확실하진 않지만 확실해지면 말씀드릴게요.”

“알았다. 아비가 아니라 남자로서 약속하마. 그러는 의미로 오늘 봤던 것은 엄마한테 비밀이다. 쉿!”

역시 아버지는 내 입막음을 하고자 소주를 먹이고 여자친구 얘기를 꺼낸 것이다. 아, 역시 연륜을 무시할 수 없다. 고수다, 고수. 그래도 이 정도면 괜찮은 거래라고 생각한다.

아버지를 보니 괜히 기분이 좋아진다. 그나저나 아버지가 계속 야동으로 삶의 위로를 받으면 안 될 텐데 큰일이다. 아버지가 다닐 만한 문화강좌라도 알아봐야 하는 건 아닌지 모르겠다. 요즘 어른들은 기타를 배우고 난타 교실도 많이 다닌다던데. 아버지가 계속 야동을 보다가는 엄마에게 한 번은 딱 걸릴 텐데 걱정이다. 아무래도 아버지 모르게 그 작품을 삭제하고 유해사이트 차단 프로그램을 깔아 놔야겠다. 그래야 우리 가족 평화를 지킬 수 있다. 엄마의 통북어 무예가 아버지에게는 가해지지 않기를 바라는 마음이다. 걸리면 괜히 내가 대신 야동을 깔아놨다고 오해받을지도 모르는 일이니까. 이래저래 가정의 평화를 수호하기 위해 빨리 작업에 들어가야겠다.

“아들아, 한 잔 더 해라. 너 술 잘 마시는구나? 아들이랑 술 마시니 좋구나.”

“네, 아버지랑 마시니까 소주 맛 죽이네요. 킥킥.”

역시 술에는 딱 한 잔 따윈 없다. 마시면 끝까지 마시는 거다.

누나가 왜 그리 멈추지 않고 마시는지 알 것 같다. 다른 사람이 소주를 마실 때는 참 별로라고 생각했는데 내가 마시니 소주, 참 맛있다!

11

원조라니요!

야자라는 것, 너무 싫다. 야자란 뭔가? '야간자율학습' 줄임말이다. 그러니까 야간에 자유로운 의사에 따라 공부를 더 할 수 있는 제도다. 쳇, 웃기는 소리다. 고등학생치고 자유로운 의사에 따라 야자를 하는 인간은 없을 것이다. 만약 야자를 하지 않으려면 학교를 때려치우는 수밖에 없다. 그러나 그건 안 될 말이니, 야자하는 시간대에 학원을 다니거나 부모님 허락을 받아야 한다. 부모님 허락을 받기도 어렵지만, 받는다 해도 빌어먹을 담임선생님이 부모님을 어떻게든 구워삶아서 마음을 되돌리게 한다. 내가 딱 그런 상황이다. 우리 부모님이야 내가 공부를 잘해도 못해도 크게 신경 쓰지 않는다. 좋게 말하면 시원한 성격이고 나쁘게 말하면 나에게 관심이 별로 없는 거다. 막냇삼촌에게 관심을 쏟느라 나에게 올 관심은 과자 부스러기만큼도 되지 않는 것이다.

나는 고등학교 들어와서 야자를 하지 않아도 된다고 부모님에게 허락을 받았다. 당연히 야자에서 빠질 줄 알았다. 하지만 교활한 우리 담임선생님은 이틀 만에 우리 부모님을 완벽히 설득했다. 아니, 거의 세뇌했다는 게 맞을지도 모른다. 결국 나는 야자에 참여해야 했다. 젠장, 담임선생님 말은 학습능력 향상과 학교라는 울타리에서 보호 연장이라며 말 같지도 않은 소리지만 솔직히 까고 보면 야자학습비를 한 푼이라도 더 챙기려는 목적인 거 다 안다. 물론 담임선생님이야 월급만 받아먹으니까, 콩고물 떨어지는 건 없을 거다. 높으신 교장선생님이나 교감선생님이 소불고기 볶듯이 달달 볶았을 것이다. 참교육으로 속이고 학생들을 상대로 한 장사놀음이라니. 솔직히 야자학습비를 왜 걷는지 이유를 모르겠다. 학원처럼 특강을 제대로 하는 것도 아니고 그저 선생님들이 돌아가면서 욕지거리나 하며 당직하는 게 전부인데. 가끔 야자를 땡 까는 사람들 잡아다가 갈구는 것은 옵션이고. 젠장, 젠장, 젠장! 이 짓을 삼 년 내내 할 생각을 하니 미치기 일보 직전이다.

“동안아, 시험 끝난 지도 얼마 안 됐는데 야자 하려니까 존나 꿀꿀하지 않아?”

학교에서 제공한, ‘맛’은 고물상에 팔아 엿 바꿔 먹은 저녁밥을 먹는데 성우가 내게 물었다.

“그러게. 저녁밥도 존나 맛없다. 이게 밥이냐. 그냥 식용 가능한 물질이지. 하긴, 우리 엄마가 한 거보단 천만 배 맛있긴 하지만. 그런데 우리가 공부하는 이유가 뭐겠어. 행복하게 살고자 하는 거잖아. 그런데 공부하면서 더럽게 불행하면 이거 잘못된 거 아냐? 아, 우리도 행복을 찾고 싶다. 먼저 맛있는 거 먹을 행복을!"

"어쩌겠어. 어른들이 죽어라 공부만 하라 만든 건데. 휴, 오늘 진짜 야자 하기 싫다."

"그럼 뛸까?"

"그거 좋은 생각인데?"

성우는 나에게서 이런 대답을 원했을 거다. 그리하여 성우와 나는 야자를 몰래 빠지기로 했다. 저녁밥을 먹은 뒤, 야자 시작하기 바로 전 시간이 도망치기 딱 좋은 시간이다. 사물함에 넣어 둔 사복을 챙겨 들고 학교만 빠져 나와서 갈아입으면 완벽하다. 물론 다음 날 선생님에게 엄청나게 혼나겠지만, 그런 걸 감수하고서라도 야자에서 자유를 찾는 건 가치 있는 일이다. 마침 당직 선생들이 한데 모여 밥 먹는 모습을 확인했다. 성우와 나는 재빨리 교실로 들어가 가방을 챙겨 들었다. 사복도 같이 챙겼다. 다른 애들은 우리가 무슨 짓을 저지를지 알고 있지만, 워낙 자기 일 아니면 신경 쓰지 않는 종족들이라 별문제 아니다. 교문으로 향하는 길엔 아무도 없었다. 이대로 바람처럼 사라지면 오늘만큼은 완전 자유다.

"역시 마음만 먹으면 다 되는구나! 성우야, 나가서 뭐하고 놀까?"

"노래방이나 갈까? 아니면 신작 영화나 한 편 때릴까? 그것도 아니면 겜방에서 미친 마우스질 한번 해봐?”

성우와 난 행복에 겨운 고민을 거듭하며 교문을 벗어났다.

“맥주 한 잔은 어때? 너랑 같이 가면 어느 술집이든 다 뚫리잖아, 킥킥.”

성우는 두 주먹을 불끈 쥐며 좋아했다. 좋다. 안 그래도 열불 나는데, 시원한 맥주 한 잔이면 속이 다 시원해질지도 모른다. 어차피 아버지도 내가 맥주 한 잔 정도 마신다는 건 알고 있으니 문제되지 않을 것이다.

“얘들아, 나도 같이 마실까?”

그런데 바로 우리 등 뒤에서 닭살 돋는 음산한 목소리가 들렸다. 뒤를 돌아보니 젠장, 당직 선생이다. 그것도 학생주임이다. 저 인간 별명은 미친 닭이다. 닭처럼 머리는 돌대가린데 우리처럼 불쌍한 어린 양을 싸움닭처럼 더럽게 쪼아대는 무서운 인간이다.

“시바, 걸렸다. 튀어!”

어차피 걸렸으니 이대로 잡혀가도 맞고 튀어도 맞는다. 자수했다고 덜 때리지 않는다. 자수할 것 왜 도망갔느냐고 더 때린다. 그러니 이차피 맞을 것 도망하는 게 훨씬 낫다. 성우와 나는 미친 듯이 달려나갔다. 미친 닭은 “씹새들아, 거기 안 서? 서라, 서!” 하고 사랑이 격하게 넘치는 욕을 연발하며 무섭게 쫓아왔다. 솔직히 서란다고 서면 얻어터지는데 누가 서겠는가. 쪽팔리게 소리치지 말고 안 쫓아오면 좋으련만 체육 선생님이라서 그런지 더럽게 빨랐다. 수업 때마다 자신은 왕년에 육상부 출신이라고 귀에 딱지 앉도록 자랑하던데 그게 사실이었나 보다. 분노로 가득한 눈빛 레이저를 쏘며 달리는 것도 모자라 닭처럼 팔을 푸드덕푸드덕하며 날아온다. 말도 안 돼! 저건 사람이 아냐…….

"아, 졸라 빨라! 억!"

성우는 뒤쫓아 오던 미친 닭을 흘낏 보다가 그만 발을 헛디뎌서 앞으로 고꾸라지고 말았다.

"성우야!"

성우를 두고 더 달릴 수는 없었다. 나, 의리 하나는 타고난 남자가 아니던가.

"이 새끼들, 어디서 쫄래쫄래 도망가느냐. 어서 따라와."

결국 미친 닭에게 생포되고 말았다. 그리고 우리는 특별대우로 교실이 아닌 교무실에서 야자를 하는 영광을 누렸다. 미친 닭은 계속 옆에서 꼬꼬댁거렸다.

"씨바, 니들 좋으라고 존나게 공부시키지, 나 좋으라고 공부시키는 줄 알아? 니들이 서울대 가봐라, 나한테 떨어지는 건 개똥도 없어, 새끼들아. 니들 속으로 나 존나게 욕하지? 그래도 나중에 되면 나한테 고맙다며 인사하러 올 거다. 니들이 내 마음을 아는지 모르겠다. 딱 걸리고 졸라 열심히 뛴 정상을 참작하여 니들은 특별히 일주일간 내가 직접 과외를 해주마. 알았어?"

꼬꼬댁, 꼬꼬댁 닭소리, 정말 시끄럽다. 정상 참작 안 해줘도 되니까 교실로 보내주세요. 어차피 이러나 저러나 공부 안 되는 건 마찬가지니까. 내가 만약 서울대를 간다 해도 미친 닭에게 감사 인사는 안 한다. 허구한 날 욕만 하는 선생님에게 뭘 배우란 말인지. 그래도 선생님이라고 성우가 발목이 아프다 하니까 에어파스를 뿌려 줬다. 그런데 옆에 있는 내 눈이 따가울 정도로 엄청나게 뿌려댔다.

역시 공부는 억지로 시키면 절대로 안 된다. 눈에 들어오지 않는 글자를 붙잡고 있느라 졸려 죽겠다. 글자야, 나는 네가 싫거든? 그런데 저 인간이 계속 너를 붙잡고 있으래. 그러니까, 그냥 우리 서로 배려해서 시간이나 잘 때우자.

사실 내가 아는 미친 닭은 그다지 아는 게 없다. 지난번에 순수한 마음으로 문제 어떻게 푸는지 물어봤다가, 집에서 공부 안 했다고 욕만 들었다. 괜히 모르니까, 욕지거리다. 미친 닭은 가만히 우리를 지켜보고 있다가 심심했는지 교무실 냉장고에서 맥주 한 캔을 꺼내서 벌컥벌컥 마셨다. 우리를 보며 "네놈들도 마시고 싶지? 그럼 열심히 공부해서 대학 간 다음에 사 먹어." 이런 명언을 남기고는 혼자서 맥주를 계속 들이켰다. 저게 어찌 선생이란 말인가. 어이가 제대로 실종할 지경이디. 그래도 계속 혼자 맥주 마시는 게 미안했는지 나중에는 우리에게 요구르트 한 병씩을 줬다. 발가락만한 것 주면서 "내가 너희를 얼마나 생각하는 줄 아느냐. 이거 너희 한테만 특별히 주는 거야. 맛있게 먹어." 온갖 생색은 다 냈다.

결국 열한 시를 꽉 채우고 학교에서 나올 수 있었다. 성우는 넘어진 후유증이 큰지 계속 다리를 절뚝거렸다.

"괜찮아? 병원에 갈까?"

"괜찮겠지. 에어파스 졸라 많이 뿌리니까 감각도 없다. 나 살다가 그렇게 무식하게 에어파스 뿌려대는 인간 처음 봤어. 그래도 조금 나아. 아직 시큰거리긴 하지만."

"새끼, 잘 뛰었어야지. 오늘 너희 집까지 같이 가줄게."

"생색내기는. 어차피 너희 집은 우리 집 지나가야 하잖아."

"천잰데? 킥킥."

"미친놈, 킥킥."

소소한 대화로 쌓인 스트레스를 조금이나마 풀면서 교문을 나서는데 교문 앞에 낯익은 얼굴이 있었다.

"동안아!"

주혜 누나였다. 오늘 온다는 얘기는 없었는데 정말 뜻밖이었다. 그래도 오늘처럼 기분이 꿀꿀거리는 날에 누나 얼굴을 보니 정말 반갑고 기분이 좋았다.

"누구야? 저 사람 대박 예쁘다."

성우는 누나를 보며 진심으로 감탄했다. 이 녀석, 여자에 관심 안 둔다더니 저 음흉한 눈빛이 영 마음에 들지 않았다. 혹시라도 성우가 누나에게 눈독을 들이기라도 하면 어쩌나, 내가 방어를 잘해야겠다. 덤벼라, 김성우 군.

"나랑 가장 친한 누나지."

"오오, 삼촌 소개팅 대신 나갔다가 만났다는 그 누나구나? 아마도 저 누나가 시력이 안 좋은가 보다. 아니면 취향이 특이하거나. 이 시간에 너를 만나러 온 거 보니, 심상치 않은데?"

"야, 내가 어때서. 늙어 보이는 얼굴 빼고는 꽤, 괜찮아. 흠, 심상치 않은 거 없어. 그냥 친한 누나일 뿐이야."

"새끼, 내숭 떨기는. 저 누님한테 잘해라. 너는 평생 가도 저런 여자랑 만나기 어려우니까 이 기회를 놓치지 말란 말이야. 솔직히 흥미가 생기긴 하지만 불쌍한 너를 위해서 내가 참아주마. 알겠어? 나 먼저 간다."

성우는 마치 선심 쓰듯이 내 어깨를 툭 치더니 다친 다리를 절뚝거리며 먼저 집으로 향했다. 말은 저렇게 해도 왠지 기회만 있으면 들이댈 듯하다. 그래도 친구니까 믿어보며, 성우에게 손을 들어 인사를 하고 누나에게 다가갔다.

"누나, 이 시간에 웬일이세요?"

"웬일이긴, 우리 동안이 보고 싶어서 왔지. 저녁은 늦었고 밤참이나 먹으러 갈까?"

"좋죠. 안 그래도 배고팠어요."

"가자. 오늘도 누나가 맛있는 거 사줄게."

생각해보면 처음에 내가 어마어마한 고깃값을 낸 것 빼고는 언제나 누나가 내게 뭔가를 사주려고 한다. 이번에는 작은 족발집이었다. 이 누나 은근히 육식 체질인가 보다. 보이지 않는 내장지방의 원인을 알 것도 같다. 누나는 자리에 앉자마자 족발과 함께 소주를 주문했다. 오늘도 마시려나 보다. 아, 그건 아니잖아.

"누나, 술 마시게요?"

"응, 오늘은 마셔야겠어. 물론 너와 있을 땐 안 마시려고 했는데 그래도 오늘만 봐줘라."

지난번에도 오늘만이고 이번에도 오늘만이다. 아마 다음에도 오늘만이겠지. 그래도 어쩌겠나, 예쁜 누나가 부탁하는 거니 들어주는 수밖에 달리 방도가 없다. 오늘도 누나를 업고 집에 데려다 줄 준비해야겠다.

"무슨 일 있는 거예요?"

누나는 대답 대신에 소주잔에 채운 소주를 한 번에 들이켰다. 아직 족발이 나오지도 않았는데 금세 소주 한 병을 비웠다. 그리고 소주를 한 병 더 시켰다. 새로 나온 소주가 절반이나 줄어들고서야 먹음직한 족발이 나왔다. 누나는 손수 족발을 쌈 사서 내 입에 넣어주었다.

"동안아, 나 오늘부터 백조 됐다. 왜 그런지 알아?"

대답을 하고 싶었지만 누나가 워낙 쌈을 크게 싸서 내 입에 넣어주고 생마늘이 내 혀를 아프게 자극하고 있으니 말을 할 수 없었다. 물어볼 거면 먹이기 전에 물어볼 것이지. 아마 누나는 내가 대답하기보다 자기 얘기를 계속 들어줬으면 좋겠나 보다.

"그 남자, 또 내가 일하는 곳에 찾아왔어. 그리고 온갖 진상을 부리고 갔지. 나쁜 자식. 나더러 이놈 저놈 찝쩍거리는 걸레 같은 년이래. 물론 우리 원장님은 그 남자 안 믿지만, 손님들은 그게 아니거든. 그 남자가 미친놈인 거 모르잖아. 그래서 원장님이 나더러 그만 나오래. 내가 그 남자가 말한 거처럼 나쁜 년이 아닌 건 알지만, 소문이 나빠지면 피부 관리실도 타격을 입는다면서 어쩔 수 없다는 거야. 이게 말이 되니. 내가 진짜 피해잔데, 가해자는 계속 가해만 하고 피해자는 계속 피해만 봐야 하는 이런 일이 어디 있어?”

누나는 한숨을 깊게 내리쉬더니 소주잔을 비워냈다. 누나는 그 남자 때문에 일자리를 잃었던 것이다. 오늘만큼은 소주를 많이 마셔도 이해하기로 했다. 아마 오늘도 천삼백오십 다시 삼 번지까지 누나를 업고 가야겠지만, 그래도 그것마저 감수하기로 마음을 먹었다. 지금 그까짓 천삼백오십 다시 삼 번지가 대수인감. 아, 내 다리는 매우 대수라고 하며 벌벌 떤다.

“와, 누나. 족발 진짜 맛있어요. 누나도 이거 먹으면서 소주 마셔요. 빈속에 마시면 몸에 안 좋아요.”

“그래. 이 집이 내가 아는 족발집 중에 가장 맛있어. 많이 먹어 둬.”

진짜 누나가 말하는 대로 많이 먹어 둬야 힘내서 누나를 업을 것이다. 도대체 몇 번째인지 모르겠다. 다리야, 오늘만 더 신세를 지마. 어쩌겠어, 나를 주인으로 둔 게 잘못이지.

우리는 족발 접시와 소주 다섯 병을 깨끗이 비우고 나서야 족발 집을 나왔다. 예상대로 누나는 꽐라가 되어 비틀거렸다. 시간은 벌써 열두 시를 한참 넘겼다. 내일 아침 학교에 가려면 잠을 조금이라도 더 자야 하는데 오늘은 한숨도 못 자게 생겼다. 버스는 이미 끊겼다. 그렇다고 택시를 탈 수도 없다. 돈도 없을 뿐더러 열두 시를 넘겼으니 무서운 할증요금이 기다리고 있을 것이다. 모범택시라도 오면, 생각만 해도 손이 벌벌 떨린다. 오늘따라 길이 참 길게 보인다.

"너희가 뭔데 나더러 더럽대? 나처럼 예쁜 걸레 봤어? 니들이 뭔데 나더러 걸레라고 하냐고! 내가 더러워? 더럽냐고!"

누나는 내 등에 업힌 채로 또 소리쳤다. 누나는 스트레스가 풀릴지 모르겠지만, 나는 스트레스가 쌓여간다. 이제는 노화 호르몬이 '나, 들어간다.' 하며 생성되는 듯하다. 그런 상태로 한참을 걸어 이제 신호등만 건너면 우리 동네다. 원래 신호등은 잘 지키지만, 오늘은 차도 안 다니고 해서 빨리 가려고 무단횡단을 하기로 했다. 어차피 아무도 없으니 괜찮을 줄 알았다.

"거기, 여성분 업고 가는 아저씨, 정지!"

지금 누군가 아저씨, 하고 부르는데 백 퍼센트 나다. 젠장, 마치 내가 무단횡단 하기를 기다린 것처럼 순찰차가 튀어나왔다. 아마도 벌금을 물어야 할 듯싶다. 돈이 하나도 없는데 큰일이다. 도망가려고 해도 무거운 누나를 업고 도망가기는 다 글렀으니 경찰 아저씨에게 손이 발이 되도록 무조건 싹싹 빌어야겠다. 순찰차는 내 앞에 서더니 경찰 두 명이 내렸다.

"죄송해요. 제가 급해서 그만."

"아무리 급해도 그러면 안 되죠. 거, 알 만한 양반이 그러면 쓰나. 같이 따라갑시다."

경찰은 나를 순찰차에 태우려 했다. 갑자기 이상한 기분이 든다. 뭐지?

"아니, 겨우 이걸로 저를 데리고 가다니요."

"겨우 이거라니요. 이 사람 큰일 낼 사람이네. 이게 얼마나 큰 범죄인 줄 아십니까? 잔말하지 말고 어서 갑시다."

경찰은 나를 억지로 순찰차에 태웠다. 기가 막혔다. 무단횡단 때문에 이렇게 잡혀가는 경우가 어디 있을까? 우리나라 법이 이렇게 무서웠단 말인가. 우리 아버지가 무단횡단 때문에 벌금을 많이 내는 걸 자주 봤는데 지금 같은 일은 없었다. 하는 수 없이 근처 파출소로 가게 되었다. 여긴 두 번째다. 지난번에 버스 기사 아저씨랑 대판 싸워서 왔던 파출소다. 이런 곳에 두 번씩이나 용의자 신세로 오다니 기분이 제대로 구리다. 내가 그렇게 큰 잘못을 한 걸까? 내가 벌금 낼 돈이 없어 보이는 걸까? 이제 늙고 못생긴 데다 가난해 보이기까지 하다니!

∘∘∘∘∘

늦은 밤이라서 그런지 파출소에는 이상한 사람이 정말 많았다.

"국가가 나한테 해준 게 뭐야. 대통령 나오라 그래, 아니면 국무총리 나오라 그래! 없어? 없으면 경찰청장이라도 나와. 내가 할 말 있으니까 나오라 그래, 개새끼들아. 내가 대통령하고 사돈에 팔촌인 사람과 친구야. 컥."

이렇게 진상 부리는 아저씨도 있고,

"에이, 시팔. 저 새끼가 먼저 그랬단 말이에요."

"뭐, 시팔? 너 뒈질래?"

눈퉁이가 밤송이처럼 퉁퉁 부은 두 사람이 티격태격하는 모습도 보였다. 그런데 나는 고작 무단횡단 때문에 경찰과 마주 앉았다. 어째 경찰이 나를 보는 눈빛이 이상했다. 무단횡단 한 사람을 이렇게 기분 나쁜 표정으로 보는 이유가 뭘까?

"왜 그랬어요? 알 만한 사람이 그러면 안 되죠. 사람이 그러면 못 써요. 남자가 돼서 어디 할 짓이 없어 그런 짓을 할 수 있죠? 쯧쯧."

경찰은 나를 마치 죽을죄를 지은 사람 대하듯 말했다. 시계를 보니 벌써 두 시를 가리켰다. 졸려 죽겠는데 파출소에서 이러고 있으니 짜증이 솟구쳤다. 벌금 딱지 끊을 거면 후딱 하지. 안 되면 아버지라도 불러서 낼 텐데.

"아니, 내가 죽을죄를 지은 건 아니잖아요. 바쁘다 보면 그럴 수도 있는 거죠. 아무도 없다는 생각에 저도 모르게 그만……."

"이 사람이 아직도 정신을 못 차렸네. 이건 잘못하면 구속감입니다. 몇 년 동안 푹 썩을 수도 있어요.”

“네? 참나, 무슨 무단횡단 때문에 구속을 해요? 그건 어느 나라 법이에요?”

“무슨 소립니까? 당신은 지금 원조교제 때문에 들어온 겁니다. 성매매 혐의라고요. 알겠어요?”

“네?”

어처구니가 없었다. 원조교제라니 도대체 누구랑 원조교제를 했단 건가. 설마 주혜 누나랑 그랬다고 생각하는 걸까? 그런데 왜 내가 조사를 받아야 하는 걸까? 나는 미성년자란 말이다.

“나이도 한참 많은 사람이 젊은 아가씨 데리고 그러면 안 되죠.”

“아저씨, 저 고등학생이라고요. 이거 보세요. 교복 입었잖아요. 가방도 있잖아요.”

서둘러 윗옷을 벗고 가방도 열어 보여줬다. 하지만 경찰은 절대 못 믿는 눈치였다.

“에이, 이 사람 정말 못 쓰겠네. 어디 할 짓이 없어서 애들 교복까지 입고 왔어요. 진짜 변태 아니에요? 허허, 교복만 입으면 다 학생으로 보일 줄 알았어요? 해도 해도 너무하시네.”

교복과 가방 속 교과서를 보여줘도 믿지 않았다. 경찰은 진짜 고등학생이라면 증거를 보여 달라 했다. 그래서 학생증을 꺼내려고 했는데 이런, 오늘도 학생증을 챙기지 않았다. 그리고 저번에 왔을 때 있었던 경찰 아저씨도 안 보인다. 누나는 옆에서 걸레가 어쩌고 저쩌고하며 아직도 정신을 못 차리고 있으니 전혀 도움이 되지 않는다. 막냇삼촌은 연락해봐야 오지도 못할 테니 참 난감하다.

"아저씨, 저 진짜 학생이에요. 이 누나는 평소에 친한 누나고 오늘 누나가 술을 많이 마셔서 집에 데려다 주는 중이었어요. 도대체 어딜 봐서 내가 원조교제를 한단 말이에요."

경찰에게 울먹거리며 애원하듯 말했다. 제발 얼굴 말고 내 진심을 봐달라고요!

"믿고 싶지만, 누가 우리한테 신고한 거니까 확실히 조사를 해야 합니다. 그러니 아저씨가 학생이라는 걸 보여주세요."

"도대체 누가 나더러 원조교제범이라고 했어요? 누구예요!"

"그런 건 말할 수 없어요. 어서 학생이라는 증명을 해봐요."

"기다려 보세요."

우선 성우에게 전화를 걸어봤다. 평소엔 전화를 잘 받는 녀석이 늦은 시간이라서 그런지 받지 않았다. 담임선생님에게 전화를 해봐야 욕만 퍼붓고 괜히 이런 일로 학교 명예를 더럽혔다며 징계를 먹일 게 뻔하다. 하는 수 없이 아버지에게 전화를 걸었다. 한참을 기다린 끝에 아버지와 통화가 되었고 내가 파출소에 있다는 얘기에 금방 오겠다고 했다. 삼십 분쯤 지나자, 부모님이 잠옷과 슬리퍼 차림으로 파출소에 왔다. 아마도 뜬금없는 파출소 얘기에 급하게 온 모양이다.

"아이고, 동안아. 이게 무슨 일이야."

엄마는 눈가에 눈곱이 가득한 눈으로 내게 다가왔다. 기왕 오려면 눈곱이라도 떼고 오지. 아버진 아직 잠이 깨지 않았는지 어안이 벙벙한 얼굴이었다. 괜히 머리만 긁적였다.

"이분이 정말 고등학생 맞습니까?"

경찰이 부모님에게 믿기 어렵다는 표정으로 물었다.

"그럼요. 교복 입은 거 안 보여요? 우리 애를 왜 잡아 왔어요. 무슨 잘못을 했기에 이러는 거냐고요. 이거 보세요."

아버지는 지갑 속에 있는 가족사진과 더불어 주민등록등본도 가져 오셨다.

"아, 저기 그게 말이죠. 아이고, 저런."

경찰은 그제야 일이 잘못되었다는 것을 깨닫고는 난처한 표정으로 나와 부모님께 사과를 했다. 자초지종을 들은 엄마는 경찰서장 나오라며 통북어 가져오라고 난리였지만, 아버지가 극구 말렸다. 어차피 내 얼굴이 원인 제공한 탓도 있는 것이다. 그리하여 부모님 덕에 누명을 벗고 파출소에서 나왔다. 누나는 천하태평하게 술에 취해 해롱거렸다.

"도대체 이 아이는 누구니?"

엄마가 잔뜩 찡그린 표정으로 물어봤다. 그러자 아버진 모든 걸 안다는 표정으로 빨리 가자며 엄마를 먼저 차에 태웠다. 그다음 누나를 차 뒷좌석에 태우고서 먼저 누나 집으로 향했다. 누나 집으로 올라가는 오르막에 차를 세워두고 누나를 집에다 데려다 줬다.
다행히 누나 엄마는 안 주무시고 누나를 기다리고 있었다. 지난번
처럼 내 손을 잡고 몇 번이고 미안하다고 말하며 검은콩 두유를 챙
겨줬다. 밥 먹고 가라고 했는데 오늘은 정말 늦었으니 다음에 오겠
다는 약속만 남겨두고 다시 아버지 차로 돌아왔다. 엄마는 도대체
신고한 사람이 누군지 알고 싶어 했지만, 더 묻지 않고 나 역시 더
말하지 않았다. 아버지는 내 모습을 보며 그저 알 수 없는 미소만
지었다.

아버지, 여친 아니니까 괜히 나서지 마세요!

12

알바를 구합니다. 제발요!

그날 이후로 아버지는 계속 나를 보며 피식피식 웃음을 지었다. 계속 저렇게 웃으니까, 진짜 기분이 이상해지려 한다. 하여간 어른들은 마음대로 생각하는 버릇이 있다. 이래서 누나 얘기를 아버지에게 말하지 않았던 것이다.

"그 여자애 누구니, 몇 살이야? 나이는 너보다 많아 보이는데 뭐 하는 애니? 얼굴은 예쁘게 생겼더라. 혹시 네 여자친구니? 어떻게 만난 거니? 부모님은 계시대? 사는 곳은 그리 좋아 보이지 않던데 언제부터 거기서 살았대? 근데 이름 들어 보니 낯익은데 혹시 진호 삼촌 소개팅 자리였던 애 아니니?"

"……"

엄마가 한 마지막 질문에 순간 뜨끔했다. 언젠가 대타로 소개팅 나간 것 걸릴 줄 알았다.

　"맞구나? 아이고, 어쩐지 어딘가 낯익은 이름이라 그랬어. 그때 삼촌 대신 네가 나간 거구나. 네 삼촌이 그러라고 하디?"

　"……."

　엄마는 정말 이상하다. 평소에는 말이 없다가 한번 질문을 시작하면 쉴 새 없이 쏟아붓는다. 하나씩 물어봐도 다 대답할까 말까인데 그렇게 몰아서 물어보면 내가 어떻게 대답을 하란 말인가. 그래서 아무런 대답도 하지 않았다. 어차피 내가 대답을 해봐야 엄마가 원하는 대답을 하지 않는 이상 계속 집요하게 물어볼 것이다. 내가 예상컨대 엄마가 원하는 대답은 주혜 누나가 내 여자친구라는 소리를 듣고 싶은 게다. 하지만 그건 슬프게도 사실이 아니다. 그게 사실이길 내가 간절히 바라고 있을 뿐이다. 얼굴만 괜찮았으면 어떻게든 해볼 텐데.

　"정말 그 여자애랑 무슨 사이니? 벌써 연애하는 거야? 연애는 대학 가서 해도 되는데. 하긴 엄마도 네 아빠, 네 나이 즈음에 만났긴 했다만. 언제부터 사귄 거니?"

　역시 엄마는 주혜 누나를 내 여자친구로 생각하고 물어보는 거다. 엄마는 내 속을 모를 거다. 엄마가 기대하는 상황을 일부러라도 만들고 싶지만 그러기에는 나는 어리고 얼굴은 구리다. 누나는 이십대 성인, 나는 서른다섯 살처럼 생긴 십대 미성년자다. 이십대와 삼십대 벽은 낮다는데 십대와 이십대 벽은 엄청나게 높다는 생각이 든다. 나만 그런 게 아니라 이 사회가 그렇게 생각할 것이다.

나이를 제외하더라도 얼굴부터 고쳐야 연애를 허락하는 게 우리가 사는 세상이다. 존재 자체가 아리따운 누나에게 세상은 연애를 적극 권장하지만 얼굴부터 심각히 침울한 나에게 세상은 연애를 허락하지 않는다. 사람은 어울리는 사람과 만나야 보기 좋다는데 누나와 내 조합은 완전 현대판 미녀와 야수라고 할 수 있다. 아니 요즘 시대로 바꾸자면 미녀와 노인이라고 불러야겠다. 엄마가 내 얼굴을 보며 누나가 내 여자친구일 수 있다는 생각을 한다는 게 이상하다. 세상의 모든 어머니들은 자기 자식이 가장 잘생겼다고 생각한다던데, 그러고 보면 우리 엄마도 역시 나를 낳아 준 엄마가 맞나 보다. 엄마에게라도 잘생겼다고 인정받는 것에 감사해야 하나.

ooooo

집에서 잠시 눈을 붙이고 일어나니 등교할 시간이 됐다. 피곤하니 밥도 안 넘어가고 밥을 줄 사람도 없으니 굶은 채로 집을 나섰다. 항상 굶으니까 대수롭지 않지만, 영양부족으로 얼굴에 주름이 더 생기지 않을까 걱정이다.

같이 등교할 생각으로 성우 집에 들렀다. 평소라면 모든 준비를 마쳐놓고 먼저 기다릴 성우가 보이지 않았다.

"안녕하세요. 성우 먼저 갔어요?"

성우 집이자 성우 부모님 일터인 우유대리점 안쪽으로 들어갔다. 작고 낡은 책상에 앉아 끔뻑끔뻑 졸고 계시던 성우 엄마는 내 목소리를 듣고 깜짝 놀라 벌떡 일어나더니 나를 쳐다봤다.

"동안이 왔구나. 성우는 금방 돌아올 거다. 배달 알바 하는 녀석이 갑자기 그만두는 바람에 성우가 며칠 동안 대신 뛰고 있거든. 요즘 알바가 잘 안 구해지네. 혹시 너희 막냇삼촌 뭐하시니? 특별히 하시는 일 없으면 우리 집에서 일해 볼 생각 없는지 물어봐 줄래?"

막냇삼촌이 놀고먹는 백수라는 건 온 동네에 소문이 다 났나 보다. 그 인간이 할 일 없는 사람으로 완전히 낙인찍혀 있으니 성우 엄마도 내게 이렇게 물어보는 거다. 하여간 안팎으로 한심하다.

"아, 요즘 삼촌이 바빠서요. 하는 일이 있거든요."

"취직했어?"

"으, 음. 뭐, 그런 셈이죠."

차마 네트워크 마케팅이라고 말하지 못했다. 누가 자기 삼촌이 피라미드에 뛰어들었다고 말할 수 있겠는가. 괜히 나도 같은 놈으로 오해받을 것이니 쓸데없는 말은 하지 않기로 했다.

"잘됐네, 잘됐어. 어, 저기 성우 들어오네. 성우야, 왜 이리 늦었니?"

아직 아침에는 쌀쌀한데도 성우는 한여름에 보일러 팔다 온 사람처럼 온몸이 땀으로 범벅이다.

"그럴 일이 있어요. 어? 동안아, 언제 왔냐? 오늘은 배달하는 중에 동네 개새끼가 졸라 쫓아오는 거야. 요즘 광견병이 유행이라는데 물리면 큰일 나잖아. 그래서 졸라 뛰다 보니 늦었지. 어우, 까딱 잘못했으면 죽을 뻔했어."

"그래서 안 물렸어? 물렸으면 나한테 오지 마라. 광견병은 전염된대."

"시바새끼야, 그게 친구라는 놈이 할 말이냐? 페달 졸라 밟다가 우유 한 개 던져주니까 안 쫓아오더라."

"뭐, 우유를 던져? 성우 너 우유 하나 그냥 버린 거니?"

가만히 있던 성우 엄마가 눈을 크게 떴다.

"엄마, 그게 아까워? 귀한 아들이 광견병에 걸려 죽을 뻔했다고요. 우유 한 팩이면 목숨값치고 진짜 저렴한 거지."

"그래도 그렇지. 내일도 똥개가 쫓아오면 그럴 거야?"

"우선 죽기 살기로 뛰어 보다가 안 되면 또 그래야죠."

"어휴, 됐다, 됐어. 늦었으니까 어서 학교 가거라."

시간이 늦은 관계로 성우 엄마는 더 말하지 않고 열심히 알바 모집 전단을 만들었다. 요즘 어른들은 취직하기 어렵다는데 오히려 이런 곳에는 일할 사람 구하기가 어렵다니 참 이상한 일이다.

"늦었어. 빨리 가자."

성우는 서둘러 교복을 챙겨 입고 내 팔을 이끌었다.

"안 힘드냐? 새벽 배달 졸라 힘들잖아."

"그래도 어쩌겠어. 알바 새로 올 때까지 해야지. 휴, 졸려 죽겠다.”

내게 시간만 허락된다면 딱한 성우 대신 뛰어주고 싶다. 그러나 잠마저도 제대로 보충하지 않으면 내 얼굴은 십 년쯤 더 세월을 뛰어넘을 것이다. 아무리 성우가 딱해도 내 얼굴을 더 삭힐 수는 없다.

성우는 새벽 우유 배달의 고단함 때문인지 수업 내내 꾸벅꾸벅 졸았다. 침도 한두 방울 줄줄 흘리고, 졸다가 담임선생님에게 욕도 엄청나게 들었다. 담임선생님은 참 배려심이 없다. 성우가 새벽 우유배달 때문에 그런다고 대신 말해도 좀처럼 관용을 베풀지 않았다.

“자기관리는 자기가 잘해야지. 핑계는 용납 못 해. 김성우! 어서 일어나!”

에라, 담임선생님 당신 참 잘났습니다. 우리는 젊어서 잠이 필요하다고요! 당신 때문에 성우가 나처럼 늙으면 어쩔래요? 젊은 얼굴 늙게 하는 건 쉽지만, 이미 늙어버리면 되돌리기 어렵습니다. 이 말이 목구멍까지 올라왔지만 입밖으로 나오지는 못했다. 항상 내 말은 목구멍에서 멈춘다. 오늘 야자 땡치고 성우에게 수면할 권리를 보장해 줘야겠다.

“야, 오늘 튀자.”

저녁밥을 먹을 때 성우에게 먼저 제안했다.

“될까? 미친 닭이 눈 시퍼렇게 뜨고 우리를 주시할 텐데.”

"사람이 마음만 먹으면 못할 게 어디 있겠어. 튀는 거다."

성우는 내심 기다렸는지 고개를 끄덕였다. 우리는 밥을 먹으면서 선생님들 눈치를 살폈다. 선생님들이 정신없을 때에 조용히 빠져나가면 되는 거다. 먼저 미친 닭 행보를 알아야 한다. 지금은 우리 레이더에 보이지 않는다. 미친 닭 학주만 잘 피하면 야자 땡 까는 건 백 퍼센트 성공이다.

"어이, 안동안."

우리 눈치를 직감한 것일까? 어디선가 저승사자처럼 불쑥 나타난 미친 닭이 먼저 우리에게 다가왔다.

"네?"

"너 오늘 집에 가라."

이게 무슨 소린가. 그냥 집에 가라니. 설마 일부러 야자를 빼먹게 하도록 덫을 놓는 게 아닐까, 걱정됐다.

"왜 집에 가요?"

"야자 안 하고 집에 가기 싫으냐?"

"그게 아니라 갑자기 집에 가라고 하시니까 당황돼서요."

"너희 부모님께서 집안일 때문에 야자를 빼달라고 연락하셨다. 어떻게 부모님을 구워삶은 거야. 아무튼 밥 먹고 빨리 집에 가 봐라. 부모님이 급한 일이라고 하시더라. 아직 연락 못 받았구나."

"그럼 성우도 같이 가면 안 돼요? 요즘 성우도 부모님 일을 돕는다고 피곤하잖아요."

“안 돼. 너 혼자 가.”

역시 미친 닭은 자비심이 조금도 없다. 끝까지 사람을 의리 없게 한다. 미안한 마음이 들었지만, 엄마가 불러낸 거니 성우를 야자의 늪에 두고 혼자 집으로 향했다. 가는 중에 전화를 걸었더니 아버지는 가게로 달려오라고 했다. 우리 부모님은 내가 가게에 가는 걸 별로 좋아하지 않는데 뜻밖이었다.

ooooo

“동안아, 빨리 나가서 라면하고 밀가루, 마늘 사와라. 어서.”

가게에 들어서기 무섭게 엄마가 심부름을 시켰다. 우리 만두 가게엔 평소답지 않게 손님이 많았다. 우리 가게에 이런 일이 있을 수가. 그나저나 가게에 있어야 할 알바 아줌마가 보이지 않았다. 엄마와 아버지만 이리 뛰고 저리 뛰며 분주했다.

“계란도 한 판 사 와라.”

가게를 나가려는 내게 아버지가 소리쳤다.

“오토바이 타고 갔다 와도 돼요?”

“안 돼. 면허 없잖아. 그냥 뛰어갔다가 와.”

젠장, 어른들은 왜 이리 야박한지 모르겠다. 그래도 어쩌겠나, 열심히 뛰어서 슈퍼로 갔다. 가방도 벗지 못한 채로 이것저것 사 오느라 바빴다. 여기 슈퍼 아줌마가 오늘은 왜 담배 안 사가느냐고 물었다. 여기 슈퍼도 막냇삼촌 그 인간이 담배 심부름을 많이 시켜 먹은 곳이다. 아주머니, 저 학생이라니까요. 교복하고 가방 안 보여요? 왜 내 얼굴만 보고 판단하느냐고요! 심부름을 다녀와서 가게 안으로 들어가도 알바 아줌마는 보이지 않았다. 아마도 오늘은 나오지 않은 모양이다.

"엄마, 실장님 안 나왔어요?"

"바쁘니까 나중에 얘기해."

엄마는 손님에게 음식을 나르느라 정신이 없었다. '응' 또는 '아니'라고 대답해주면 될 것을 저렇게 싫다고 말하다니. 열 글자보다 한 글자 대답하는 게 그리 어려웠나?

"박 실장, 그만뒀다."

아버지가 주방에서 라면을 끓이면서 대답해줬다. 역시 엄마보다 아버지가 조금 더 친절하다.

"왜요? 그 아줌마 오랫동안 일하셨잖아요."

"그러게, 갑자기 몸이 아파서 그만둔다네. 다른 사람 구할 때까지 일해 달라고 해도 어렵다니 할 수 없지."

아버지 말투를 들어보니 저녁에도 가게 주방을 지키게 된 것이 싫은 눈치였다. 그리고 오늘 손님이 많은 이유는 근처 결혼식 피로연이 있는데 그곳 하객이 생각 외로 많아서 다 수용하지 못했다고 한다. 결국 예식장 근처에 있는 우리 가게로 손님들이 몰려와서 맛 대신 배만 채우는 중이다. 손님, 우리 가게 만두 드셔주시느라 노고가 많으십니다. 이 만두를 열심히 먹어줬으니 앞으로 복 많이 받으실 거예요.

"동안아, 뭐해. 그거 오 번 테이블로."

"네."

아버지 말대로 가방을 계산대 한구석에 던져두고 음식을 나르는 것을 도왔다. 엄마 심부름, 아버지 심부름, 심지어 손님들 심부름까지 정신없었지만 야자는 하지 않아도 되니 기분이 좋았다. 간만에 장사가 잘되는 것도 기분이 좋았다.

그러나 단 하루만 가게 일을 도와야 할 줄 알았던 내 생각과 달리 그날부터 학교를 마치자마자 가게로 달려가야 했다. 항상 손님이 북적거리진 않았지만, 손님이 있으면 손님 치르느라 바빴고 손님이 없으면 언젠가 올 손님 맞이할 음식을 준비하느라 바빴다. 엄마는 알바 아줌마가 다시 돌아오길 기다린다면서 구인광고도 하지 않았다. 그러나 열흘이 넘도록 알바 아줌마가 돌아올 기미가 보이지 않자, 결국 새로운 사람을 구하기로 했다. 나도 하루 이틀은 가게 일 돕는 게 좋았는데 날이 갈수록 가게 일이 고되니까 하기 싫어졌다. 단지 아들이라는 이유로 일당도 한 푼 못 받고 심지어 용돈 인상도 없었다. 정말 일할 맛이 나지 않았다. 이대로 계속 일한다면 제대로 노화가 촉진될 기분이었다. 나는 진짜 내 나이처럼 보이고 싶은데 환경이 도와주지 않는다.

엄마가 신문에 구인광고를 낸 지 사흘 만에 일한다는 사람이 찾아왔다. 첫 번째로 온 사람은 외국인이었다.

"나 열심히 일할 수 있습니다. 시켜만 주세요. 나탸샤는 열심히
합니다."

한국말이 서툴러서 무슨 사연으로 우리나라에 왔는지 제대
로 물어보지 못했다. 그래도 일은 엄청나게 열심히 할 사람처럼 보
였다. 하지만 그런 기대는 금방 무너졌다. 나탸사 아줌마가 일한 지
이틀 만에 이상한 아저씨들이 가게로 난입해서는 나타샤 아줌마
를 잡아갔다. 불법체류자라고 했다.

"거기 당신은 어디서 왔소? 웨어아유프롬? 패스포트, 패스포
트. 방글라데시 같은데."

나타샤 아줌마를 잡으러 온 사람 중에 한 아저씨가 나를 보며
물었다. 이제는 하다 하다 방글라데시에서 온 외국인 근로자 소리
까지 듣는다. 괜히 우리 부모님이 출입국 관리 사무실에 가서 나타
샤를 잘 모르고 고용한 것과 내가 순수 한국인이라는 점을 해명하
고 왔다. 늙어 보이는 것도 서러운데 불법체류자로 오해받아 출입
국관리소까지 다녀오다니. 그리 오랜 세월을 산 것도 아닌데 별 이
상한 일을 다 겪는다. 내 인생은 왜 이러는 걸까?

일주일이 지나자 일하겠다는 사람이 또 찾아왔다. 다행히 한
국 사람이고 일도 잘하게 생긴 아줌마였다. 덩치는 정확히 엄마보
다 두 배는 더 컸다. 입술은 두툼하고 머리는 동네 미용실표 파마
머리다. 히쭉해쭉 웃을 때마다 누런 치아가 드러났는데, 그건 좀 비

호감이었다. 혹시 몰라서 야자를 다시 하지 않고 며칠간은 그 아줌 마와 함께 일하기로 했다. 아줌마는 엄마가 아무리 힘든 일을 시켜 도 웃으며 즐겁게 다 했다. 그러나 생각지 못한, 어쩌면 잠재의식 속 에 예상했을지도 모를 문제가 하나 생겼다. 아줌마는 먹을 걸 엄청 나게 밝혔다. 걸핏하면 만들어 놓은 만두를 입 안에 넣기 바빴다. 찌지도 않은 생만두를 먹는 사람은 처음 봤다. 시간이 갈수록 행 동이 느릿느릿해서 답답했고 말할 때마다 오래 방치한 하수구처럼 퀴퀴한 냄새를 풍기는 아줌마를 손님들은 엄청 싫어했다. 급기야 배를 채우러 오는 단골 중 몇 명이 발길을 뚝 끊기까지 했다. 나는 어차피 얼굴로 사람을 판단하지 않으니 외모는 신경 쓰지 않았지 만, 강력한 입냄새와 팔아야 할 만두를 먹어 치우는 건 점점 감당 하기 힘들어졌다. 엄마 역시 당장 일할 사람이 없으니 억지로라도 데리고 있으려 했지만, 시간이 갈수록 가게 음식을 거덜 내는 아줌 마를 결국은 해고했다. 그 아줌만, 마지막까지도 생만두를 집어 먹 으며 우리 가게를 나갔다.

　　개성이 강한 두 사람에게 지친 엄마는 사람을 더 이상 구하지 않겠다고 했다. 그렇게 되면 나는 매일 저녁, 주말엔 아침부터 가게 일을 해야 했다. 내 자유시간은 영원히 안녕이다. 생각만 해도 오마 이갓이다!

　　"엄마, 조금만 더 구해 봐요. 좋은 사람으로 들어올지 모르잖아 요."

"안 돼. 어차피 생활정보지 광고기간도 끝났고 돈도 더 쓰기 싫다. 그냥 있는 대로 해야지, 뭐."

"엄마, 그러지 말고 내가 전단 만들어서 돌릴게요."

"그래서 사람이 오겠어?"

"어차피 우리 동네 사람으로 써야 좋잖아요. 많이도 말고 딱 열 군데만 붙여 놓을게요."

어느 때보다 간절한 나는 최후의 수단을 쓰기로 했다. 야자는 어쩌다가 한 번씩 빼먹을 수 있지만, 가게 일은 그럴 수 없다. 무엇보다 주말에 자유 시간을 잃는 게 싫었다. 곧바로 전단 제작에 돌입했다. 컴퓨터로 대충 글자를 쳐서 인쇄하려다가 그러면 정성이 부족할까 싶어서 큰 종이에다가 여러 가지 색 매직으로 글씨를 썼다. 그래야 눈길을 더 끌 수 있다고 생각했다.

<긴급>

알바를 구합니다.

시급은 동네 최고 대우!

(노력할게요)

노동 강도는 아주 약해요. 쉬엄쉬엄 일할 수 있는 기회!

(손님이 많지 않은 덕분)

휴일은 한 달에 네 번이지만, 더 쉴 수도 있어요.

(역시 손님이 없는 덕분)

무엇보다 조상 대대로 내려온 만두 비법을

배울 수 있는 인생 단 한 번의 기회!!

(아직 제대로 된 만두 비법은 나타나지 않았지만,

언젠가 나타납니다. 꿈★은 이루어진다!)

선착순 한 명! 바로 지금이 기회입니다. 빨리 오세요.

(제발요!)

-동안만두 비상대책위원장 안동안-

휴, 내 나름대로 진심과 정성을 쏟았다. 비상대책위원장은 나 스스로 임명한 직함이다. 그래도 조금 그럴싸해 보이는 광고를 하면 좋지 않나. 내가 봐도 광고 내용이 조금 이상하지만, 이렇게라도 해야 한다. 엄마는 전단 내용을 보며 뭔가 떨떠름한 표정이었지만, 마지못해 잘 붙이라고 했다. 그리하여 동네에서 사람들이 자주 다닐 만한 곳에 다 붙여 놨다. 동네 슈퍼 앞 전봇대부터 시작해서 파출소 옆 전봇대, 동사무소 게시판 옆에 살짝 꼽사리로 붙이기까지 지나가는 사람이면 이 전단을 보게끔 해놓았다. 그런데 만두 비법 전수는 쓰지 말 걸 그랬나. 솔직히 우리 집에 찾아와서 만두 먹은 사람이 이 문구를 보면 피식 웃을 것이다. 아무튼 나는 간절한 마음을 가득 담았다. 부디 내 진심이 누군가의 구직 열정에 팍 꽂혔으면 좋겠다.

내 바람과 달리 전단을 붙이고 일주일이 지났지만, 누구도 우리 가게에서 일하겠다고 찾아오지 않았다. 대신 주말이 되면 성우가 우리 가게에 와서 일손을 도와줬다. 정말로 필요한 것은 나 대신 일할 알바생인데 왜 이리 안 오는 건지 답답할 노릇이다.

전단을 붙이고 난 다음 두 번째 주말이 다가왔다. 원래 돕기로 약속했던 성우는 바빠서 오지 못한다고 했다. 엄마는 재료를 사러 시장에 나갔고 가게는 나와 아버지가 지키고 있었다. 아버진 부엌에서 잠시 잠을 청하고 있었으니 나 혼자 가게를 보는 거나 다름없었다. 할 일 없이 빈둥대고 있는데 아줌마 여럿이 우리 가게에 왔다. 그리고 만두를 두 접시 시켜놓고 시끄럽게 떠들었다. 대화를 들어보니 아들이 어쨌니, 딸이 저쨌니, 남편이 속을 썩여서 당장 이혼하겠다니, 별 대수롭지 않은 내용이다. 재미있을 줄 알고 옆에서 슬쩍 들었는데 절로 하품이 나온다.

"총각, 잠시만 와봐요."

시시콜콜한 내용을 멈추지 않고 떠들어대던 아줌마 중 한 명이 나를 불렀다. 목에 주렁주렁 진주 목걸이를 달고 있었는데, 동화책에 나오는 욕심 많은 돼지처럼 보이기도 했다. 절대! 나더러 학생이 아닌 총각이라 해서 기분 나빠서 이렇게 말하는 건 아니다.

"네, 부르셨어요."

"총각이 참 듬직하게 생겼네. 군대는 다녀오셨나? 혹시 예수님 믿어요?"

"네? 예수님요?"

"아이고, 안 믿나 보네. 이거 보면서 교회 한번 나와봐. 혹시 알아. 예쁜 색시가 떡하니 생길지도 모르니까. 총각, 기죽지 말고 힘내. 하나님이 도와주실 거야."

"네? 아, 네……"

분명히 이 아줌마는 나를 생각해주는 건데 왜 이리 기분이 나쁜지 모르겠다. 학생인 나에게 예쁜 색시가 생긴다니. 참 기가 막힌다. 내가 얼마나 늙어 보이면 이런 말을 하는 걸까. 내 얼굴이 얼마나 우울하면 신앙이라도 가지라는 걸까?

한참을 더 떠들던 아주머니들은 만두를 해부해서 접시에 지저분하게 남겨두고 나갔다. 진주 목걸이 아줌마는 끝까지 내 얼굴을 보며 측은한 눈빛을 보냈다. 제발 내 얼굴을 동정하지 말라니까, 왜 그러나 모르겠다.

그릇을 치우고 나서 그 아줌마가 준 종이를 살펴봤다. '구하라, 그리하면 받을 것이요' 하는 성경 구절과 함께 교회를 다니라는 전도지였다. 평소라면 이런 거 신경도 쓰지 않겠지만, 왠지 이 말이 확 끌렸다. 진짜, 내가 원하는 소원을 기도하면 들어주려나. 교회는 한 번도 나가보지 않았지만, 한 번 하나님이라는 신에게 간절히 매달려 보는 것도 나쁘지 않을 것 같았다. 어차피 음식과 민간요법, 현대의학으로 어떻게 해볼 수 없는 내 얼굴은 마지막으로 신앙의 영역에서 해답을 찾아야 할지도 몰랐다.

"안녕하세요, 하나님. 오늘 처음 인사합니다. 이렇게 기도하려면 최소한 한 번이라도 교회를 나가는 게 예의겠지만 지금은 급해서 먼저 기도부터 해봅니다. 보시는 것처럼 우리 가게에 알바를 할 사람이 필요한데 빨리 보내주세요. 저 힘들어 죽겠어요. 제가 비록 용돈은 벼룩의 간만큼 받지만, 제 기도를 들어만 주신다면 교회에 착실히 나가서 헌금도 낼게요. 이번 계기로 하나님을 제대로 믿을 테니 한 번만 들어주세요. 솔직히 하나님이 내 얼굴을 요따위로 만들었으면 불쌍히 여겨주셔야죠. 하나님께서는 흙으로 사람을 만들었다면서요? 아무래도 저를 만들 때 잠깐 주무신 게 확실합니다. 아무리 신이라도 실수를 하셨으면 책임을 져야죠. 소원이 아주 많지만 작은 거부터 기도해봅니다. 우선 알바부터 해결해주세요. 음, 마지막은 아멘 맞죠? 꼭 들어주세요. 아멘."

간절하게 기도를 하고 전도지를 내 주머니에 넣어뒀다. 진짜 이 기도가 통한다면 교회를 열심히 다닐 거다. 하지만 저녁이 될 때까지 아무런 소식이 없었다. 내 기도가 곧바로 전달되지 않았나 보다. 요즘 문자 메시지도 일 초 만에 전송이 되는데 기도가 이렇게 느린 걸까? 최첨단 과학기술보다 전지전능한 하나님이 밀리다니, 오늘 안에 안 들어주면 하나님을 미워하고 교회는 처다보지 않을 생각이다. 지금 내 생각도 읽고 계십니까, 하나님?

ooooo

가게 문을 닫을 시간까지 손님만 몇 명 왔고 일할 사람은 머리 카락도 내밀지 않았다. 괜히 바보처럼 기도했다는 생각에 후회스 러웠다.

"동안아, 마감하자."

카운터에서 인터넷 고스톱을 즐기던 엄마가 가게를 정리하기 시작했다.

"네, 엄마."

간판불을 끄고 바닥을 쓸고 있는데, 문 여는 소리가 들렸다.

"안녕하세요."

꼭 마감할 때마다 와서 만두 한 접시 시켜놓고 시간 때우는 아 저씨가 있는데, 그 사람인가 싶어 짜증이 난 표정으로 뒤를 돌아봤 는데,

"어? 누, 누나?"

내 앞에 서 있는 사람은 바로 주혜 누나가 아닌가.

"동안이네? 설마 했는데 여기가 너희 가게구나. 안녕하세요? 알바 구한다고 하셔서 왔는데 아직도 구하시나요?"

누나는 내게 잠시 인사를 하고는 우리 부모님에게 다가갔다. 우리 가게에서 알바를 한다는 걸까? 오, 그렇다면!

"그래요. 처음 보는 사람도 아니고. 우리 동안이랑도 친하지? 우리 도련님이랑 소개팅하려 했던 그 아가씨 맞지? 맞네, 명지 엄 마한테 들은 이미지 그대로야."

"네, 안녕하세요. 제가 술 취했을 때 데려다 주셨다고 동안이한테 들었어요. 그때는 속상한 일이 있어서."

"그래, 이해하지. 오죽 속상했으면 그랬겠어. 그보다 젊은 사람이 이런 일을 할 수 있으려나 모르겠네. 우리는 오래 일할 사람이 필요하거든."

엄마가 누나를 위아래로 훑어보며 말했다. 솔직히 반가우면서도 고민이 되는 모양이다. 엄마, 고민하지 마세요. 이건 기횝니다! 지금 하나님 음성이 안 들리나요? 저는 들리는 것 같아요. 엄마, 제발!

"저 열심히 할 수 있어요. 음식 만드는 거 좋아하고 힘도 잘 써요. 시켜만 주세요."

누나는 평소답게 명랑한 말투로 대답했다. 부모님 눈치를 다시 보니 마음에 들어 하는 눈치다. 특히 아버지가 더 좋아하는 눈치다. 역시 아버지도 남자라서 예쁜 여자가 좋은 건 어쩔 수 없는가 보다.

"언제부터 일할 수 있어요? 내일부터 나왔으면 좋겠는데."

엄마는 마음을 굳혔는지 채용하기로 했다.

"네, 내일부터 나올게요. 감사합니다. 열심히 할게요. 동안아, 또 보자."

"누나, 잘 가요! 헤헤."

누나는 여러 번 허리 굽혀 인사하고는 돌아갔다. 나도 모르게 기분이 좋아졌다.

"녀석, 그렇게도 좋으냐. 일할 때는 딴마음 품으면 안 돼. 허허."

아버지는 나를 보며 미소를 활짝 지으며 손으로 머리를 벅벅 문질렀다. 그래도 기분이 좋다. 누나가 우리 가게에서 일한다니 이런 경사가 어디 있을까? 내 기도가 제대로 통했나 보다. 다음 주부터 교회라는 곳에 제대로 다녀볼까. 갑자기 내 얼굴이 한 시간 정도 젊어진 기분이다. 교회에 다니면 내 얼굴이 해결될지도 모른다.

하나님, 저랑 좀 통하십니다. 완전 땡큐입니다!

13

너희가 통북어 무예를 아느냐?

주혜 누나가 우리 만두 가게 알바로 온 건 진짜, 당장에라도 하늘을 날아갈 듯이 행복한 일이다. 마음만 먹으면 매일 저녁, 주말엔 온 종일 누나와 함께 있을 수 있으니 얼마나 감개무량인가! 한 번도 안 본 하나님이라는 분, 센스가 보통이 아니다. 어찌 이렇게 내기도를 기막히게 잘 들어주는지.

"동안아, 이제부터 야간학습 다시 해라."

아니, 이거 보세요, 엄마! 언제는 가지 말라면서요. 엄마에게 이 소리를 들은 내 기분, 왜지 단물 쪽 빨아 먹히고 버림당한 기분이다. 어떻게든 여기서 버텨야 한다. 반드시!

"왜요? 괜찮아요. 가게 일 도울게요."

"뭐 하러 그러니. 알바도 새로 들어왔는데. 학교 공부에나 신경 써라."

“괜찮다니까요. 가게 일 돕는 것도 공부죠.”

“무슨 공부라는 거니?”

“인생 공부죠. 안 그래요? 나중에 제가 큰 회사 사장이라도 되려면 이런 경험을 일부러라도 쌓아야 하지 않겠어요? 원래 바닥부터 겪어야 큰일을 할 수 있다고요.”

“사장이 네 꿈이니?”

“꼭 그런 것은 아니지만 아무튼요. 야자는 앞으로도 계속 안 하고 가게 일 도울게요.”

“이 녀석이 오늘따라 고집을 피우네. 안 돼.”

엄마를 끝까지 설득해보았지만, 씨알도 먹히지 않는 눈치였다. 물론 백 퍼센트 순수한 마음은 아니지만, 그래도 부모님을 돕겠다는데 왜 이러나 모르겠다.

“동안이가 원하는 대로 하게 해줘. 아들이 부모님 일 돕겠다는데 칭찬을 못 해줄망정 말려서 되겠어?”

그때 아버지가 구원병이 되어서 나를 도와줬다. 지금만큼은 아버지의 등 뒤에서 번쩍 빛이 발하는 것 같다. 이렇게 도와주시다니!

“동안 아빠, 지금 한참 공부할 시기인데 조금이라도 열심히 해야지요. 안 그래요?”

엄마는 좀처럼 뜻을 굽히질 않았다. 내가 야자를 안 하고 가게 일을 한다면, 돈도 아끼고 큰 힘이 될 텐데 왜 이러시나 모르겠다.

무엇보다 억지로 시키는 공부만큼 괴로운 건 없다. 이 마음을 아시려나 모르겠다.

"엄마, 진짜로 야자는 하기 싫어요."

"안 돼. 학원도 못 보내주는데 야자라도 열심히 해야지. 야자 빼먹고 놀 생각이니?"

"아니에요. 진짜 순수한 마음으로 가게 일을 도와주려고 이러는 거예요."

그래, 절대 순수한 건 아니다. 주혜 누나랑 오래 있고 싶은 흑심 가득한 마음이다. 인정한다. 하지만 말이라도 잘해야 먹힐 것 같은데. 왜 나는 아버지처럼 노련하지 못할까.

"이 녀석이 계속 이러네. 너 설마 주혜 때문에 그러니? 주혜는 너한테 별 감정이 없어 보이는데 너 혼자 짝사랑하는 거니?"

우리 엄마 천재다. 내 마음을 정확히 꿰뚫어 보았다. 엄마의 한마디가 내 가슴을 푹 찔렀다. 주혜 누나는 나를 그냥 평범한 동생으로 생각하는 건데 나 혼자 이렇게 짝사랑 같은 걸 하는 중인 건 맞다. 엄마가 다시 한 번 더 일깨워주니 괜히 가슴이 쓰라리다. 꼭 이렇게 내 현실을 직시해줘야 속이 시원한가? 엄마가 나를 이런 얼굴로 낳아줘서 그렇다고요! 그래, 참자. 최대한 아닌 척 능청스럽게 미소를 살짝 지었다.

"아이, 엄마도 참. 주혜 누나 때문이 아니라. 흠, 가게 일이 재미있다니까요. 믿어주세요."

"그래, 동안 엄마. 동안이 말대로 합시다. 아직 일 학년이니, 딱 일 년만 두고 봅시다. 이 학년, 삼 학년 올라가면 야자를 하기 싫어도 해야 하니까, 그때까지는 우리를 돕도록 합시다. 어차피 나중에는 바빠서 도와주지도 못한다니까."

아버지는 적극적으로 지원했다. 이 정도면 엄마도 어쩔 수 없을 것이다. 집에 돌아와서 거의 밤이 새도록 엄마를 설득한 끝에 올해만 야자를 안 하기로 합의를 봤다. 대신 지금보다 성적이 더 떨어지면 야자를 다시 시작해야 하는 조건이 있었지만 그래도 괜찮았다. 내게는 올라가야 할 등급이 남아 있으니 코피 몇 번 터뜨려 주면 된다. 주혜 누나를 오래 볼 수 있다면 쌍코피 백 번 터져도 괜찮다.

ooooo

다가올 주말부터 우리 집 근처에 있는 교회를 다니기로 마음먹었다. 나 안동안, 진정한 남자이므로 한 번 약속한 것을 지키기로 했다. 그나저나 교회에 가면 기도를 얼마나 하고 헌금을 얼마나 내야 할까? 헌금 비싸게 달라 하면 어쩌지?

성우는 며칠 사이에 얼굴이 삐쩍 말랐다. 아직도 새벽 배달을 하나 보다. 저러다가 쓰러지면 어쩌나 걱정이다. 우리 가게 만두라도 줘야 하나. 이 녀석도 나처럼 우리 가게 만두 싫어하는데.

"성우야, 너도 기도해봐. 믿기지 않겠지만, 기도하면 들어주더라. 하나님이라는 분 은근히 시원시원하더라. 이번 주에 교회 나가보려고 하는데 너도 같이 가볼래?"

"미친놈아, 하다 하다 별짓을 다 한다. 그게 말이 되는 소리냐? 완전 샤머니즘에 빠졌네, 한심한 새끼. 그래, 그 기도란 건 어떻게 하는 건데?"

성우는 면박을 주면서도 슬쩍 기도 방법을 물어봤다. 녀석, 그럴 거면 말이나 곱게 하지.

"거봐, 너도 기도가 필요하지? 나도 전도하는 아줌마들이 하는 거 어깨너머로 배웠는데 손을 모으고 눈을 감고 졸라 간절한 표정과 불쌍한 목소리로……"

성우와 나는 학교 급식실에서 뜬금없이 기도를 했다. 성우는 진짜 간절했는지 중얼중얼 뭐라고 기도 내용이 참 길었다. 나도 기도하면서 한 가지 더 하나님에게 부탁하기로 했다.

"부디 내 얼굴에 청춘을 돌려줘서 주혜 누나한테 한 발 더 가까이 다가갈 수 있게 해주세요. 그리고 나를 뻥 찬 빛나한테는 내가 뻥 차버릴 은혜를 주세요. 하나님도 내 얼굴 보면서 우울하죠? 나는 이 얼굴로 살아요. 불쌍하지 않아요? 십칠 년을 이렇게 살았으니 앞으로의 삶은 조금 괜찮은 얼굴로 살고 싶어요. 분명히 저 만들 때 실수한 거 맞습니다. 보면서 인정하시죠? 인정 안 하면 하나님 좀 치사한 분입니다. 이제라도 실수를 만회하셔야죠. 부탁해요. 아무튼, 아멘."

하나님이라는 분, 이 기도를 들어줄지 모르겠다. 만약에 다 들어준다면 나도 그 아줌마들과 함께 전도지를 들고 전도하러 다닐 것이다. 기도하면 다 이루어진다! 오예, 천국 갑시다!

°°°°°

그날 학교를 마치자마자 만두 가게로 달려갔다. 평소라면 뭉그적거리며 어떻게든 천천히 가려고 하겠지만, 이제부터는 그러지 않는다. 광속이 무엇인지 몸소 실천하며 살아갈 테다. 가게에 도착하니 누나는 야무진 표정으로 만두를 빚고 있었다. 전단 내용대로 우리 엄마가 만두 비법을 전수해주는 모양이다. 엄마가 하는 대로 똑같이 배우면 세계 만두 역사에 한 획을 그을지도 모르겠다. 어쩌면 후대에 만두라는 음식이 사라질지도.

"학교 다녀왔습니다!"

평소라면 이렇게 우렁차게 인사를 하지 않는다. 주혜 누나가 있으니까 괜히 팔팔한 척하는 중이다.

"동안이 왔네?"

누나는 밀가루가 잔뜩 묻은 손을 흔들며 반겨주었다. 어떤 모습이든 정말 예쁜 누나다. 아버지는 내가 왜 이런지 다 안다는 듯 흐뭇하게 미소를 지었다. 역시 아버지가 도와준다는 말을 조용히 지키려나 보다. 그런데 가만 보니 아버지도 아직 집으로 들어가지 않았다. 알바 할 누나도 새로 왔는데 별일이었다. 아무래도 누나가 마음에 들어서 집에 가기 싫은 모양이다. 역시 아버지도 남자다. 그보다 한창 바쁜 시간인데 손님이 하나도 없었다. 정말 이래서 가게가 망하지나 않을지 걱정이다.

"동안만둡니다. 네, 네 고기만두 삼 인분하고 된장찌개 이 인분 배달이요? 그럼요, 배달 가능하죠. 금방 배달해 드리겠습니다."

파리만 날리던 가게에 단비처럼 반가운 주문 전화가 왔다. 아버지는 한껏 고무된 표정으로 주문을 받고는 주방 안에서 음식을 금방 만들어낸 다음 내게 철가방을 건네줬다. 역시 배달은 내 몫이다.

"동안아, 다녀와라. 식으면 안 되니까. 빨리 다녀와라."

"오토바이 타고 가면 안 돼요?"

"안 돼, 바로 앞 건물이니까 걸어서 갔다 와."

아버지는 오토바이만큼은 너그럽지 않았다. 면허를 따야 한다던데 오토바이 면허는 만 십육 세부터 가능하단다. 젠장, 아직 생일이 지나지 않았다. 생일만 지나면 반드시 면허를 따서 오토바이 타고 온 동네를 활보할 것이다. 지금은 면허가 없으니 무거운 철가방을 들고 걸어서 건너편 빌딩으로 향했다. 주혜 누나를 보는 건 좋지만, 이런 개고생을 계속할 생각 하니 눈앞이 막막해졌다. 부디 배달은 많이 안 시켰으면 좋겠다. 어차피 맛없는 만두 직접 와서 뜨끈할 때 먹어야 덜 맛없으니, 어지간하면 손님들이 알아서 찾아왔으면 좋겠다. 힘든 일을 하면 더 늙는다던데 가게 일을 계속 하다가 진짜 더 늙으면 어쩌지? 이미 노화 호르몬이 내 몸에 너무 가득한데 하루빨리 하나님이 내 기도를 들어주길 기대해봐야겠다. 하나님, 지금 저 보고 계시는 겁니까!

"음식 배달 왔습니다."

빌딩 삼 층에 있는 작은 사무실로 들어갔다. 사무실 이름이 참 희한했다. '더 좋은 한 푼'이란다. 이름 옆의 그림은 세종대왕이 웃으며 손가락으로 브이 자를 그린 거다. 딱 봐도 사채업자 사무실이다. 왠지 찜찜해졌다. 사채업자들은 되게 무섭다고 하던데 걱정이다. 사무실 안에는 남자 세 명이 고스톱을 치고 있었다. 아저씨들 얼굴을 보고 나도 모르게 한숨이 새어 나왔다. 나는 단순히 늙어 보이는 얼굴인데 이 아저씨들은 험상궂게도 생겼다. 하나님, 기왕 살피는 김에 여기도 봐야겠습니다. 제가 대신 기도할게요. 불쌍한 늙은 아저씨 양들입니다. 도와주세요.

"왜 이리 늦었어. 배고파 뒈지는 줄 알았네."

그중 빡빡머리 남자가 짜증을 내며 내게 다가왔다. 솔직히 십 분 만에 가져왔으면 엄청나게 빠른 거지, 무슨 배달 음식이 삼 분 카레라도 되는 줄 아는 모양이다.

"죄송합니다. 여기 고기만두 삼 인분하고 된장찌개 이 인분입니다. 전부 다 해서, 만 팔천 원입니다."

"알았어. 기다려봐."

빡빡이를 비롯한 남자들은 음식값을 치르지 않고 게걸스럽게 먹어 치우기만 했다. 돈부터 내고 먹는 게 예의 아닌가? 나는 멀뚱멀뚱 서서 돈을 줄 때까지 기다렸다. 그러나 남자들은 돈 줄 생각은 없는 듯 후루룩 쩝쩝 먹기 바빴다. 그중 빡빡이가 된장찌개를 싹싹 비우더니 꺽, 트림까지 했다. 진짜 배고팠나 보다. 나는 기다리다 못해 입을 열었다.

"손님, 돈 주세요."

"뭐?"

"음식값 달라고요."

"너, 이걸 음식이라고 돈 달라는 거야? 정말 개념 없는 자식이네. 맛대가리 없으니까 돈 못 줘. 먹어준 것만 해도 고마워해야지. 얼굴은 멍청하게 생겨서 말도 얼굴대로 하네."

"네?"

어이가 차차차 출 지경이다. 도대체 왜 이러는 걸까? 맛이 없었으면 애초부터 먹질 말던가. 실컷 다 먹어놓고 돈을 안 주겠다는 건 무슨 생각으로 저러는 건지. 거기다 왜 내 얼굴을 걸고 넘어지는 건가. 이제 늙고 못생긴 데다 멍청하다고? 기가 막혔다. 옆에 있는 깍두기 머리가 그냥 돈을 주라고 말했지만, 빡빡이는 들은 체도 하지 않았다.

"그냥 가라. 오늘은 특별히 그냥 보내준다. 다음부터 이런 음식

가져오면 죽는다.”

와, 이건 똥 싼 놈이 방귀 뀐 놈 혼낸다더니 돈을 주지도 않으면서 나를 더 나쁜 놈 취급하고 있다. 그래, 솔직히 우리 가게 음식이 맛없는 건 사실이다. 그런데 냠냠 쩝쩝, 다 먹었잖아. 사채업자들은 성격이 진짜 안 좋다던데 이런 식으로 치사하게 나올 줄은 꿈에도 몰랐다. 무거운 철가방까지 들고 온 내 고생을 무시하다니! 그리고 아버지가 열심히 만든 된장찌개, 누나 손길이 가득한 만두도 무시했으니 참을 수 없다. 반드시 돈을 꼭 받아내기로 했다.

“돈 주세요.”

“못 줘, 씹새야. 너 이 새끼, 보니까 군대 졸라 빡신 데 나온 모양이다? 너 해병대야? 나는 경비교도대한테 보호 받아 온 사람이야! 너 여기가 어딘지 몰라? 흙냄새 맡아 볼래?”

빡빡이는 주먹으로 내 가슴팍을 툭 쳤다. 이건 폭력 더하기 협박이다. 나 아직 고등학생이라고! 깍두기와 주걱턱 남자가 내 앞에 다가왔다. 지금 분위기는 ‘늙고 못생긴 데다 멍청하면서 해병대 다녀온 것처럼 생긴 나’를 삥 뜯으려는 분위기다.

“돈, 주세요. 음식을 드셨으면 값을 치러야죠.”

“이 새끼가 끝까지 말귀를 못 알아듣네.”

남자들은 나를 붙잡고 강제로 사무실 밖에 던지듯이 밀어냈다. 그중 깍두기 머리는 사무실 문을 닫기 전에 나를 보며 비식비식 웃었다. 표정이 마치 ‘오늘 재수 옴 붙었다 생각하고 고분고분히 꺼져라.' 하는 의미로 느껴졌다. 일부러 불쌍한 늙은 양이라고 하나님에게 기도까지 했는데 그건 취소다, 이 사람들아!

"아저씨들이 거지새끼예요? 돈 내놓으라고요!"

화가 난 나머지 사무실 문 앞에서 고래고래 소리를 쳤다. 덕분에 사무실로 들어갈 수 있었으나 돈 대신에 쓰디쓴 주먹맛을 배 터지게 음미하고 다시 쫓겨나야 했다. 서러운 마음이 들었지만, 어쩔 수 없었다. 내가 아무리 늙어 보이면 뭐하나, 싸움 실력은 유치원생 수준이니 당연히 저 남자들에게 밀릴 수밖에.

철가방도 챙기지 못하고 빈손으로 가게에 돌아왔다. 빡빡이가 주먹으로 내 얼굴을 얼마나 강하게 때렸는지 모른다. 내 얼굴이 자기가 어렸을 때 자신을 놀렸던 놈이랑 닮았단다. 얼굴도 모르는 사람 때문에 더 맞다니. 도대체 내 얼굴에 무슨 저주가 있기에 이러는 걸까. 안 그래도 얼굴이 구려서 속상한데 빡빡이 때문에 얼굴이 발로 꾹꾹 밟은 찐빵처럼 됐다.

"동안아, 왜 그래? 무슨 일이야?"

내 얼굴을 보며 먼저 다가온 건 주혜 누나였다. 차마 누나에게 맞은 얘기를 할 수는 없었다.

"뭐야, 말해봐. 설마 그놈들이 돈 안 주고 내쫓은 거야?"

역시 엄마는 천재다. 말하지 않아도 아는 게 아주 많다. 알면서 왜 물어보는지 모르겠지만, 대답 대신 고개를 끄덕였다.

"아이고, 설마 했는데 그놈들이 또 그랬구먼, 어휴."

아버진 허리에 손을 얹은 채 천장을 바라보며 한숨을 내리쉬었다. 엄마는 표정이 어두워졌고 이내 무언가 결심한 표정으로 주방에 들어가서 통북어 네 마리를 가져오더니 우리에게 한 마리씩 건네줬다.

"따라와. 전쟁이다!"

엄마는 통북어를 마치 도끼 들듯이 들며 앞장섰다. 엄마는 아버지나 막냇삼촌 그 인간이나 내가 잘못했을 때 통북어로 내려치며 응징한다. 다른 사람이 그걸로 때리면 아프지 않은데 엄마가 때리면 이상하게 몹시 아프다. 외할머니에게 듣기로는 엄마가 어릴 때, 통북어를 가지고 노는 걸 즐겼단다. 그때 우리가 모르는 통북어 무예를 스스로 체득했다고 추측된다. 하루 이틀의 내공이 아님을 내가 직접 맞아봐서 아주 잘 안다. 엄마가 통북어로 그 사람들을 응징한다니 보통 일이 아니었다. 아버지와 나는 걱정스러운 표정으로, 주혜 누나는 어리둥절한 표정으로, 우리는 엄마를 따라나섰다. 네 사람이 통북어를 하나씩 들고 걸어가는데, 뭐랄까 기분이 묘했다. 진짜 전쟁터로 나가는 기분이었다.

금세 '더 좋은 한 푼' 사무실에 도착했다. 내가 똑똑 노크하려 했으나 엄마가 문을 뻥 차고 먼저 들어갔다. 사무실에 들어가자마자 빡빡이를 비롯한 깍두기 머리, 주걱턱은 놀란 표정으로 우리를 쳐다봤다.

"당신들 뭐요?"

빡빡이가 눈을 부라리며 벌떡 일어나 소리쳤다. 나랑 아버지는 움찔해서 괜스레 콧물만 훌쩍였다.

"뭐긴, 밥값 받으러 왔지. 밥값 내놔!"

엄마는 빡빡이보다 더 무섭게 눈을 치켜떴다. 피식, 웃으며 오른쪽 입꼬리를 말아 올리는데 옆에서 보는 내가 더 무서웠다. 그리고 눈으로 보이지 않지만, 엄마 등 뒤에 엄청난 기운이 감도는 느낌이 들었다. 특히 통북어를 든 오른손에 강한 힘이 실린 듯했다. 마치 저기서 장풍이 나올 것 같은 미세한 떨림까지 보였다.

"그런 밥을 팔면서 돈 받는다는 게 말이 되, 됩니까? 이 아줌마가 우릴 어떻게 보는 거야. 우리, 엄청 무서운 사람이야!"

이상하게 빡빡이 목소리가 조금 전보다 한풀 꺾여 있었다. 생각보다 무서워 보이는 엄마에게 기가 눌린 모양이다. 그래도 빡빡이는 번쩍거리는 자기 뒤통수를 매만지며 눈썹을 잔뜩 찌푸린 채 때릴 듯이 오른손을 번쩍 들었다. 나랑 아버지는 의지와는 상관없이 척수가 반응하는 대로 움찔하며 상체를 뒤로 젖혔다. 하지만 우리 엄마는 전혀 겁먹지 않고 통북어를 하늘 높이 번쩍 치켜들었다. 어찌나 손놀림이 빠른지 휘휙, 하는 소리가 순식간에 내 귀로 들어왔다. 어지간한 속도와 힘이 아니고서야 이런 소리가 나지 않는다. 때마침 창문을 통과한 햇빛이 엄마가 번쩍 든 통북어 대가리에 정확히 스며들었다. 엄마는 햇살 담은 통북어를 정확히 빡빡이에게 겨냥하더니 무섭게 째려봤다. 이번에는 왼쪽 입꼬리를 씨익 말아

올렸다. 지금 엄마는 우리 엄마 같지 않고 액션영화에나 나올 법한 여전사처럼 보였다. 아무래도 그대로 두면 큰일을 치를 것 같아 말려보려 엄마에게 한 발짝 다가갔는데 다가오지 말라고 손짓했다. 내 옆을 지키던 아버지는 검지를 입술에 살짝 갖다 대며 가만히 있으라고 했다. 엄마는 통북어를 든 손에 힘을 더 주며 한 발짝씩 빡빡이한테 다가갔다. 빡빡이는 차마 자신이 범접할 수 없는 엄청난 기운을 느꼈는지 놀란 표정으로 한 발 물러섰다.

"아니, 이 아줌마가. 그렇게 째려보면 어쩔 건데. 하나도 안 무서워! 그깟 북어 대가리로 뭐하자는 건지."

빡빡이는 겁먹은 표정으로 괜스레 허리에 손을 얹고 험, 하고 헛기침했다. 깍두기 머리와 주걱턱은 잔뜩 긴장한 표정으로 빡빡이 옆에 딱 달라붙어 눈을 부릅뜬 채 우리를 노려봤다. 분명히 나 혼자 있을 때는 이 사람들이 무섭더니 지금은 하나도 무섭지 않았다. 이상하게 사채업자 삼인방은 점점 작아지고 엄마는 점점 커지는 느낌이 들었다. 아니, 실제로 그림자가 드리워져서 엄마의 그림자는 점점 커지고 사채업자 삼인방의 그림자는 점점 작아졌다.

"아, 아주머니! 우리 되게 거친 사람이야. 여자라고 절대 안 봐줘!"

빡빡이가 소리치며 주먹을 다시 들고 때릴 시늉을 했다. 엄마는 "야!" 하고 우렁차게 소리치며 제자리에서 훌쩍 뛰더니 햇살 가득 담은 통북어를 엄청난 속도로 내리쳤다. 나는 차마 그 모습을 끝까지 볼 수 없어 눈을 질끈 감아버리고 말았다. 사채업자 삼인방이 한꺼번에 악, 비명을 지르고 휙, 소리와 동시에 탁, 소리가 들렸다. 아무래도 우리 엄마가 제대로 사고 친 것 같아 천천히 눈을 뜨며 어떤 광경이 펼쳐졌는지 봤다. 다행히도 사채업자 삼인방은 서로 부둥켜안았을 뿐 누구 하나 통북어로 맞지는 않았다. 다만 옆에 있던 사무실 탁자에 톡 하고 건드리면 두 동강 날 것처럼 쩌억 금이 생기고 통북어 대가리 자국이 선명하게 새겨졌을 뿐이다. 엄마는 멈추지 않고 통북어를 휙휙, 소리 나게 허공에 마구 휘둘렀다. 통북어가 바람을 가를 때마다 빡빡이 눈썹과 주걱턱 앞머리가 휙휙 들썩거렸다. 깍두기는 콧털 한 가닥이 삐죽 튀어나왔는데 그것 역시 통북어가 바람을 가를 때마다 살랑살랑 움직였다. 사채업자 삼인방은 자신들 앞에 통북어가 휙휙 스칠 때마다 어깨를 들썩이며 기도하는 소녀처럼 두 손을 가지런히 모았다.

"도, 돈 없으니까 나중에 주, 주, 준다니까요. 거, 아줌마 되게 살벌하시네."

빡빡이는 겁먹은 표정으로 한 발 더 물러서며 다른 두 사람을 앞으로 밀었다. 엄마는 목을 까딱까딱 풀더니 다시 통북어를 높이 치켜들어 천천히 돌렸다. 이건 엄청난 힘을 모으려는 자세다! 내가 살면서 초강력 통북어 타격을 딱 한 번 제대로 맞아본 적이 있다. 물론 그걸 맞을 만한 엄청난 잘못을 저지르기는 했다. 그때 초강력 통북어 타격을 엉덩이에 맞았는데 어찌나 아픈지 일주일 내내 엉덩이가 시큰거려 제대로 앉지도 서지도 못했다. 아마 다른 곳에 맞았으면 뼈가 댕강 부러졌을, 말로 다할 수 없는 엄청난 힘이었다.

"아저씨들, 이거 진심으로 아파요. 제가 맞아봤거든요."

사채업자 삼인방이 안타까워서 살짝 귀띔해줬다. 사채업자 삼인방은 왜 인제야 말해줬냐는 표정으로 나를 째려봤다. 어색하게 웃으며 고개를 슬쩍 엄마에게 돌렸다. 지금 엄마는 초강력 통북어 타격을 펼치려는 것이다. 왼손으로 정확히 사채업자 삼인방을 겨눴다. 앗, 이건 한방에 삼 타를 노리는 엄청난 기술이다! 깍두기와 주걱턱은 계속 움찔거리며 슬금슬금 뒤로 더 물러나다가 누가 먼저라 할 것 없이 동시에 뒤로 나동그라졌다. 그중 주걱턱이 넘어지면서 창문을 살짝 열었는데 열린 틈새로 바람이 가득 불어와 엄마의 파마머리는 물론이고 시장표 호피무늬 나일론 티셔츠와 꽃무늬 몸빼바지가 펄럭거렸다. 평소에는 누가 봐도 동네 아줌마처럼 보이는 엄마가 지금만큼은 세상을 호령하는 무림고수처럼 보였다. 빡빡이는 '차카게 살자'라고 쓰인 하얀 티셔츠를 훌렁 벗어 등에 새긴 용문신을 보여주며 애써 위협하려 했지만, 이미 고수의 경지인 엄마에겐 씨알도 먹히지 않았다. 엄마는 빡빡이를 향해 통북어를 휙, 내리쳤다. 그래도 순발력이 빠른 사채업자 삼인방이 바짝 엎드려 겨우겨우 초강력 통북어 타격을 피했다. 대신 벽에 부딪쳤는데 신기하게도 통북어 대가리 자국이 벽에 선명했다. 마치 도장을 꾹 찍은 듯이. 통북어는 전혀 부러질 기미를 보이지 않고 건재했다. 통북어가 저렇게 강력한 무기인 줄 새삼 깨달았다. 깍두기 머리는 겁에 질린 표정으로 빡빡이 엉덩이를 마구 걷어찼다.

"그러니까, 내가 그냥 주자고 했잖아."

"그러는 네가 주지 그랬어."

"네가 안 준다고 버티는데 내가 왜 줘. 빨리 주라니까."

"그렇게 잘났으면 네가 하라고!"

"둘 다 잘 한 거 없어. 애초부터 시켜 먹은 게 잘못이지. 어서 주라니까. 저 아줌마 또 몸 풀잖아!"

사채업자 삼인방이 서로 잘잘못을 따지며 티격태격했다. 엄마는 목을 좌우로 까딱까딱 풀며 팔과 허리를 풀었다. 물론 손에서 통북어를 놓지 않은 채.

"거, 거참 주, 준다니까요! 아줌씨 사람 잡겠네. 흠흠, 내가 다시 거기서 사 먹나 봐라. 어서 나가요. 안 그러면 영업방해로 신, 신고 할 겁니다."

"한 번만 더 시키면 나도 가만히 안 있을 거야. 그땐 이걸로 확!"

엄마는 한 번 더 통북어를 사무실 벽에 내리쳐 통북어 대가리 자국을 선명하게 남겨 놨다.

"알았으니까, 어서 나가라고요! 제발 안녕히 가십쇼!"

빡빡이는 갑자기 허리를 굽실거리며 어서 나가라고 손짓했다. 깍두기와 주걱턱도 벌떡 일어나 굽실거리며 손을 내저었다.

엄마는 확, 하고 또 한 번 통북어를 허공에 가른 다음에야 사무실을 나섰다. 아버지와 누나, 그리고 나는 사색이 된 사채업자 삼인방을 힐끔 쳐다본 다음에 서둘러 엄마를 따라나왔다. 역시 우리 엄마, 최고!

"사장님, 사장님."

주혜 누나는 신기하고 놀라운 표정으로 엄마를 불렀다.

"사장님은 동안 아빠고 나는 회장님이지. 잊었어?"

"아, 맞네요. 회장님!"

"왜?"

"그거 어떻게 하신 건가요?"

"그거라니?"

"통북어로 겁주는 거요. 정말 신기해요. 옆에서 보면서 정말 움찔했거든요. 저도 그거 배우고 싶어요. 한 수만 가르쳐 주세요."

누나는 엄마 팔에 매달려 콧소리로 아양을 떨었다. 그 모습에 엄마는 귀찮다는 표정을 지으면서 걷기만 했다. 그래도 누나가 계속 설득하자 못 이기는 척 그 자리에서 직접 통북어를 휘둘렀다. 차 소리가 시끄러운 바깥에서 휘둘러도 '획' 하는 소리와 함께 진동이 내 얼굴까지 팍 느껴졌다. 이건 중국영화에서나 볼 법한 장풍 같은 느낌이다. 누나는 그 모습을 유심히 보더니 엄마를 따라 통북어를 휘둘렀다. 엄마에 비하면 아직 어설프지만, 그래도 바람을 잘 일으켰다.

"주혜, 잘하는데? 한 번 더 해보렴. 이렇게."

"이렇게요?"

엄마가 보여준 시범에 따라 누나가 통북어를 다시 휘둘렀다. 그런데 휙 하는 바람 소리가 바로 뒤에 있는 나에게까지 조금 전보다 더 강하게 느껴졌다. 놀랍다! 이 누나, 은근히 통북어 무예에 재능을 보인다. 이렇게 엄마 무예가 누나에게 전수되는 건가!

∞∞∞

누나는 그날부터 틈만 나면 통북어를 휘둘렀다. 늘 통북어를 가장 중요한 무기처럼 곁에 두었다. 엄마도 틈틈이 통북어를 잘 휘두르는 방법을 전수해줬다. 통북어를 휘두르는 누나 모습은 마치 액션영화 여자 주인공 같았다. 엄마는 날이 갈수록 일취월장하는 누나의 통북어 무예에 역시 강한 여자가 될 싹수가 보인다며 흐뭇해했다.

"누나, 그거 배워서 뭐 하려고요?"

며칠 동안 지켜보다가 궁금증을 참지 못해 누나에게 물었다. 그러자 누나는 그냥 알 수 없는 미소만 지었다. 설마 나를 때리려는 건 아니겠지? 갑자기 내가 누나에게 무슨 잘못이라도 한 게 있나 괜히 걱정이 되었다.

"누나 뭐 때문에 그러는데요? 누구 때릴 사람이라도 있어요?"

"그런 게 있어. 언젠가 알게 될 거야."

누나는 끝까지 이유를 밝히지 않고 통북어를 다섯 번 정도 휘두르다가 다시 만두를 빚었다. 만두 모양도 참 예쁘게 빚었다. 누나는 엄마와 점점 닮아간다. 이건 큰 문제다. 저렇게 예쁜 얼굴에 살벌한 우리 엄마 성격, 비둘기도 화내는 음식 솜씨까지 닮으면 이건 재앙이다. 제발 성격까지만 닮았으면 좋겠다. 누나가 맛있는 음식 준다면서 엄마랑 똑같은 솜씨로 만든 음식을 주고 내가 그걸 먹는다면 삼십 년은 더 늙을 것이다.

"주혜야, 너 된장찌개 끓일 줄 아냐?"

주방에 있던 아버지가 국자 손잡이로 머리를 긁적이며 누나에게 물었다.

"네, 당연하죠."

"그럼 한번 끓여볼래? 아무래도 내가 끓인 건 맛이 없구나."

"저도 부족하지만, 한번 끓여볼게요."

누나는 싱글벙글한 표정으로 주방에 들어가서 잠시 복닥복닥하다가 금방 된장찌개를 끓여왔다. 모양은 어딜 나가서 보여줘도 손색없을 정도로 좋았다. 된장찌개 공예가 있다면 누나가 일 등이다. 이것도 우리 엄마한테 배운 모양인데 걱정이 물밀듯이 몰려왔다. 모양만 예쁘고 맛은 저질이라면 진짜 나 늙는 거다.

"음, 냄새가 아주 구수한 게 맛있겠구나. 동안아, 먼저 먹어보렴."

아버지는 칭찬하면서도 나더러 먼저 먹어보라고 등 떠밀었다.

엄마가 새로이 음식을 만들어도 꼭 나부터 먹으라고 시키는데 이 번에도 똑같다. 내가 완전 희생양이다. 누나는 어서 먹어보라며 손 짓했다. 정성스럽게 만든 누나를 생각해서라도 맛없어도 맛있다고 해야겠지? 화성인도 퉤퉤 뱉어버릴 엄마 음식도 먹어봤는데 누나 가 만든 음식이야 어떻게든 먹겠지, 속으로 생각하며 국물을 한 숟 갈 듬뿍 떠서 입안에 넣었다. 절대 뱉지 말고 삼키자!

"음?"

둥글둥글한 된장콩이 입안에서 데굴데굴 구르며 춤추다가 소 프트아이스크림처럼 사르르 녹았다. 호박을 씹어보니 된장을 머금 은 국물이 입안에 쫙 퍼졌다. 더 이상 무어라고 설명할 수 없는 이 맛! 한마디로 진짜진짜 맛있다. 내가 먹어 본 된장찌개 중에 가장 맛있다. 누나에게 이런 손맛이 있다니! 언젠가 누나 엄마가 해주었 던 된장찌개보다도 더 맛있었다. 나는 감격에 겨워 무어라 말도 나 오지 않았다.

"어때?"

누나가 긴장한 표정으로 내게 물었다. 기막힌 맛에 심장이 쿵 쾅쿵쾅 뛰어 잠시 대답을 하지 않다가 겨우 진정하고 입을 열었다.

"대박! 아버지, 엄마, 드셔 보세요. 내가 먹었던 된장찌개 중에 최고! 열라 좋아요!"

"열라 좋아? 허허, 그건 무슨 소리냐. 그럼 나도 한번 먹어볼까"

아버지는 반신반의한 표정으로 국물을 한 숟갈 입 안에 넣더니 표정이 환해졌다. 아버지는 야동을 볼 때보다 더 황홀한 표정으로 고개를 끄덕였다. 엄마도 한 입 먹더니 미소를 한가득 머금고 하늘 높은 줄 모르고 엄지를 마구 치켜들었다. 이 맛은 누가 먹어도 인정할 수밖에 없다. 밖에 있는 비둘기들도 이거 먹으면 나를 더 이상 쪼아댈 눈빛으로 째려보지 않을 것이다.

"정말 맛있어요?"

누나는 머쓱하게 머리를 긁적이며 물었다.

"누나, 진짜 대박."

"주혜야, 너 정말!"

"최고야!"

우리 가족은 한마디씩 칭찬을 하며 찌개를 입안에 넣기 바빴다. 아버지는 공깃밥까지 가져와서 한 그릇 뚝딱 비워냈다. 아버지가 이렇게 밥을 잘 먹는 사람인지 예전엔 미처 몰랐다.

이제 누나는 우리 가게에서 없으면 절대 안 되는 사람이다. 앞으로 누나가 된장찌개를 끓여서 판다면 우리 가게는 대박 가게로 변신할지도 모른다. 어느 순간부터 내 마음에 누나는 절대적으로 필요한 존재로 자리 잡았다. 물론 내가 이렇게 생겨서 다가가지 못할 뿐이지만.

"동안아, 배달 다녀와라."

누나를 보며 흐뭇하게 웃는 나에게 아버지는 배달을 시켰다. 잠시라도 쉬려고 했더니 물 건너갔다.

이제 저녁 배달은 점점 내 차지가 되는 중이다. 주말에는 종일 배달을 뛰어야 할 신세니 이래저래 참 우울하다. 생일만 지나면 반드시 오토바이 면허를 따야지. 늘 철가방 들고 다니다가 내 어깨 다 빠지겠다. 중국집 철가방은 가볍다는데 우리 가게 철가방은 왜 이리 무거운지 모르겠다. 안에 있는 음식이 망가지지 않게 조심히 들어야 되니 더 힘들다. 그나마 우리 가게와 가까운 곳에 배달을 가는 것이 위안이라면 위안이다. 지난번에 '더 좋은 한 푼' 사무실 인간들처럼 돈 가지고 장난치는 사람은 없으니 그것도 다행이다.

배달 한 번 다녀오니 벌써 밤이 깊었다. 멀리서 가게를 보니 손님이 한 사람 있었다. 그런데 엄마와 누나가 손님하고 승강이를 벌이고 있었다. 무슨 일이 났나 싶어서 급히 가게로 들어갔다. 아버지는 이미 집으로 들어갔는지 보이지 않았다. 손님으로 온 사람이 누군가 슬쩍 살펴봤는데 이런, 그 사람이다. 누나를 스토커처럼 괴롭히는 누나의 전 남자친구다. 여기서 누나가 일하는 건 어찌 알고 찾아왔는지 모르겠다.

"내가 이 여자랑 할 얘기가 있으니까, 아줌만 신경 쓰지 마세요."

남자는 누나를 보호해주던 엄마에게 짜증을 내고 있었다. 내가 가게에 들어온 것도 모르는 눈치였다.

"뭐? 아줌만 신경을 꺼라? 이 인간 정말 몹쓸 인간이네. 어디 장사하는 곳에 와서 행패를 부려? 썩 꺼져!"

엄마는 건방진 남자의 태도에 화가 치밀어 오른 모양이었다. 엄마 성격상 금방 폭발할 텐데. 내가 나서서 말려보려 했지만, 엄마가 나서지 말라고 손짓했다. 엄마 말을 거역했다가 괜히 내가 얻어터질 수 있으니 가만히 서서 구경하는 신세로 뒷걸음질 쳤다.

"이 아줌마가 왜 이래. 아줌마가 몰라서 그러나 본데, 저년은 걸레 같은 년이야. 당신네 아들을 어떻게든 꾀어서 아줌마 등골 빼먹을 년이라고. 뭘 모르시네, 내가 아줌마 생각해서 저년 데리고 간다는 거야. 알지도 못하면서 나서지 마쇼. 거참 아줌마 인상도 아들 못지않게 더럽네."

남자는 누나를 엄청나게 나쁜 사람처럼 말하면서도 엄마 역시 포악한 사람처럼 말했다. 이건 남자가 큰 실수하고 엄마를 제대로 건드린 것이다. 다행히 엄마는 남자의 말을 눈곱만치도 믿지 않는 표정이다. 그러면서 내게 무언가를 달라고 손짓했다. 그래, 바로 그것이다. 통북어. 나는 곧바로 주방으로 들어가서 통북어를 챙겼다. 저런 놈이라면 통북어가 세 마리 정도는 필요할 듯해서 튼실하고 절대 부러지지 않을 녀석들로 챙겨 들었다.

"이놈 말하는 거 보니, 어딘가 수상하네. 네놈이 우리 아들을 원조교제범으로 신고한 그놈 맞지? 딱 보니까 그놈이네. 맞지? 네가 우리 아들을 신고했다 이거지? 너 오늘 제삿날이다. 너 죽고 나 살아보자."

엄마 목소리는 크지 않았다. 작으면서도 무거웠고 살기가 서려 있었다. 저렇게 작은 목소리로 말할 때는 우리 엄마 진짜 화난 거다. 남잔 엄마의 표정과 목소리를 알아차렸는지 움찔했다. 누나는 엄마 말을 듣더니 깜짝 놀라면서 나와 남자를 쳐다봤다. 사실 누나에게는 파출소에 간 사실을 말하지 않았다. 누나는 술에 취하면 기억이 없으니 굳이 말할 필요가 없다고 생각했기에 하지 않았던 것뿐이다. 뒤늦게 이 일을 안 누나의 표정이 심각하게 굳어졌다. 아무래도 엄마에게 통북어를 빨리 건네줘야 할 듯해서 더 빨리 엄마에게 다가가고 있었는데,

'팍!'

미처 엄마에게 통북어를 건네주지 못했는데 예상치 못한 일이 벌어졌다. 엄마 옆에 조용히 서 있던 누나가 자신이 늘 들고 다니던 통북어로 그 남자 머리를 아주 세게 내리친 것이다. 소리만 들어도 상당한 타격으로 보였다. 엄마에게 다가가던 내 발걸음도 저절로 멈추게 될 만큼 소름 끼치는 파괴력이었다. 누나에게 저런 힘이 있을 줄은 몰랐다. 누나의 눈빛은 분노로 가득 차 있었다. 남자는 갑작스러운 공격에 피할 새도 없이 맞아서 그런지 멍하게 있다가 이내 통증이 몰려왔는지 머리를 손으로 감싸쥐었다.

"네가 동안이를 뭐로 신고해? 원조교제? 네가 나를 괴롭히는 것도 모자라서 아무런 잘못 없는 동안이까지 건드렸다 이거지? 너 오늘 진짜 죽었어, 이 개새끼야!"

누나는 통북어로 그 남자를 마구 난타했다. 착 착 착 착 그동

안 엄마에게 전수받은 통북어 무예가 한껏 발휘되는 순간이다. 누나가 언제 이 정도로 통북어 무예를 연마한 걸까? 때리기도 정말 잘 때린다. 빈틈없이 구석구석 다 때린다. 마구잡이로 때리는 엄마에 비해 정교함에 있어서는 오히려 누나가 한 수 위다.

"이게 미쳤나. 너 죽고 싶어? 그만해."

남잔 애써 막아보려 했지만, 하나도 막지 못하고 고스란히 온몸에 통북어 향기를 남기고 말았다. 더 이상 견딜 수 없었는지 도망치듯 가게를 나가버렸다.

"너 한 번만 더 찾아오면 죽여버린다. 진심이야. 진짜 죽여버린다."

누나는 가게 문밖까지 쫓아가서 으름장을 놓았다. 장난 아니게 살벌하다. 앞으로 누나에게 절대 잘못을 저지르지 말아야겠다. 얼굴에 있는 주름이 괜히 깊어지는 느낌이다.

가게로 다시 들어온 누나는 머쓱하게 웃었다. 조금 전 자기 행동이 민망했나 보다. 그러나 이제 그런 표정을 지어도 어쩔 수 없다. 이미 좀 전의 누나 모습이 머릿속에 새겨진 것이다. 엄마는 흐뭇하게 미소를 지으면서 누나를 안아주었다.

"주혜야, 잘했어. 너 통북어를 잘 다루는구나. 아주 멋졌어. 내가 참 잘 가르쳤어. 그 녀석, 다신 여기로 못 올 거다. 만약에 또 온다면 나도 같이 응징해주마."

"별거 아닌데요, 뭘."

　엄마와 누나는 마치 모녀처럼 다정하게 대화를 나누며 웃었다. 엄마 예상이 적중했을까? 누나의 통북어를 몸소 겪은 그 남자는 다신 우리 가게로 찾아오지 않았다. 가끔 길 가다가 마주칠 때면 '시바, 꺼져!' 하고 입모양으로 욕을 날리며 급히 피했다. 통북어의 위력은 정말 대단하다. 이제 주혜 누나를 다시 정의하고 싶다. 예쁘고 착하지만, 술 마시면 진짜 이상하니 술은 절대로 마시지 못하게 말려야 하는 사람. 그리고 통북어 무예를 배웠으니 잘못 건드리면 무서운 사람이라고.

14

오른뺨을 치거든 왼뺨을 돌려대라. 왜?

산뜻한 주말이 다가왔다. 일찍 일어나 고양이 세수권법을 펼친 다음 가게에서 가져온 만두와 라면으로 아침을 해결했다. 솔직히 늦잠을 푹 자고 싶지만, 나에겐 약속이 있다. 누나와의 약속은 아니다. 누나는 따로 약속하지 않아도 가게에서 볼 수 있으니 생각만 해도 행복하다. 오늘의 약속 상대는 전지전능하지만, 나를 만들었을 때 분명히 실수했으리라 추측되는 하나님이다. 전도지에 나와 있는 예배 시간은 아침 아홉 시란다. 젠장, 어른들은 열한 시에 예배를 드리는데 학생은 아홉 시란다. 우리 나이에는 늦잠이 필요한데 이렇게 배려가 부족한 예배시간 같으니. 교회 가려고 일찍 일어나다가 수면 부족으로 얼굴이 더 확 늙겠다.

"동안아, 어디 가냐?"

아버진 아침부터 소파에 앉아 식빵을 잘근잘근 씹는 중이다.

표정을 보니 되게 먹기 싫은 표정이었다. 아무래도 매일 먹는 식빵이 질린 모양이다. 보는 나도 저 식빵이 질리긴 하다. 아버지도 나처럼 따끈한 국과 함께 고슬고슬한 밥이 그리울 것이다. 그럴 날이 언제쯤이면 오려나. 엄마, 제발 음식 잘 배워서 아침 좀 달라고요!

"교회 가려고요."

"교회? 네가 교회를 나간다니 별일이네. 너 그런 거 관심 없잖냐."

아버지는 의아한 표정으로 나를 바라보며 고개를 갸우뚱했다.

"저 높은 곳에 계신 분하고 약속을 했거든요. 남자가 약속한 건 반드시 지켜야죠. 그래서 그 약속 지키러 갑니다."

"무슨 약속을 했기에 교회까지 가니? 그래, 종교가 정신 건강에 큰 도움이 되긴 하겠지만. 교회 가는 데 돈은 안 필요하니? 이거라도 가져가라."

아버지는 지갑에서 지폐 한 장을 꺼내 줬다. 신사임당이나 세종대왕이었으면 참 좋았겠지만, 율곡이이도 아닌 퇴계 이황이다. 아버지도 나처럼 엄마에게 용돈을 찔끔 타 쓰는 처지라서 천 원이라도 아버지로서는 큰 돈이다. 하나님이라는 분과 약속을 지키고자 하니 재수 좋은 일이 생긴다. 넙죽 허리를 숙여 "감사합니다." 하며 돈을 받았다. 아버지는 머리를 긁적이며 "별거 아니야. 마음 같아서는 만 원짜리 주고 싶은데 내 용돈 사정 알지." 하고 대답했다. 네, 물론 알지요. 엄마, 아버지 용돈 좀 올려달라고요. 오십대 중년

남성이 일주일에 삼만 원가지고 뭐한답니까? 엄마가 홈쇼핑에서 지르는 옷만 해도 십만 원이 넘잖아요! 돈이 많은 엄마는 내게 용돈을 조금도 더 안 주고, 돈이 없는 아버지는 나를 더 챙겨준다. 원래 없는 사람이 같은 처지 사람을 이해한다던데 그 말이 딱 맞았다. 지금 나는 아버지 사랑을 가득 느끼며 감동이 울렁울렁 물결치는 중이다.

"아버지가 최고예요! 헤헤, 다녀오겠습니다."

"그래. 점심때 지나면 가게로 와서 장사 준비해야 한다."

"알았어요. 늦지 않을게요."

퇴계 이황님을 내 지갑에 고이고이 모시고 집을 나섰다. 이 돈이면 교회에 가서 헌금이라도 낼 수 있겠다. 헌금 많이 안 내도 하나님이 화내지 않겠지?

교회 가다가 성우 집에 들렀다. 왠지 혼자서 교회를 가려고 하니 뭔가 허전한 마음이 들었다. 정확히 말하면 혼자 가기 쪽팔린 게 내 진심이다. 어차피 가는 김에 성우를 교회로 데려가서 교회 사람들 말로 전도라는 것을 해보는 거다. 하나님, 저 기특하죠? 그러니까, 실수로 더 구웠는지 덜 빚었는지 이상한 내 얼굴 제대로 돌려주셔야 해요. 제 얘기 듣고 계시는 거죠?

"성우야, 성우야."

"어, 왜?"

성우네 가게에 들어가서 녀석을 불렀다. 한참 있으니 성우가 머리를 긁적이며 트레이닝복 차림으로 나왔다. 아마도 오늘은 주말이라서 여태까지 방 안에 틀어박혀 뒹굴뒹굴했던 모양이다.

"나랑 교회 가자."

"무슨 개소리야. 네가 언제부터 교회를 다녔어?"

성우는 오만상을 부리며 짜증스럽게 말했다. 녀석, 저렇게 찡그려도 나보다 젊어 보이고 잘생겼다. 우월한 유전자 같으니!

"오늘부터 나가려고. 너도 기도하니까 들어줬잖아. 며칠 전에 우유 배달 알바 들어왔다며."

"그렇긴 하지. 그래도 나는 너처럼 교회 간다는 약속은 안 했어. 그냥 네가 시켜서 기도한다고 했지. 아침부터 귀찮게 무슨 교회냐. 그냥 너 혼자 가."

"안 돼. 혼자 가면 졸라 쪽팔려. 같이 가자. 너랑 같이 가야 사람들이 나 안 무서워한다고. 오늘 같이 가주면 빵 하나 더 뚫어줄게."

"아, 진짜 귀찮은데…… 알았어."

귀찮아하던 성우는 '빵' 하나에 혹해서 옷을 주섬주섬 챙겨 입고 나왔다.

"안 씻어?"

"귀찮아."

"교회가 얼마나 성스러운 곳인데 최소한 양치질은 해야지. 경건함도 모르냐."

"닥쳐. 졸라 귀찮은데 친구라서 같이 가주는 거야. 절대 빵 때문에 가는 거 아니다. 그리고 이번에 가서 별로면 다음부턴 친구건 뭐건 안 갈 거야."

성우는 아직도 눈이 반쯤 감겨 있었다. 그런 성우 어깨에 팔을 두르고 교회로 향했다. 전도지에 나온 주소대로 가봤는데 교회가 엄청나게 컸다. 건물 색깔이 회색인데 중세시대 유럽풍 궁전 같은 느낌이었다. 건물 꼭대기에 달린 십자가만 해도 아파트 삼 층 크기 정도다. 혹시라도 저게 떨어져서 지나가는 사람이 맞는다면 바로 천국 직행감이다. 교회로 들어가는 차도 아주 많았고 사람도 꽤 많았다. 저 멀리 교회 오라고 했던 돼지 목에 진주 아줌마도 보였다. 우리 가게에서 무척 떠들었는데 여기서도 엄청 떠들며 교회에 들어갔다. 원래 저 아줌마는 저런 사람인가 보다. 이래저래 정신없는 곳임은 확실했다. 이런 곳에 혼자 왔으면 진짜 쪽팔려서 다시 집으로 돌아갔을지도 모르겠다.

"형제님, 안녕하세요?"

교회에 들어서자 인상 좋아 보이는 형이 다가왔다. 깔끔한 하얀 셔츠에 검정 캐주얼 바지, 적절히 왁스질한 헤어스타일. 다른 거 필요 없이 그냥 잘생겼다. 성우랑 비등비등할 정도다. 딱 교회 형처럼 생겨서 성우보다 착하게 생겼다. 왜 나만 빼고 전부 다 잘생겼는지 모르겠다. 하나님이 이 형은 제대로 만들어 준 모양이다. 저기, 하나님 보고 있죠? 이 형이랑 저랑 엄청 차이 나잖아요. 계속 기도

하기도 귀찮습니다. 당장 제 얼굴을 바꿔주심이 어떨지요?

어색하게 고개를 까딱이며 인사를 나누고는 교회 주변을 두리번거리자 그 형이 내 어깨를 툭툭 쳤다.

"어른 예배는 열한 시에 있고 이 층으로 올라가야 합니다."

친절한 미소로 안내를 해줬는데 여기서도 기분이 우울해졌다. 이 형은 지금 내 얼굴을 보며 어른으로 오해한 것이다. 정확히 '어른 예배'라고 했다. 잠시 이 형이 좋아 보인다고 생각했는데 갑자기 싫어졌다. 교회 사람들도 사람을 얼굴로 판단하다니!

"저기요, 우리 학생이거든요?"

성우가 얼굴을 잔뜩 찌푸리면서 대답했다. 아직 잠이 안 깨서 예민한 모양이다.

"아, 그래요? 저런, 제가 잘못 봤네요. 하하, 학생이면 이쪽으로 오세요."

친절한 형은 끝까지 미소를 잃지 않으며 우리를 예배실로 안내했다. 큰 교회라서 그런지 예배실 안은 운동장만큼 넓었다. 나무로 된 긴 의자도 셀 수 없이 많고 사람들은 빼곡했다. 아침부터 뭐가 그리 신나는지 방방 뛰면서 찬송가를 부르는 사람들이 이해하기 어려웠다. 레드카펫이 깔린 널찍한 무대에는 피아노, 기타, 드럼, 관악기들로 구성된 화려한 밴드가 있었다. 아침부터 무슨 콘서트라도 하는 줄 알았다. 난 시끄러워서 귀가 간지러운데 성우는 음악을 즐기는 듯 고개를 까딱거리며 꽤 흥미로워했다. 성우야, 여기 클

럽 아니야.

"분위기 좋은데?"

성우가 먼저 빈자리를 찾아 앉으려 했다. 옆에는 여자애들이 있었는데 성우를 보며 눈빛이 아주 초롱초롱 빛났다. 나도 같이 자리를 잡으려는데 성우를 보며 초롱초롱하던 여자들이 나를 보더니 헐, 하고 고개를 홱 돌려버렸다. 우씨, 너희가 내 얼굴 보고 짜증 낼 정도는 아니거든? 나도 눈 있는 남자야!

하여간 교회도 사람들이 있는 곳이라 다 똑같다. 얼굴로 사람을 다 판단하는 거! 떨떠름한 표정으로 성우 옆에 앉다가 밴드 중 한 사람을 보고는 깜짝 놀랐다. 보컬이 아는 얼굴이기 때문이다. 바로 우리 반 한빛나다. 나를 뻥 찬 여자애! 저 애를 보니 '윽, 꺼져' 이 말이 되살아나 내 머릿속에 들어와 노래를 불러댔다. 시끄러, 시끄럽다고!

"야야, 김성우. 앞에 쟤 한빛나 맞지?"

"어, 그러게. 쟤 노래 좀 한다. 오, 제법인데!"

성우는 음악에 흠뻑 젖어서 다른 사람들처럼 방방 뛰며 처음 듣는 찬송가를 잘도 따라 불렀다. 나 역시 음악이 신나게 들렸지만, 그래도 아침부터 이러는 건 많이 이상했다. 그런데 사람들을 두루두루 살펴보니 얼굴들이 다 밝다. 나처럼 우울하게 늙은 사람들이 없다. 이렇게 찬송가를 열심히 불러 아드레날린을 활성화하게 한 덕분인가 싶어 나도 따라 부르려 했는데, 금세 구슬픈 찬송가로 바뀌었다. 너 나 할 것 없이 두 손을 높이 들고 세상에서 가장 슬픈 목소리로 불렀다. 왜 손까지 들고 이러는지 어색했지만, 성우는 다른 사람들보다 더 번쩍 들고 찬송가에 제대로 심취해 있었다. 주변을 더 둘러봤는데 어떤 사람은 한 손을 들고 다른 한 손은 가슴에 얹은 채 눈물까지 뚝뚝 흘렸다. 또 어떤 사람은 혼자서 어버버버 주문 같은 걸 중얼거리며 발을 동동 굴렀다. 그 모습을 보니 마치 무당이 굿하는 느낌이라 살짝 무섭기도 했다. 그래도 가장 특이한 건 성우다. 마치 오랫동안 교회를 다닌 사람처럼 찬송가를 부르는데 땀을 삘삘 흘리고 목이 터지도록 울부짖었다. 이 녀석은 노래방에서도 이렇게 열심히 노래를 부르지 않았는데 무슨 이유로 이러는지 모르겠지만, 무서운 적응력이다. 찬송가가 다 끝나도 음악은 계속 흘렀다. 그리고 넥타이를 맨 아저씨가 무대 위로 올라서더니 큰 소리로 통성기도라는 걸 하자고 말했다. 사람들 모두 기도를 준비하는 걸 보니 통성기도는 다 함께 하는 기도라는 걸 알 수 있었다. 넥타이 아저씨가 "주여!" 하고 외치자 나머지 사람들도 똑같이 "주여!" 하고 외치면서 중얼중얼 기도를 시작했다. 성우도 똑같이 그러는데 내 귀에 들리기에는 "오, 주님 제가 죄인입니다. 나 같은 쇠인을 살려주셔서 감사합니다. 정말 감사합니다. 오, 주여……"로 들렸다. 이 녀석은 뭐가 바라는 게 많아서 이토록 열심히 기도하는 걸까. 귀를 더 기울여봤다. "배달하기 싫어서 엄마 몰래 우유를 몇 번 갖다버렸습니다. 먹는 거 가지고 그러면 안 되는데 잘못했어요. 저를 좋아하는 여자애가 있는데 그 애한테 이것저것 받기만 하고 뺑 차버려서 죄송해요. 제가 나쁜 놈이에요. 지난 시험 때 모르는 게 너무 많아서 컨닝도 살짝 했어요. 잘못했어요……."

컨닝까지 한 사실을 회개하다니 진짜 진심이 우러난 듯했다. 그런 성우를 잠시 멍하니 쳐다보다가 다른 사람들이 기도하는 모습에 나 혼자 뭐하는 짓인가 싶어서 나도 기도를 해보기로 했다. 차마 소리를 내서는 못 하겠고 속으로 하나님이란 분하고 기도가 아닌 대화를 시도했다.

'하나님. 교회가 원래 이런 곳인가요? 아무리 봐도 이상해요. 왠지 여기서 약 파는 기분인데 설마 저 넥타이 아저씨가 약 파는 사람은 아니죠? 그보다 원래 이런 분위기를 좋아하세요? 취향이 참 독특하시네요. 그나저나 한빛나는 왜 교회를 다닐까요? 원래 교회 다니는 사람들은 다 착하잖아요. 그런데 한빛나는 별로 착하지 않아요. 저한테 '윽, 꺼져.'래요. 온 우주를 관리하시느라 바쁜 건 알지만, 쟤는 얼굴 예쁜 것만큼의 반이라도 마음씨를 좀 예쁘게 만드시면 안 될까요? 그보다 앞으로 매주 교회에 나와서 이래야 하나요? 오늘 하루만 나온 걸로 퉁 치면 안 될까요? 제 얼굴을 바꾸려면 앞으로 몇 번이나 더 교회를 나와야 하나요? 여기 분위기 영 제 체질 아니라고요. 무엇보다 성우가 이상해졌어요. 무서워요. 내 말 듣고 있죠? 그러면 대답 좀 해봐요. 계속 저만 말하죠? 대화란 건 원래 주고받아야 하는 거잖아요. 저는 기도가 아니라 진지하게 대화를 한 겁니다. 대답 안 하시면 저 그냥 나갑니다. 하나님 비위는 더 못 맞춰 드려요. 딱 셋 셉니다. 하나, 둘, 셋!'

한참 하나님과 대화를 시도하다가 성우를 혼자 두고 나가려 했다. 그런데 타이밍이 기가 막히게도 넥타이 아저씨가 "이제는 옆에 있는 형제, 자매를 위해 기도합시다. 손을 잡으면서 마음을 다해 기도합시다. 주여!" 하고 외쳤다. 그러자 성우는 내 손을 잡고 뭐라 중얼거렸다. 사람들 목소리가 웅성거려서 뭐라고 하는지 잘못 들었겠지만, 확실한 건 '동안이가 진짜 동안이어야 하는데⋯⋯.' 어쩌고저쩌고했다. 이 녀석도 은근히 내 얼굴을 신경 써주는 모양이다. 고맙다. 그런데 그렇게 걱정되면 네 잘생긴 얼굴 반만 떼어주지 않으련?

하나님이라는 분, 이런 식으로 나를 잡아두는 걸 보니 상당히 고수다. 아마 내 대화에 이렇게 응답한 모양이다. 이렇게 잡혔으니 끝까지 예배를 드리기로 했다. 넥타이 아저씨는 찬송가 부를 때랑 기도할 때 하도 방정맞게 굴어서 그냥 교회 아저씬 줄 알았다. 그런데 알고 보니 학생부 담당 목사님이다. 목사님이라면 무언가 경건함이 넘쳐 갓난아기 때부터 지었던 모든 죄를 고백하게 될 줄 알았다. 그런데 지금 목사님이라는 분을 보니 그냥 보통 사람이었다. 그래도 설교만큼은 꽤 진지하게 했다. 아니, 진지하다 못해 지루해서 졸려 죽겠다. 듣도 보도 못한 성경 말씀 구절을 어쩌고저쩌고하는데 무슨 말인지 몰라서 멍 때렸다. 듣다 보니 이건 학교 수업보다 더 졸렸다. 중간마다 유머라면서 "구기자만 먹던 여자가 얼굴이 진짜 구겨졌는데 무언가를 먹고 얼굴이 펴졌습니다. 무엇을 먹고 펴졌을까요?" 하고 뜬금없이 묻더니 아무도 대답을 안 하자 "피자를 먹고 얼굴이 펴졌답니다. 구기자, 피자, 구기자, 피자. 재밌죠? 하하하." 혼자 대답하면서 웃었다. 전혀 신선하지도 재밌지도 않다. 그러고서 다시 성경 말씀이 이러쿵저러쿵 설교를 늘어놨다. 약 삼십 분가량 이어졌는데 체감 시간은 세 시간은 족히 넘은 느낌이다.

오늘 설교의 핵심은 이거다. '오른뺨을 치거든 왼뺨을 돌려대라.' 즉, 복수하면 안 된다는, 참 말만 그럴싸하고 지키기는 더럽게 어려운 말이었다. 만약에 누가 내 오른뺨을 치거든 왼뺨을 돌려대기는커녕 때린 녀석 왼뺨에 하이킥을 제대로 날려버릴 것이다. 과연 누가 착하다 못해 멍청한 이 말을 지킬지 의문이다. 그래도 성우는 그 설교에 감명을 받았는지 연신 "아멘"을 외쳤다. 이 녀석은 분명히 교회에 오기 싫다고 했었으면서 교회에 온 지 한 시간도 되지 않아 완전히 광신도가 되었다. 자기 설교에 도취된 목사님은 중요한 거라면서 성경구절 하나를 더 알려줬다. "구하라 그리하면 구할 것이요, 찾으라 그리하면 찾을 것이요……." 새로 온 나와 성우를 위해 하는 말이라 했다. 좋다, 내가 구하는 게 구해지고 내가 찾는 게 찾아졌는지 한 번 볼까? 나는 내 기도가 이뤄졌는지 휴대전화 액정으로 얼굴을 비춰봤다. 이런, 역시나 아무것도 변하지 않았다. 아직 내 기도 안 들어줬으면서 왜 목사님을 시켜 그런 말씀을 했습니까, 하나님. 어디 대답 좀 해보시죠!

설교를 마치고 헌금을 낼 때는 아버지가 준 피 같은 퇴계 이황 님을 쾌척했다. 살짝 아까운 생각도 들었지만, 그래도 하나님이 내게 해준 것과 앞으로 해줄 것을 생각하면 괜찮다고 생각했다.

광고 시간에는 친절한 형이 무대에 올라왔다. 알고 보니 전도사란다. 살펴보니 목사님 바로 아래 직급인가 보다. 나와 성우를 새신자라며 일으켜 세우더니 환영 노래를 불러줬다. '당신은 사랑받기 위해 태어난 사람'이라는 노래를 이곳에 모인 모든 사람이 불러줬다. 살짝 감동했다. 생일 때도 축하 노래 한 번 못 들어봤는데 교회 한 번 나왔다고 이렇게 단체로 환영 노래를 불러주다니. 나를 진짜 사랑해서 불러주는 게 아니라 해도 괜찮았다. 그냥 사랑받기 위해 태어난 사람이라는 말에 가슴이 괜스레 뭉클했다. 게다가 처음 왔다면서 선물까지 줬다. 그리 대단한 건 아니었지만 선물로 받은 초콜릿 한 봉지도 내가 낸 헌금보다는 더 값나가는 거였다. 하나님이라는 분은 꽤 괜찮다는 생각이 들어 흐뭇했다. 모든 예배를 마치고 따로 성경 공부하는 시간이 있다고 했는데, 시간을 보니 가게로 나갈 시간이 되었다. 그래서 성우를 혼자 남겨 두고 먼저 예배실을 나왔는데 누군가와 마주쳤다.

"어, 너는?"

주혜 누나를 괴롭히던 그 남자다. 나이는 꽤 많아 보이는데 다시 보니 얼굴이 진짜 잘생겼다. 옷도 번쩍번쩍하다. 오히려 나보다 더 젊어 보였다. 가끔 마주치면 욕으로 혈압만 올리던데 이런 성스러운 교회에서 만나다니 별일이었다.

"너, 학생이었어?"

남자는 학생부 예배실에서 나온 내 모습에 더욱더 기막혀 했다. 조금 전에 초콜릿을 받으며 좋았던 기분은 금세 옆 동네로 이사가고 우울한 기분이 어느새 내 속에 들어와 보따리를 풀고 있었다.

"학생이면 왜요. 뭔 상관인데요."

"이 자식이 어른한테 말하는 거 보게. 너 몇 살이야? 어린놈이 어디서 까불어. 죽고 싶어?"

어느새 그 남자가 멱살을 움켜쥐었다. 지금 교회에서 싸우자는 걸까? 만약에 이 남자가 교회를 다닌다면 하나님이란 분이 확실히 관리가 부실한 거다. 어찌 이런 사람을……. 하나님이 업무가 너무 바빠 실수를 많이 하는 모양이다.

"이거 놔요."

"뭘 놔, 너 건방지게 학생인 주제에 주제를 넘봐? 생긴 건 동네 건달처럼 생겨서는!"

"나는 한 번도 아저씨보다 나이 많다고 안 했어요. 혼자 오해했지. 이거 놔요."

난 남자의 손을 강하게 뿌리쳤다. 그러자 '헛' 하고 콧방귀를 뀌더니 조금 전 멱살을 잡던 손으로 내 오른뺨을 후려치는 게 아닌가. 나는 속수무책으로 당하고 말았다. 워낙 순식간에 일어난 일인

데다 설마 교회에서 때리지는 않을 거라 방심한 탓이었다. 뺨이 후 끈거리는 게 제대로 맞았다. 눈앞에 별이 보일 정도로 띵했다. 내가 때리면 때렸어야지, 내가 왜 맞아야 하는지 모르겠다. 바보처럼 가만히 있는 내가 너무 싫었다. 신성한 교회라지만, 이러고 남자를 보내버리면 내 정신을 천국에 먼저 보낼 지경이다. 남자는 다시 눈에 띄지 말라고 하며 멱살을 놓았다. 가만히 참으면 안 되겠다 싶어 너 죽고 나 살자는 마음으로 주먹을 움켜쥐었다. 남자의 면상에 불꽃 주먹과 더불어 하이킥을 날리려고 한발짝 다가갔는데 갑자기 내 앞을 누군가가 가로막았다. 교회에서 가장 먼저 맞이해줬던 친절한 형, 아니 전도사님이다.

"형제님, 이러지 마세요. 참아요, 참아."

전도사님이 나를 거의 끌어안다시피 했는데 더 화가 났다. 그동안 참다가 마음먹고 겨우 분노를 표출하려는데 막다니! 남자는 나를 보며 "저딴 얼굴로 들이대다니." 하고 비아냥거리다가 유유히 사라졌다. 괜히 나만 맞았다는 생각에 울컥했다.

"이거 놔요. 뭘 참아요. 지금 느닷없이 저 사람한테 맞았다니까요."

"그래도 참아요."

"왜 참아요. 참으면 병 된다고요."

"오늘 예배 시간에 못 들었어요? 오른뺨을 치거든 왼뺨을 돌려대라고 했잖아요. 왼뺨을 돌려주진 못할망정 똑같이 싸우면 안 돼요."

"아씨, 아씨!"

전도사님이 차근차근 나를 말리는데 계속 남자에게 달려들 수는 없었다. 전도사님은 내 어깨를 토닥이면서 "안 형제님, 잘 참았어요." 하며 위로해줬다. 그리고 더 설명해줬는데 남자는 가끔씩만 교회에 나오는 신자라고 했다. 어쩐지 그럴 줄 알았다 싶으면서도 그래도 하나님이 관리 좀 잘 하시지, 원망스럽기도 했다.

"살다 보면 이런 일 저런 일 다 겪는 거죠. 너무 낙심하지 마세요. 하나님께서 안 형제님 마음을 위로할 은혜를 내려주실 겁니다."

"어휴."

은혜라는 말에 다시 한 번 하나님을 떠올렸다. 이렇게 들은 설교 내용을 몸으로 실천하게 하다니. 하나님이라는 분은 못 말리겠다. 은근히 괴짜 기질이 있다. 진짜 하나님이라는 게 있긴 있는지도 모르겠다. 그렇지 않다면 이렇게 절묘한 일을 계속 겪지 않았겠지. 그래도 살다가 이런저런 일을 특별히 내가 더 많이 겪는 것 같아 속상하다. 하나님, 저 싫어하시나요? 절 너무 미워하지 마세요. 남자를 때리지도 않고 욕도 안 했잖아요. 무엇보다 약속 지키려고 교회도 왔잖아요.

"다음 주에 또 봐요. 그땐 맛있는 거 사줄 테니 같이 밥 먹어요."

친절한 전도사님은 끝까지 내게 존댓말을 해줬다. 나를 어른으로 오해해서 썩 마음에 들지는 않았었는데 그래도 좋은 사람인 건 확실하다. 잠시 옆 동네로 이사 갔던 좋은 기분이 다시 돌아왔다.

"네, 안녕히 계세요."

전도사님에게 꾸벅 인사하고 다시 가게로 향했다. 그 남자랑 티격태격하느라 시간이 늦어버렸다. 그리고 그 남자에게 맞은 오른쪽 뺨은 아직도 욱신거렸다. 마치 심장이 뺨에 붙은 것처럼 둑둑둑둑 피가 긴급히 쏠리는 것을 느꼈다. 다음에 그 남자가 만나서 나를 때리려거든 부디 왼뺨부터 때렸으면 좋겠다. 왼뺨을 때리면 오른뺨을 내주라는 소리는 없었으니 그땐 제대로 하이킥 한 방을 날려버려야지. 두고 보자! 하나님, 이건 이해해줘야 합니다!

15

또 왔어?

가게로 가는 길에 하늘을 올려다봤다. 하늘은 마치 나를 비웃기라도 하는 듯이 맑고 투명했다.

"하나님, 그 남자 딱 열 대만 때리면 안 될까요? 다른 거 필요 없이 제가 그 남자 때릴 때 잠깐만 눈감아주시면 안 될까요? 아, 하나님께서는 금방 대답하실 분이 아니죠. 하여간 양방향 소통이 안 되시는 분이네요. 페이스북 계정이라도 만드세요. 사람들이 어떻게 소통하는지 이해하실 겁니다. 제가 하나님이면 일 처리 그렇게 안 했을 겁니다. 똑바로 일하세요. 생각할수록 답답하네요!"

마지막 문장을 외치는데 하늘에서 뭔가가 낙하하더니 내 이마로 강력히 착지했다. 뭔지 몰라도 질겅거리는 촉감이 기분 나빴다.

"윽, 이게 뭐야."

이마에 떨어진 것을 손으로 만져 확인해보니, 하얀색 질겅질겅

한 이물질이었다. 코에 살짝 갖다 대봤는데 윽, 이건 똥냄새다. 그것
도 지독한 새똥 냄새다.

"아 진짜, 하나님. 저더러 똥이나 맞고 닥치라는 겁니까? 쪼잔
하십니다! 제가 불만 한번 토로했다고 이런 식으로 복수하시는 겁
니까?"

고래고래 외치며 휴지로 이마를 닦는데, 저 멀리서 새 한 무리
가 날아왔다. 조금 전 똥을 맞은 게 하나님이 한 일이라면 이번에
는 똥 세례를 부으며 닥치라고 할지 모른다는 불길한 예감에 가게
로 재빨리 뛰어갔다. 마침 가게 앞에는 늘 보던 비둘기 녀석들이 야
릿한 눈빛으로 나를 노려봤다. 오늘도 엄마가 만들다 만 음식을 주
워 먹었는지 푸드덕푸드덕 날아와 단체로 나를 때릴 눈치다. 그런
새들이 무서워서 얼른 가게로 들어왔다. 안에는 아버지와 주혜 누
나가 도란도란 이야기꽃을 피우며 만두를 빚는 중이었다.

"동안아, 왔냐? 교회는 재미있었냐?"

아버지가 나를 보며 물었다. 누나는 아무런 말 없이 옆에 앉으
라고 의자를 살짝 빼줬다. 누나 옆에 앉으면서 주방 안을 둘러봤는
데 엄마가 보이지 않았다. 그래서 아버지에게 엄마는 어디 갔느냐
고 물었다.

"글쎄, 모르겠다. 네 엄마 요즘 많이 바쁜가 보더라."

그러고 보니 요즘에 엄마의 외출이 잦았다. 특히 주혜 누나가
들어오고 나서 외출은 급격히 늘어났다. 말로는 부업하니까 걱정

하지 말고 가게 일이나 잘 도와달라면서 어떤 부업을 하느냐고 물으면 그런 건 알 거 없다며 계속 숨겼다. 이유 없이 숨기는 걸 보니 뒤가 그다지 깨끗한 게 아니란 걸 직감했다. 아버지는 엄마에게 꽉 잡혀 사니까 투정처럼 외출이 잦다고 불만만 늘어놓고 더 깊게 질문을 하지 못했다.

내가 알고 있기엔 엄마가 특별히 자격증이나 재주를 가진 건 아니다. 다른 식당에 나가서 일하는 건 아닐 테고 엄마 성격상 좁은 공장에 틀어박혀 일하지도 않을 것이다. 혹시 그런다 해도 최소한 숨기지는 않을 텐데. 여러 가지 가능성을 생각해봤다. 요즘 대학생 형, 누나들이 잘 빠진다는, 특히 막냇삼촌 그 인간이 빠진 네트워크 마케팅, 그러니까 피라미드로 들어갔나 생각해봤다. 우리 집에 엄마가 이상한 물건을 들고 오지 않은 것으로 보아 그런 쪽은 아닌 듯하다. 그러고 보니 그저께는 나더러 영어공부 하라며 막냇삼촌 그 인간이 쓸모없는 학습지와 테이프를 잔뜩 보냈다. 물론 공짜는 절대 아니고 아버지 주머니에서 돈이 나갔다. 그날 밤, 아버지는 술에 잔뜩 취해 테이프와 격한 대화를 나누고 말았다. 아버지는 잡히기만 하면 다리를 분질러버린다며 이를 득득 갈았다. 나도 같이 동참해야 할지도 모르겠다. 그나저나 엄마는 무엇 하고 다닐까.

"동안아, 뭐하니. 멍하니 있지 말고 할 일 없으면 만두 빚는 거나 도와라. 오늘 저녁까지 단체 주문량 맞춰야 한다."

아버지가 갑자기 말하는 바람에 잠시 생각이 끊겼다. 에잇, 내 추리력이 제대로 발휘되려 했는데 물 건너갔다.

　나는 손으로는 만두를 빚으면서 머릿속으로 엄마가 과연 무엇을 하기에 숨기는 건지 다시 곰곰이 생각했다. 엄마가 밤늦게 들어올 때 담배 냄새가 지독히 풍긴다. 내가 수없이 빵 뚫기 신공을 펼치면서 겪은 바로, 그 냄새는 한두 개의 담배가 만들어낸 냄새가 아니다. 거기다가 가끔 맥주 냄새도 풍긴다. 이것저것 최근 엄마에 대한 기억을 잘 조합해봤다. 엄마가 일하는 곳은 술과 담배로 가득한 곳이다. 그리고 엄마가 수상하게 숨기는 곳. 밤늦게까지 다니면서, 곧 쉰을 바라보는 엄마가 할 수 있는 일이라면…….

　"노래방!"

　나도 모르게 만두를 담는 쟁반을 쾅 내리치며 벌떡 일어섰다. 그러자 아버진 "뭐야?" 하며 미간을 찌푸렸다. 누나는 나를 다시 앉히고 어디 아프냐고 물으며 내 이마에 손을 짚었다.

　"아, 아무것도 아니에요."

　머쓱히 웃으면서 다시 만두를 빚었다. 내 추리가 확실하다면 엄마가 요즘 누군가를 도와주는 일을 하시는 거다. 사회 복지? 에이, 그런 건 아니다. 노래방에서 술에 취한 아저씨들이 노래를 더 구성지고 맛깔나게 부르도록 함께 춤추면서 애교를 부리며 도움 주는 일은 사회 복지랑 거리가 멀다. 아무리 돈도 좋지만, 노래방 아저씨 중에 이상한 아저씨와 우리 엄마가 눈이라도 맞으면…….

　상상만 해도 끔찍하다. 텔레비전에서만 나오는 일을 엄마가 한다니 믿을 수 없다. 잘못하면 엄마를 집이 아닌 '추적 60분'에서 볼지도 모른다. 나는 몹시 심각해졌다. 하나님과 심도 있는 대화가 필요했다. 시계를 보니 열한 시가 갓 넘었다. 교회에서 어른 예배는 이때쯤 시작한다니 다시 교회로 가기로 했다. 물론 여기서도 하나님과 대화를 할 수 있지만, 여기보다 교회에 가면 말빨이 더 잘 먹힐 것이다. 찬송간지 뭔지 열심히 불러 젖히며 기도를 해보기로 했다. 지금 내 얼굴이 문제가 아니다. 엄마를 잃어버릴지도 모르니 제대로 심각한 문제다.

"저 교회 갈게요."

"금방 다녀와 놓고 또 가냐?"

아버진 의아한 표정으로 물었다. 차마 내 추측을 아버지에게 말할 수는 없다. 이렇게 무거운 짐은 나 혼자 지는 게 현재로서는 옳다고 생각했다. 안 그래도 교회 앞에서 무거운 짐 진 자는 다 내게 오라는 말을 봤다. 그 말, 지금 내게 매우 필요한 말이다. 하나님, 지금 이 무거운 짐을 들고 갑니다.

"오늘따라 기도가 더 하고 싶어서요."

"걱정거리라도 있는 게냐?"

"그냥, 요즘 따라 그래요. 예배를 한 번 더 드리고 오면 괜찮을 거예요. 금방 올게요."

"그래, 한 시까지 오너라. 올 때 시장에 가서 부추 한 단도 사 오고."

"네, 다녀올게요."

꿀꿀한 마음으로 다시 가게를 나섰다. 가게 앞을 지키던 새들은 잠시 외출을 나갔는지 보이지 않았다. 하늘을 보며 하나님에게 속으로 소리쳤다.

하나님, 제가 멍청한 거죠? 드라마랑 추리 소설을 많이 본 부작용이죠? 제발 대답 좀 해주라고요!

대답 없는 질문을 반복하며 교회로 향하다가 동네 아주머니와 도란도란 수다 떨며 어디론가 가는 엄마를 발견했다. 뒤통수만 봐도 딱 우리 엄마다. 아직 해가 쨍쨍한 아침이니 노래방에는 가지 않으리라 생각했다. 급히 다가가 엄마를 부르려는데 엄마와 아주머니들은 갑자기 어떤 건물 지하로 들어가셨다. 그토록 아니길 바라고 있었는데 간판을 딱 보니 노래방이었다. 아침부터 노래방에 가다니 괜스레 엄마가 원망스러웠다. 엄마가 들어간 건물 앞에 서서 하늘을 바라봤다.

하나님, 노래방은 그냥 놀러 온 거겠죠? 엄마가 도우미는 진짜 아니겠죠? 제발 아니라고 해주세요. 새똥은 됐으니까 대답을 해달라고요. 제발 아니라고 해주세요. 제발요!

아무리 말해도 하늘에 계신 전지전능하신 분은 대답이 없었다. 하는 수 없이 믿기 어려운 현실을 내 눈으로 확인하기로 했다.

하나님, 대답은 안 하셔도 좋으니까 제발 우리 엄마가 도우미만 아니게 해주세요. 제발요! 믿습니다. 안 그러면 내가 낸 헌금 도로 토하셔야 돼요!

계속 하나님과 대화를 시도하며 한 발 두 발 건물 지하로 내려 갔다. 노래방인데 노랫소리가 들리지 않았다. 이게 좋은 징조인지 아닌지 모르겠는데 조용하니까 더 불안했다. 더욱더 조심스럽게 내려가 노래방 유리문을 살며시 열었다. 그곳은 마치 불이라도 난 듯이 연기가 자욱했고 냄새도 지독했는데, 엄마가 밤늦게 들어올 때 엄마 몸에서 풍기던 딱 그 냄새였다.

"동안아!"

엄마가 나를 먼저 발견하고 깜짝 놀란 목소리로 불렀다.

"엄마, 여기서 뭐해요?"

엄마 목소리가 들리는 쪽을 돌아보니 그 광경에 입이 떡하니 벌어졌다. 우선 내가 예상한 도우미 장면은 아니다. 엄마를 비롯한 아줌마들이 노래방 카운터 옆에서 고난도 그림 맞추기를 하고 있었다. 쉽게 말해 고스톱을 한다는 얘기다.

"너, 여긴 어떻게 알고 왔니?"

"어떻게 알긴요, 우연히 엄마가 여기로 들어오는 걸 봤어요."

"이런 데 있으면 안 돼. 어서 집에 가."

엄마는 조금은 화난 목소리로 급히 내 등을 떠밀었다. 지금 엄 마가 화낼 때는 아닌 것 같은데 말이다.

"엄마, 여기서 이러면 안 돼요."

"애들은 어른들 하는 일에 신경 쓰면 안 되는 거야."

“엄마!”

내가 애들로 보입니까? 저 아줌마들 나 보면서 화투 같이 하자고 손짓하잖아요! 이 말이 목구멍까지 올라왔지만 입밖으로 냈다가는 엄마가 통북어로 때릴 것 같아서 참았다.

“어서 가래도. 그리고 네 아버지한텐 비밀이다.”

“왜요, 비밀 안 하고 아버지한테 말할 건데요.”

엄마는 이런 중대한 비밀을 맨입으로 해결하려고 했다. 대충 상황을 미루어보건대 엄마가 본게임에 끼어든 건 아니고 게임마다 광을 파는 모양이다. 명절 때마다 친척들이 모여 한판 크게 벌이는 모습을 매년 관전해서 잘 안다. 광 파는 일이라 우리 집을 거덜내지 않으니 비밀로 해도 괜찮지만, 그냥 비밀로 하기는 아까웠다.

“이거면 되니? 엄마도 얼마 없어.”

엄마는 내 주머니에 푸른빛 지폐 한 장을 넣어줬다. 퇴계 이황도 율곡 이이도 아닌, 세종대왕이다.

“이거 원래 받는 용돈 말고 따로 주는 거죠?”

“그래, 그래. 그러니까 어서 집에 가.”

엄마는 짜증스런 표정으로 내 등을 마구 밀어냈다. 엄마 등쌀에 마지못해 나가려는데 노래방 문이 열리더니 한 무리 아저씨들이 들이닥쳤다.

“동작 그만!”

가만 보니 옷차림새가 꽤 낯익었다. 견장에 풀잎과 무궁화가 그려진 옷을 입었다. 모자도 감색 모자인 걸 보니 바로 경찰들이다. 갑작스럽게 경찰이 등장하자 고스톱을 치던 사람들은 얼음처럼 굳어버렸다. 경찰 중에 한 아저씨는 모든 장면을 찰칵찰칵 열심히 찍어댔다. 그런 다음 "모두 같이 갑시다." 하며 한 사람씩 데려갔다. 졸지에 나도 도박 용의자로 잡혔다. 나는 엄마 보러 잠시 왔다고 했지만, 생긴 걸 보면 내가 주범일 확률이 높다면서 날 가장 먼저 데려갔다. 이제 내 얼굴이 도박하게 생기기까지 했단 말인가! 저기, 나 끌고 가는 아저씨! 아저씨도 생긴 걸로 따지면 전혀 경찰처럼은 안 생겼거든요?

아무리 내가 아니라고 해도 믿어주지 않았다. 심지어 엄마가 왜 내 아들 데려가느냐고 소리쳐도 절대 믿어주지 않았다.

용의자로 몰려 파출소에 온 게 이번이 세 번째다. 단순히 아저씨처럼 보인다는 이유로 내 뜻과 상관없이 범죄자로 오해받아야 한다니! 남들은 평생에 한 번도 안 온다던데 나는 너무 자주 온다. 그런데 오늘은 나를 봤던 아저씨들이 한 명도 보이지 않았다. 코딱지만 한 파출소가 올 때마다 사람이 다르다니, 참 별일이라 싶었다.

"아저씨, 여기 앉아보쇼."

나를 끌고 온 경찰이 억지로 의자에 앉혔다. 지금 내 팔에는 수갑까지 채워져 있는 상태였다. 엄마가 내 옆에 서서 나는 그냥 학생이고 도박이랑 전혀 관련 없다고 계속 해명했다. 나도 거의 울상으로 도박은커녕 잘못이라면 엄마가 광 파는 줄 알고 만 원짜리 받은 다음 눈감아주려 했던 것뿐이라 해명했다.

"에이, 아주머니. 어떻게 이분이 아주머니 아들입니까? 아무리 적게 봐도 이십대 후반인데. 신분 속이면 더 처벌 받습니다."

경찰은 전혀 믿어주지 않았다. 오늘은 당연히 휴일이니까 학생증을 챙기지 않았다. 엄마가 주민번호를 알려주며 조회해보라고 난리 쳤다. 경찰은 조회해보더니 아무리 봐도 열일곱 살처럼 안 보인다며 증명하라고 했다. 뭘 더 어떻게 증명하라는 건지. 내 얼굴에 열일곱 살이라고 적혀 있는 것도 아닌데!

"저 열일곱 맞고, 도박도 안 했어요! 우리 엄마는 단순히 광만 팔았고요. 아저씨 믿어주세요."

내가 간절히 말했지만 경찰은 꿈쩍도 하지 않았다. 그때였다.

"너 또 왔니?"

지난번에 버스 요금 사건 때 봤던 경찰 아저씨가 구세주처럼 나타났다.

"어휴."

나는 대답 대신 깊은 한숨만 내리쉬었다. 그러자 아저씨는 영문을 모르겠다는 표정으로 나를 보더니 내 앞의 경찰과 잠시 대화를 나눴다. 금세 내 앞에 있는 경찰의 표정이 변했다.

"아, 진짜 열일곱 살이었어? 흠, 나는 몰랐지. 진짜 몰랐다니까."

"거봐요. 왜 사람을 함부로 오해하세요. 제가 어딜 봐서 아저씨예요? 도박꾼처럼 보이냐고요."

“아니, 거기 있었으니까 당연히 오해하지.”

“제가 학생이라고 몇 번이나 말했는데 왜 사람 말을 안 들어주시는데요? 주민등록번호까지 말해드렸잖아요.”

나는 기가 막히고 서러운 마음에 강력히 항의했다. 경찰은 머리를 긁적이며 난처한 표정을 지었고 엄마는 눈꼬리를 치켜뜨며 경찰을 매섭게 노려봤다. 버스 요금 사건 때 봤던 경찰이 슬쩍 내 옆에 서서 내 어깨를 토닥여줬지만, 그것으로 지금 내 마음을 위로할 수는 없었다. 내 앞의 경찰은 좀 귀찮다는 표정으로 나를 쳐다봤다.

“그러니까 나도 진짜 몰랐다니까. 솔직히 학생 생긴 게 좀 그렇잖아.”

“제가 생긴 게 좀 그렇다고요? 좀 그렇게 생기면 무조건 범죄자로 몰아도 되나요? 경찰 아저씨는 정의로워야지요. 왜 사람을 마구 몰아세우냐고요.”

“알았으니까, 그만해.”

경찰은 새끼손가락으로 귀까지 후비며 눈살을 찌푸렸다. 버스 요금 때의 경찰은 그만 진정하라 했다. 그러나 난 전혀 진정하고 싶지 않았다.

“아저씨, 내가 그렇게도 못생겼어요? 딱 보면 ‘범죄자네’ 이렇게 생겼냐고요. 아저씨는 눈을 가려도 나쁜 사람을 잘 가려내야 하는 정의의 경찰이잖아요. 그런데 왜 겉모습만 보고 판단하는데요?”

“알았으니까 조용히 해라. 지금 바쁘니까 나중에 얘기하자고. 조사해야 하니까 잠시 저기 가 있어.”

경찰은 마치 나를 술 먹고 난동 부리는 사람 대하듯 말했다. 이런 상황에서는 최소한 미안하다는 한마디라도 해야지. 무조건 몰랐다는 이유로 다 해결된 것처럼 굴다니. 세상에 나처럼 생긴 사람은 앞으로도 이런 일을 겪을지도 모른다는 생각 때문에 더더욱 참을 수 없었다. 씩씩거리며 두 손으로 책상을 내리치려 하는데 엄마가 먼저 책상을 내리쳤다. 통북어를 다루던 그 손놀림으로.

“이거 봐요! 우리 아들이 어떻다고 함부로 판단해요? 엄마인 내가 주민번호까지 말해줬으면 됐지. 경찰이 그래도 됩니까!”

책상이 부서질 것처럼 팍 소리 나자, 앞에 있는 경찰은 벼락이라도 들은 것처럼 깜짝 놀라 눈을 동그랗게 떴다.

“아주머니! 아드님은 그렇다 쳐도 아주머니는 지금 죄지었어요. 이렇게 당당하시면 안 되죠.”

“이 아저씨가 큰일 낼 사람이네. 광 좀 팔았다고 우리 아들이 당하는 꼴을 그대로 보라고? 경찰 양반은 자식 없지? 난 이 녀석이 유일한 내 자식이라고. 당신들이 볼 때 어떤지 몰라도 나한테는 세상에서 우리 아들만큼 잘생긴 놈이 없어. 당신들이 어떻게 봐도 이 아인 내 아들이고 내 목숨과 바꾼다 해도 아깝지 않을 만큼 소중한 아이야. 그런 아이한테 어디서 함부로 대해! 당장 사과해. 나 콩밥 먹여도 좋으니까 당신은 우리 아들한테 정중하게 사과하라고,

어서!"

"어, 엄마……."

엄마는 지금 내가 잘생겼으며 소중하다고 말하고 있었다. 평소 삼촌 때문에 내게는 관심도 없는 줄 알았는데. 어느새 다른 경찰들이 몰려와 엄마를 달랬고 내 앞의 경찰도 머리를 긁적이며 일어섰다.

"네, 제가 잘못했습니다. 아드님을 용의자로 봐서 죄송하다고요."

"이 사람이! 나한테 말고 우리 아들한테 사과하라고요, 어서!"

이제 엄마는 경찰에게 삿대질까지 했다. 지금 엄마가 이럴 상황이 아닌데 오로지 나 때문에 이러는 중이다. 그런 엄마의 모습에 창피하면서도 마음이 따뜻해졌다.

"아주머니! 지금 이러실 때가 아니라니까요."

화를 누르지 않는 엄마의 모습에 경찰도 기분이 나쁜 듯했다. 그래도 그렇지, 내게 사과는커녕 엄마를 비웃다니. 이대로 참을 수 없었다.

"우씨, 우리 엄마한테 그러지 말라고요! 아저씨가 저한테 잘못했잖아요. 솔직히 다른 경찰 아저씨들도 저한테 많이 잘못했고요. 지난번엔 버스 요금 덜 낸 어른으로 오해했죠? 뜬금없이 원조교제범으로 잡아왔지요? 이제는 도박까지! 어오, 이 세 가지 이유가 모두 내 얼굴 때문에 그렇잖아요. 이렇게 생기면 무조건 죄지은 거예요?”

　경찰에게 씩씩거리며 따졌더니 버스 요금 사건 때 봤던 경찰 아저씨가 계속 자기가 대신 사과한다고 내 어깨를 토닥이며 달랬다. 다른 경찰들도 미안하다고 말하며 내 앞에 있는 경찰을 나무랐다. 그러나 이 경찰은 끝까지 자기 잘못을 인정하지 않았다.

　“그러니까, 내가 실수하긴 했는데, 학생도 오해하게 했잖아.”

　목소리는 한결 누그러졌어도 전혀 미안한 기색이 없었다. 엄마는 또 책상을 치려 했지만 다른 경찰 여럿이 다가와 말리며 뒤로 데려갔다.

　“아저씨, 그러면 나 같은 얼굴은 당연히 오해받아도 된다는 말씀이세요?”

　“꼭 그런 건 아니라도 학생한테도 원인이 있지. 얼굴이 좀 그러면 동안으로 만들려고 노력했어야지.”

　나도 노력을 안 해본 게 아닌데. 해도 해도 이 정도인 건데 어쩌라고. 그동안에 내가 동안이 되기 위해 애썼던 일들이 파노라마처럼 스쳐 지나갔다.

　“동안이 되려고 어떻게 노력해야 하는 건데요? 세상 사람들이 모두 동안이 되어야 하는 건가요? 안 그러면 범죄자 취급받는 게 당연한 거구요?”

　“내 말은 그런 게 아니라…… 그래도 자기관리를 좀 해서 보통 정도는 되어야…….”

“자기관리요? 보통 정도요?”

“음, 그러니까…….”

경찰은 사납게 따지는 내 모습에 멈칫했다. 경찰마저 이렇다니, 정말 이 세상에 노안을 위한 나라는 없는지도 모르겠다. 나도 동안이고 싶다. 세상 누구보다 동안이고 싶다. 다들 동안, 동안 하니까 나만 따로 떨어져 있는 것 같아서 얼마나 외로운지 아무도 모를 거다. ‘동안이 아닌 죄’로 치르는 죗값은 너무 가혹하기만 하다. 누르고 눌렀던 서러움이 기어이 폭발해 나도 모르게 눈물이 흘러내렸다. 조금 전까지만 해도 막 따지던 내가 눈물을 보이자 경찰은 당황한 기색이 역력했다.

“어서 사과하라니까!”

어느새 엄마가 다른 경찰들을 뿌리치고 내 옆에 섰다. 손에는 통북어 대신 늘 신고 다니던 빨간색 꽃단화를 들고서. 엄마의 위풍당당한 모습이 조금은 웃겨서 왕창 나오려고 준비하던 눈물이 다시 안으로 들어가고 있었다. 그래, 내가 비록 얼굴은 동안이 아니지만 엄마의 사랑을 받는 아들 동안인 건 맞구나.

지금 경찰이 내게 사과하지 않으면 초강력 꽃단화 무예가 펼쳐질지도 모른다. 엄마에게선 경찰을 때려잡을 것 같은 살벌한 기운이 뿜어져 나왔다. 경찰은 엄마의 강력한 눈빛에 당황해하며 검지로 인중을 긁적이더니 한숨을 깊이 내리쉬었다. 경찰은 더 이상의 봉변은 막고 싶은 마음이었는지 뒤늦게 사과하기 시작했다.

“네, 제 잘못은 확실히 인정합니다. 제가 말실수했습니다. 안동안 학생에게 진심으로 사과합니다. 미안해요. 그러니까 아주머니 진정하시고 안동안 학생도 마음 풀어요.”

울컥함이 완전히 사라지진 않았지만 한결 기분이 나아졌다. 역시 우리 엄마 최고!

“우리 아들한테 한 번만 더 함부로 대해봐요. 그땐 이 정도로 끝내지 않을 테니까. 그리고 대답해요. 우리 아들 잘생겼죠?”

“그, 그럼요. 아, 아주 잘생겼네요. 누가 못생겼다고 했나요. 학생이 좀 성숙해 보이니까 그랬죠. 흠흠, 그보다 아주머니, 아드님을 도박장에 끌어들이시면 어떡합니까? 이게 교육상으로 얼마나 악영향을 미치는 줄 아세요? 여기 앉아보세요. 어서 조사합시다.”

경찰이 도박 얘기를 꺼내니까 버럭버럭 소리치던 엄마는 갑자기 사춘기 소녀처럼 다소곳하게 변했다. 엄마가 조사를 받는 동안 나는 버스 요금 사건 때 만났던 경찰 아저씨와 함께 밖으로 나왔다.

“듣자하니 엄마 때문에 같이 왔다며. 내가 담당한 게 아니라서 잘은 모르겠지만, 직접적으로 도박에 참여한 게 아니라 광만 팔았다니 별일 없을 거다. 내가 잠시 외근 나간 사이에 오해가 있었구나. 일마 전에 인사이동이 있어서 여기도 사람이 싹 바뀌었거든. 원조교제로 오해받았을 때의 얘기도 들었다. 여러 모로 네가 억울한 일이 많구나.”

“어휴!”

나는 한숨을 깊게 내리쉬었다. 이 아저씨가 지금 나를 위로하는 건가, 놀려 먹는 건가. 그래도 아저씨가 말한 것처럼 우리 엄마는 광만 팔았으니 큰일은 없겠다는 그 말은 믿고 싶었다.

"요즘 학교에서 괴롭히는 애들은 없지? 너 혹시 친구들 대신 담배 사다 주는 건 아니겠지? 그러면 안 된다."

이 소리에 잠시 뜨끔했지만, 그런 짓 안 한다며 시치미를 뚝 뗐다. 얼마 안 있어 아저씨 말처럼 엄마는 집으로 돌아가도 좋다는 소리를 들었다. 아무래도 나에게 한 짓이 미안해서 더 봐준 듯하다. 직접 고스톱판을 벌인 아줌마들은 조사가 더 필요하다면서 경찰서로 넘어갔다. 조사를 마친 엄마는 경찰에게 굽실거리며 밖으로 나왔다. 함께 집으로 향하면서 엄마에게 무슨 말을 해야 할지 생각이 안 났다.

"엄마, 고마워요."

당장 생각나는 말로 입을 열었다.

"응? 뭐가 고맙다는 거니?"

"그냥요."

우선 말은 꺼냈는데 뭐가 고마운 마음이 든 걸까? 엄마가 노래방 도우미가 아니었다는 사실이 고마운 걸까? 아니면 내가 엄마 아들이라고 소리를 버럭버럭 질러준 게 고마운 걸까?

"아까 나 때문에 경찰하고 싸웠잖아요. 그럴 상황이 아니었는데."

“무슨 말을 그리 섭섭하게 하니?”

“네?”

“난 네 엄마야. 아들이 힘들어하는데 엄마로서 어떻게 가만히 있을 수 있겠니?”

“나처럼 못생기고 잘하는 거 하나 없는 아들이 뭐가 예쁘다고요.”

이 말을 하자마자 엄마는 통북어 무예를 휘두르는 손으로 내 등을 후려쳤다. 등이 불이라도 붙은 것처럼 화끈거리고 따끔거렸다. 때리려면 신호나 보내고 때리지!

“누가 너더러 못생겼대?”

“전부 다 그러잖아요. 엄마도 나랑 같이 다니기 부끄러우니까 마트에도 같이 안 가려 하고요.”

“그런 거 아냐, 혼자 쇼핑하는 거 좋아해서 그래.”

“에이, 거짓말.”

엄마는 또 신호도 주지 않고 맞은 곳을 또 때렸다. 우씨, 때리려면 다른 데를 때리지. 어찌 한 곳만 집중 공략하나. 우리 엄마 너무하다.

“너랑 같이 가면 고스톱 치러 못 가잖니. 어떻게 너랑 같이 고스톱 치러 갈 수 있겠니. 이런 걸 하나하나 다 말해야겠니?”

“그랬던 거예요? 그래도 솔직히 내가 부끄럽긴 하잖아요. 다른 애들은 다 예쁘고 잘생겼는데 나는 날이 갈수록 동네 아저씨처럼 변하니까.”

또 맞았다. 아주 내가 말할 때마다 때리기로 작정한 모양이다. 어찌나 따끔한지 가려움증까지 온다.

“난 네가 태어나서부터 한 번도 부끄럽다고 생각하지 않았어. 우리 아들, 잘생기기만 했구먼. 누가 낳았니? 내가 낳았는데 당연히 잘생겼지. 다른 사람들 눈이 잘못된 거야.”

“솔직히 나 못생긴 거 인정해요.”

이 말을 하자마자 또 맞았다. 이번에는 두 대다. 오늘따라 엄마가 나를 너무 많이 때린다. 이젠 등에 담 걸린 것처럼 뻐근하다.

“어허, 엄마가 잘생겼다면 잘생긴 거야. 넌, 세상의 어떤 누구보다, 잘생겼어!”

“내가 진짜 잘생겼어요?”

“그럼! 우리 아들이 최고로 잘생겼지.”

엄마는 양손으로 엄지를 치켜들며 주변사람들이 다 들리게 소리쳤다. 마침 지나가는 술 취한 아저씨들이 나를 힐끗거렸다. 살짝 부끄러웠지만 엄마가 잘생겼다고 당당하게 말해주니 절로 웃음이 새어 나왔다.

“킥킥, 그럼 이승기보다 내가 더 잘생겼어요?”

엄마는 이승기 광팬이다. 이승기가 나오는 프로그램이라면 재방송이라도 끝까지 챙겨보고 인터넷으로 맞고 칠 때도 이승기 노래를 꼭 틀어 놓을 정도다. 엄마는 내 질문에 살짝 당황해하더니 뜬금없이 하늘을 올려다봤다. 그러고는 괜히 하늘을 향해 검지를 빙빙 돌렸다.

"날씨가 참 좋네. 별이 참 초롱초롱하지 않니?"

"엄마……."

"동안아, 솔직히 이승기가 보통 잘 생겼니? 승기는 보통 사람이 아니잖니. 아무리 내 아들이라도, 아닌 건 아닌 거야."

그래, 이승기보다 잘생겼냐고 물어본 건 무리한 질문이었나 보다. 하여간 엄마는 솔직해서 참 좋다. 솔직한 우리 엄마가 아까 경찰과 싸우면서 한 말들이 전부 진심이라 생각하니 꽤 흐뭇했다.

"엄마, 다신 광이건 뭐건 그런 거 하지 마세요."

"알았어, 솔직히 나 혼자 잘 먹고 살려고 그런 거겠니? 다 우리 가족 먹여 살리려는 거지."

"그래도요."

"알았다니까. 다신 그쪽에는 눈길도 안 주마. 배 안 고프니? 가는 길에 붕어빵이나 사 먹을까?"

"돈 있어요?"

"그럼. 다행히 광 판 돈은 안 빼앗겼지, 호호."

엄마는 뒤춤에 손을 넣더니 꼬깃꼬깃한 돈뭉치를 꺼내 들며 미소 지었다. 그 와중에 돈을 숨겼다니 우리 엄마, 진짜 대단하다. 엄마와 함께 붕어빵 노점으로 향했다. 엄마는 아버지에게 비밀로 해달라고 신신당부했다. 어차피 나는 엄마에게 받아먹은 게 있으니 알았다고 대답했다. 솔직히 따져보면 엄마가 이렇게 광 팔러 다니는 이유가 있다. 다 막냇삼촌 그 인간 때문이다. 그 인간이 말도 안 되는 물건을 떠넘겨서 우리 집 경제에 큰 타격을 준 탓이다. 호랑이도 제 말하면 온다더니 마침 내 휴대전화에 띠링 문자 메시지가 왔다.

야, 오늘 좋은 물건 보냈거든.

꼭 너 써라.

노화방지에 좋은 영양크림이니까.

“시바!”

엄마에게 문자 내용을 보여줬다. 엄마는 붕어빵 봉지를 꽉 움켜쥐더니 오기만 하면 죽여버린다고 소리를 버럭 질렀다. 엄마 표정을 보니 아무래도 통북어를 한 쾌 정도 더 사둘 태세다. 하여간 막냇삼촌 그 인간 오기만 하면 나도 같이 통북어 무예를 펼쳐줄 것이다. 그나저나 시간을 보니 벌써 세 시가 넘었다. 아버지랑 주혜 누나가 열심히 만두 빚고 있을 텐데.

“엄마, 빨리 가요. 아버지한테 한 시까지 가게 간다고 했어요.”

“정말이니? 어서 가자. 오늘 이 사건 꼭 비밀이다.”

“알았다니까요. 비밀!”

16

누, 누구세요?

　엄마와의 비밀은 그리 오래가지 못했다. 물론 내가 발설한 건 아니다. 나란 인간은 막냇삼촌과 달라서 의리 있고, 한 번 지키기로 한 건 끝까지 지킨다. 그러나 엄마가 파출소에 다녀온 지 한 달이 지나고, 막냇삼촌이 노화방지 영양식품과 지압패드를 잔뜩 보낼 즈음, 집으로 날아온 고지서가 문제였다. 그 고지서는 검찰청에서 보낸 약식명령이라는 벌금고지서였다. 어찌나 친절하던지 왜 벌금을 내는지까지 세세하게 적혀 있었다. 벌금도 만만치 않았다. 금액이 무려 삼백 만원! 엄마가 그동안 광 팔면서 번 돈은 백만 원이 조금 넘는다고 했는데 내야 할 벌금이 삼백 만원이라면 제대로 손해 본 셈이다. 안타깝게도 엄마보다 아버지가 먼저 이 고지서를 발견하고 말았다. 평소에 엄마에게 절대로 화내지 않던 아버지가 이 날만큼은 분노를 제대로 표출했다.

"이, 이 사람이 정말!"

그렇다고 엄마에게 손찌검까지 하진 않았지만, 집안에 보이는 물건을 냅다 던지긴 했다. 믿었던 엄마에게 드는 배신감과 충격이 컸던 모양이다. 괜히 안 부서지는 물건만 던지고 그걸로 부족했는지 집까지 나가버렸다. 그래도 아버진 막냇삼촌과 달리 개념이 있는 사람이라 오랜 시간이 지나지 않아 금방 집에 들어왔다. 그러고는 벌금을 어떻게 낼지 한참을 궁리했다. 그래서 내린 결론은 아버지의 부업. 그 후 아버지는 저녁만 되면 대리운전을 하러 나가는데, 그 덕분에 나는 가게에서 아버지 몫만큼 더 분주해졌다. 공부를 안 하는 대신에 일거리가 너무 많이 늘었다. 가게에 오는 손님들은 "아저씨, 깍두기 더 주세요.", "삼촌, 단무지 좀 주세요.", "사장님, 물 한 잔 주세요!"까지 온갖 잡심부름을 다 시킨다. 물은 셀프라고 큼지막하게 쓰여 있는데 꼭 귀찮게 시켜 먹는다. 그리고 왜 내가 아저씨면서 삼촌이며 사장님이냐고! 손님들이 나를 부를 때마다 나는 제대로 마음에 상처를 받았다. 성우가 다른 성형외과를 더 가보자고 했는데 가볼까. 짜증이 나서 한 시간에 몇 번씩 뛰쳐나가고 싶었다.

엄마에게 슬쩍 최소한 시급이라도 챙겨주면 안 되느냐고 물었다. 어느 정도 돈을 모으면 간단한 시술이라도 받고 싶었기 때문이다. 엄마는 "줄 테니까, 앞으로 집에서 먹고 자고 입는 거 다 계산해." 하고 싸늘하게 대답했다. 한 마디로 주기 싫다는 소리다. 우리 부모님만 아니었으면 당장에라도 노동청으로 달려가 고소하고 싶은 심정이었다. 아버지가 저녁에 없으니까 저녁 배달도 나 혼자서 다 떠맡았다. 그나마 오토바이라도 타게끔 하면 좋을 텐데 아버진 오토바이만큼은 주지 못하겠단다. 면허나 빨리 따라고 하셨다. 대신에 자전거를 가져와서 바구니 큰 것 하나를 달아줬다. 조금 멀리 배달을 나갈 땐 이 자전거를 타야 하는데 정말 쪽팔리다. 배달 가는 길에 중국집이나 치킨집 알바 형들이 보이는데 그 형들 은근히 날 무시하는 눈치다. 그래도 참아야 했다. 이렇게라도 하지 않으면 주혜 누나를 자주 볼 수 없기 때문이다. 정말이지 주혜 누나가 아니었으면 어떻게든 야자를 다시 들어갔을 거다.

장사가 거의 다 끝날 무렵에 배달을 갔다. 마지막 배달은 기분 좋게 마치고 싶었는데 꼭 재수 없게 만두가 식어서 못 먹겠다, 일부러 만들어 놓은 지 오래된 것 가져온 거 아니냐, 이상한 꼬투리를 잡고 늘어지는 손님에게 걸려 머리가 지끈했다. 궁여지책으로 음식 값 천 원을 특별히 깎아주겠다고 말하자 군말하지 않고 음식을 받았다.

"아저씨, 참 화통하시군요. 이번만 참겠습니다."

쳇, 여기서도 나는 아저씨다. 학생이라 했으면 천 원 더 깎아주려 했는데. 어차피 반품돼서 못 팔 바에는 천 원이라도 깎아서 파는 게 더 좋다. 솔직히 이 손님은 일부러 돈 적게 주려 꼼수 부리는 거 알아서 만두건 뭐건 다 집어던지고 싶었지만, 그래도 참았다. 참아야 잘 살 수 있다는 그 진리를 믿고 싶다. 참으면 복이 온다니까,

그 복을 내 얼굴에 가득 받기를 바랄 뿐이다.

가게로 돌아오는데 누군가 가게 앞을 서성거렸다. 똥 마려운 강아지처럼 오른쪽으로 세 발자국 왼쪽으로 두 발자국 다시 오른쪽으로 한 발자국 다시 왼쪽으로 두 발자국 이렇게 왔다 갔다 했다. 모르는 사람이 저러고 있으니 의아했다. 가게로 들어가기 전에 그 여자를 한 번 빤히 쳐다봤다. 멀리서 볼 때는 몰랐는데 가까이에서 보니 뭔가 달랐다. 피부색이 살짝 까무잡잡하고 눈도 뎅그렇게 컸다. 딱 봐도 우리나라 사람은 아니었다. 내가 "여기서 뭐하세요? 만두 드실 거예요?" 하고 물었더니 그 여자는 깜짝 놀라며 알아들을 수 없는 말로 우물거리더니 후다닥 어디론가 사라져버렸다. 내 얼굴이 못생겨서 기겁하고 도망간 건가? 이상했지만, 대수롭지 않게 생각했다. 그런데 그 다음 날부터 가게 문 닫을 시간이면 그 여자가 두리번거렸다. 꼭 누군가를 찾는 얼굴로 서성이다가 나랑 누나, 엄마가 다가가면 흠칫 놀라며 도망가버렸다. 이유는 정확히 모르겠으나, 우리 가게와 관련 있어 보였다. 설마 만두 맛없다고 폭탄 설치하려는 건 아니겠지, 이상한 생각도 들었다.

"그 여자 누군지 몰라도 뭔가 있어 보이는데, 반드시 붙잡아서 물어봐야겠어."

엄마는 그 여자를 만나려 단단히 별렀다. 그로부터 사흘 동안 도망 다니는 그 여자를 잡으려 노력했으나 생각보다 재빠른 그 여자를 잡을 수 없었다. 한국에 와서 도망 다니는 연습을 많이 해서 그런지 발도 재빠르고 금세 어디론가 잘 숨어버렸다. 그렇게 그 여자가 보인 지 열흘째 되던 날이었다. 만두가 식었다고 시비를 거는 손님에게 또 마지막 배달을 갔다. 별수 없이 천 원을 깎아주고 아저씨라는 소리를 덤으로 들어 살짝 기분이 구린 상태에서 가게로 돌아오던 중 그 여자를 발견했다. 아무래도 나 혼자 잡을 자신이 없어서 급히 누나에게 문자를 보냈다.

누나, 왔어요.

그러자 누나는 곧바로 '알았어, 뒷문으로 갈게.' 답장했고 뒤이어 '나는 조용히 있다가 확 문을 열 테니까 한 번에 덮치자.'는 엄마 문자도 도착했다. 그리하여 우리는 정체불명 외국인 여자 생포 작전을 급하게 짜고 실행했다. 그 여잔 뒤에서 내가 다가오는 걸 아직은 모르는 눈치였다. 자전거는 잠시 세워두고 한 발 두 발 가까이 다가갔다. 바로 다섯 걸음 뒤로 가까워져서야 그 여자가 인기척을 느끼고 깜짝 놀라 도망가려 했다. 그 순간, 엄마가 가게 문을 열고 나왔다. 그 여자가 도망갈 길목에는 이미 주혜 누나가 막고 있었다. 주혜 누나가 붙잡자, 힘으로 막 밀어붙였다. 누나는 힘에 부쳤는지 점점 놓치려고 했다. 그때 엄마가 곰 발바닥 같은 손으로 그 여자 뒷덜미를 부여잡고 마구 흔들었다. 누나와 달리 엄마는 그 여자에게 힘으로 절대 밀리지 않았다. 역시, 우리 엄마 최고다! 그 여잔 엄마에게 잡혀 곧바로 가게로 압송되었다. 거창하게 생포 작전계획을 짠 것과는 달리 너무 쉽게 잡혀서 조금은 허무할 정도였다. 나도 세워둔 자전거를 가져온 다음 바로 가게로 들어갔다. 여자는 살짝 겁먹은 얼굴로 엄마와 누나 그리고 갓 들어온 나를 바라봤다. 밝은 데서 보니 피부가 더 꺼멓고 눈도 댕글댕글한 게 컸다. 어딘지 낯이 익은, 꽤 예쁘장한 얼굴이다. 엄마는 한참 여자를 바라보더니 "도대체 누구시기에 날마다 두리번거리셔요?" 하고 물었다. 그러자 여자는 갑자기 벌떡 일어나 허리를 숙이며 "안녕합니다. 저는 멜리나니다." 하고 뭔가 부족한 한국어로 인사했다.

"멜리나 씨라고요? 그런데 왜 우리 가게 앞을 얼쩡거리시냐고요."

엄마가 짜증 섞인 목소리로 다시 물었다.

"안녕합니다. 멜리나니다."

그러나 여자는 또 부족한 한국말로 인사했다. 엄마는 "이봐요, 아가씨. 지금 누구 놀려요? 왜 왔냐고요!" 하며 소리를 버럭 질렀다. 그러자 여자는 입을 꾹 다물고 눈물을 글썽거렸다.

"캔 유 스피킹 잉글리쉬?"

그때 주혜 누나가 영어로 물었다. 그러자 여자는 반가운 표정으로 고개를 끄덕이더니 영어로 뭐라고 말했다. 중간마다 들리는 단어가 뭔지는 알겠지만, 전체적으로 뭐라고 하는지는 하나도 못 알아들었다. 내 저질 영어 실력이 이 정도라는 사실에 잠시 절망했다. 누나는 한참 대화하더니 측은한 표정으로 한숨을 내리쉬었다. 여자 역시 고개를 푹 숙였다. 잠시 침묵이 흐르다가 누나가 입을 열었다.

"아마도 막냇삼촌 분을 찾아온 듯한데, 이분은 멜리나 씬데 안진호 씨랑 애인 사이라네요."

"애인? 우리 막내 도련님이랑 애인이라고?"

엄마 눈이 휘둥그레졌다. 그제야 생각났다. 삼촌이 새 여자친구라며 사진을 보여줬던 그 여자. 필리핀 여자에게 차였다며 몹시 아파하던 삼촌의 그 필리핀 여자가 멜리나였나 보다. 기분이 묘했다.

"진호가 여기서 기다려요. 그러면 알아 온다요."

멜리나는 또 부족한 한국말로 말했다. 대충 듣자하니 그 인간이 우리에게 멜리나를 떠맡긴 것이다. 이제 물건도 모자라 사람까지 보내다니!

"이봐요. 멜리단지 뭔지 잘 모르겠지만, 그만 돌아가요."

엄마는 일어서서 멜리나를 일으켰다. 그러자 멜리나는 자기 배를 가리키며 버텼다. 그러면서 "멜리나는 배에 베이비 있습어요." 말했다. 삼촌의 핏줄이 멜리나 뱃속에 있다는 그 말에 우리는 모두 깜짝 놀라 말이 나오지 않았다. 혈압이 급상승하여 당장에라도 뒷목 잡고 픽 쓰러질 소리다. 엄마는 충격이 심했는지 다시 의자에 앉았고 누나도 '헐'을 연발했다.

"멜리나는 진호 기다리어습니다. 멜리나는 있을 거업니다."

우리만 보면 도망가려던 사람이 이젠 안 가겠다고 버텼다. 누나가 지금 어디에서 지내며 다른 가족이 없냐고 물어도 기다리겠다는 소리만 반복했다. 결국 엄마가 아버지에게 급히 연락을 하고 놀라서 허둥지둥 돌아온 아버지와 함께 가족회의를 마친 끝에 "그럼 진호가 올 때까지 우리랑 함께 있어요. 가게 일도 조금씩 도와주고요." 하는 아버지 판결이 내려졌다. 평소였다면 엄마가 결사반대를 했겠지만, 지금 엄마는 아버지에게 큰소리를 칠 입장이 아니라서 반대도 하지 못했다.

"형님, 작은형님, 감사하니다요."

멜리나는 아버지 판결에 매우 기뻐했다. 더불어 나를 그 인간 둘째 형으로 오해했다. 이건 뭐, 외국인도 얼굴만 보고 사람 나이를 판단하다니! 어쩌겠나, 이 정도는 예삿일이니 넘어가는 수밖에.

우리 집에서 같이 지내기로 한 멜리나는 삼촌이 썼던 방을 쓰기로 했다. 엄마는 며칠 쉬라고 했지만 멜리나는 다음날부터 가게로 나와서 일을 도왔다. 일은 내 사촌동생이 될 아이가 뱃속에 있는지라 힘든 일은 하지 않고 채소 다듬는 정도만 했다.

멜리나는 틈틈이 이것저것 먹을 것을 스스로 잘 챙겨 먹었는데 특히 우리 엄마가 손수 해준 만두가 최고로 맛있다고 했다. 우리 가게 앞을 지키는 비둘기도 화내는 만두가 맛있다니 세상에 엄마 손맛을 좋아하는 사람이 있어서 놀라웠다.

멜리나가 들어왔으니 내가 할 일은 줄어들 줄 알았는데 오히려 더 늘어났다. 멜리나가 계속 무언가를 나한테 물어봐서 귀찮아 죽겠다. 주혜 누나만 아니었으면, 절대로 가게 일을 돕지 않았을 거다.

막냇삼촌이 멜리나를 여기로 보냈으니 무슨 연락이라도 될까 싶어서 전화를 걸어 봤는데, 역시나 연락이 되지 않았다. 수차례 걸어도 받지 않자 '삼촌, 제발 전화 좀 받아. 멜리나 왔다니까. 계속 귀찮게 굴잖아. 삼촌이 빨리 와야지.' 하고 음성메시지를 남겨 놨다.

즐

답장이 바로 날아왔다. 이런, 요즘 초등학생도 유치하다며 잘 안 쓰는 저 글자를 쓰다니. 혈압이 급상승해서 뒷목을 잡았더니 또 문자가 날아왔다.

오늘 오메가3랑 글루코사민 택배로 보낸다.
형하고 형수님 드시라 그래.
멜리나도 챙겨주고.

내가 문자를 보낸 게 잘못이다. 잠시 잠잠하나 했더니 또 우리 가족을 상대로 물건을 강매했다. 아버지는 오늘 오메가3랑 글루코사민을 안주 삼아 술 마시겠다.

"똥안, 이거 어뜩게 해죠?"

멜리나는 이곳에 있으면서 내가 그 인간 조카인 줄 알고 내 이름을 똥안이라고 불렀다. 내 이름은 분명히 안동안이라고 가르쳐줬는데 계속 저렇게 부른다. 나이는 주혜 누나보다 두 살 많아서 누나에게 '주혜' 하고 또박또박 잘 부르는데 내 이름만 이상하게 부른다. 일부러 나를 똥안이라 부르는 건가? 내 얼굴이 똥 같아서? 사람을 은근히 약 올리는 게 막냇삼촌과 닮은 구석이 있다.

"저 똥안이 아니고 동안이라고요."

"그러니까 똥안, 이렇게 하면 되죠?"

"아, 진짜! 네, 그렇게 빚으세요. 휴."

만두도 제대로 못 빚어서 나에게 계속 물어보는 멜리나. 그 인간이 돌아오기만 하면 삼촌이건 뭐건 가만두지 않을 거다. 하나님, 제 얼굴에 청춘을 빨리 안 돌려줄 거면 그 인간이나 빨리 소환시켜주세요! 제 말 듣고 계십니까?

"똥안, 이렇게 맞아요?"

"네, 맞다고요!"

17

네 마음은 숨길 수 없어

"똥안."

즐거운 놀토다. 오늘 가게에는 특별한 주문이 없어서 일찍 나가지 않아도 됐다. 오랜만에 빈둥거릴 생각으로 이불을 끌어안고 뒹굴뒹굴거렸다. 성우가 시간 내서 성형외과에 상담만 받으러 가보자고 해서 갈지 말지 한참 고민하는 중에 멜리나가 덜컥 내 방문을 열고 들어왔다. 노크라는 단어를 모르는 걸까? 만약에 내가 옷이라도 갈아입을 때면 큰일 날 뻔했다. 나, 예민한 사춘기 소년이라고!

"왜요."

"이거 먹어."

멜리나는 내게 까만 비닐봉지를 건네줬다. 뭔가 미심쩍어 선뜻 손이 가지 않았다.

"이거 뭔데요?"

"필리피노 스낵."

"스낵? 과자요?"

멜리나는 미소를 지으며 고개를 끄덕이더니 비닐봉지를 내 가슴팍에 안기고는 휙 하고 나갔다. 봉지 속을 보니 난생처음 보는 필리핀 과자가 수두룩했다. 문구점에서 파는 불량과자와 모양이 비슷했지만, 색깔이 더 알록달록했다. 침을 꼴깍 삼키며 봉지를 슬쩍 뜯었는데 뭐라 설명하기 어려운 이상한 과자향 때문에 내 미간은 절로 찌푸려지고 콧구멍 평수가 급 넓어졌다. 꾸리꾸리한 무좀 걸린 발가락 냄새에 제대로 속이 매스꺼워 먹고 싶은 마음이 싹 사라졌지만, 그래도 혹시나 하는 마음에 한 입을 베어 물었다.

"윽!"

역시 내 예상대로 이건 완전 화성인 맛이었다. 단맛이 강한데 무지 맛없게 달았다. 세계 어느 사람이 먹어도 화가 솟구칠 맛이었다. 이런 걸 내게 주다니 화가 치밀어 올랐다. 일부러 초엽기 음식으로 나를 골탕 먹이려는 수작이 아닐까 심각히 생각해봤다. 강력한 의혹을 해결하고자 내 방을 뛰쳐나와 멜리나를 찾았다. 멜리나는 엄마 옆에 딱 붙어 있었다. 그리고 나에게 줬던 과자랑 똑같은 것을 엄마 입에도 넣어줬다.

"어머, 맛이 독특하고 좋은데? 딱 내 스타일이야."

엄마는 과자를 먹어보더니 발을 동동 구르고 손뼉까지 치며 아주 좋아했다. 엄마 얼굴을 보니 저건 진심이었다. 내가 이상한 것

을 잘못 먹었나 싶어서 봉지에서 다른 색깔 과자를 먹었는데,

"웩!"

역시 이상했다. 확실히 우리 엄마 입맛이 매우 특이한 거다. 저런 입맛이니 음식을 만들 때마다 안드로메다 맛이 나온 것이다. 아버지나 막냇삼촌 그 인간이나 왜 그리 입맛이 독특한 여자를 만나는 건지 모르겠다. 이게 유전적인 이유라면 나도 입맛이 독특한 여자를 만날 거라는 건데, 우선 주혜 누나는 음식을 엄청나게 잘하니 내 운명이 아니라는 우울한 결론이 나왔다. 그 생각을 하니 갑자기 울적해졌다. 거실에 있는 거울로 내 얼굴을 보니 갑자기 주름이 하나 더 생긴 기분이다. 하나님, 지금 뭐하시는 겁니까!

"똥안."

멜리나가 나를 부르며 미소를 지었다. 확실히 나를 엿 먹이려는 의도가 아닌 건 알지만, 왠지 기분이 나빴다. 만약에 이 과자를 우리 가게 앞을 지키는 비둘기 녀석들에게 던져주면 어찌 될까? 아마도 나는 뉴스에 나올 것이다. '특종! 세계 최초 비둘기에게 집단 구타를 당한 늙은 얼굴의 청소년, 끝내 사망. 비둘기, 과연 평화를 상징하는가!' 나는 차마 이 과자를 버릴 수도 없고 다 먹기는 더 싫었다. 비닐봉지를 손에 든 채 고민이 깊어졌다. 막냇삼촌 그 인간이 오면 다 먹여버려야지.

띠링띠링 휴대전화에 문자가 날아왔다.

전도사라면 그때 교회에서 친절했던 형이다. 어쩐 일이냐고 답장을 보냈더니 오늘 교회에 나오라고 했다. 학생부 친목모임을 하는데, 특별히 자신이 피자도 쏜다는 것이다. 가고 싶었지만, 모임 시간이 오후였다. 오후라면 내가 가게에서 죽어라 노동력을 착취당할 시간이다. 그래도 혹시 몰라서 엄마에게 "오늘만 저녁에 가게 가면 안 돼요." 하고 물었더니 엄마는 일 초도 망설이지 않고 "안 돼." 하고 단칼에 거절했다. 계속 졸라봤지만, 엄마는 요지부동이었다. 살짝 짜증이 솟구쳤다. 그래도 엄마를 이길 수는 없어서 전도사님에게 오늘 교회는 못 가겠다고 문자를 날렸다.

"똥안."

온몸에 힘이 빠져 축 처졌는데 멜리나가 웃으며 다가왔다.

"왜요."

"스마일."

내게 미소를 지으라며 자기 입꼬리를 말아 올렸다. 진짜 나를 놀리는 기분이 들어 신경질 났다. 차마 엄마 앞에서 화를 내지 못하고 다시 방으로 돌아왔다. 성우에게 문자가 날아왔는데 오늘 성형외과 갈 거냐고 물었다. 기분이 구려서 안 가겠다 답장했더니 잘됐다며 교회에 갈 거라며 혼자 좋아라 했다. 이 녀석도 나를 놀리는 기분이라서 문자를 가볍게 씹어주고 가게에 나갈 때까지 이불

속에서 뒹굴뒹굴했다.

　나도 모르게 잠시 잠이 들었다가 다시 눈을 떠보니 가게로 나갈 시간이 다 되었다. 휴대전화를 확인해보니 주혜 누나에게 문자도 와 있었다.

동안아, 심심해. 빨리 와.

　가게에 손님도 없고 할 일도 별로 없으니 많이 심심했던 모양이다. 엄마가 일찍 나오라고 했으면 필사적으로 일 분 일 초라도 더 버텼겠지만, 내 천사님 누나의 요청이니 빛보다 빠른 속도로 씻고 옷을 갈아입었다. 집을 나서려는데 집 안에는 아무도 없었다. 그 대신 냉장고에 '늦지 말고 빨리 와. 만약에 늦을 시. 일 분당 만 원씩 용돈을 삭감하겠어. -사랑하는 엄마가'라고 쓰인 쪽지 한 장이 붙어 있었다. 일주일 용돈이 만 원이고 가게에서 일해서 그 밖에 버는 돈은 땡전 한 푼도 없다. 만약에 한 시간이라도 늦으면 일 년은 훌쩍 넘게 용돈을 받지 못하는 사상 초유, 인생 최대 위기에 봉착한다. 누나가 아니었으면 늦게 갈 생각으로 늦장을 부리려고 했는데 누나 덕분에 인생 최대 위기는 벗어났다.

　출출한 배는 멜리나가 준 이상한 과자로 대충 때우고 가게로 출발했다. 이 과자도 배고플 때 먹으니 억지로라도 넘어가긴 했다. 다만 자주 먹으면 내 노화호르몬이 급 촉진하는 건 어쩔 수 없을 것이다. 가는 중에 전도사님이 정말 못 오냐고 다시 한 번 문자를 보내 왔다. 그래서 진심으로 못 간다고 만약에 가게 일 땡 까면 앞으로 십 년은 용돈 없이 거지처럼 빌빌거려야 한다고 답장했더니 '헐' 하고 단 한 글자의 문자가 왔다. 문자하는 센스가 보통이 아니다.

가게에 도착하니 누나랑 멜리나는 만두를 열심히 빚고 있었다. 엄마는 가게 컴퓨터로 무언가를 하고 있었다. 가까이 다가가 살펴보니 인터넷 맞고였다.

"엄마!"

고스톱으로 우리 집 경제에 크나큰 손실이 왔는데 그걸 못해서 인터넷으로 또 저러다니!

"동안이 왔어?"

엄마는 민망했는지 급히 컴퓨터를 끄고 누나 옆에 앉아서 괜한 만두 속만 숟가락으로 휘적거렸다.

"오늘도 주문 있어요?"

엄마가 만두를 평소보다 많이 만들기에 의아한 표정으로 물었다.

"응, 아무래도 네가 교회를 잘 다닌 듯하구나. 그 교회에서 단체 주문을 했거든."

"교회에서요?"

"그래, 네가 요즘 자주 나가는 교회."

참 별일이다. 우리 집 만두를 먹어 본 교회 아줌마들이 있을 텐데 그걸 알고도 주문했다니, 아마 이걸 빌미로 우리 부모님도 교회로 이끌겠다는 또 다른 속셈이 있는 듯하다. 이유야 어쨌든 우리 집 살림살이에 큰 보탬이 되니 기쁜 일이다. 하나님에게 살짝 감사한 마음이 든다. 하나님, 이제 제 얼굴만 어찌 손봐주면 됩니다!

"얼마나 만들어야 해요?"

"내일 점심때 먹는다면서 이백 인분을 만들어 달라는구나."

"우와."

"우와, 감탄만 하지 말고 너도 같이 빚어봐. 주혜랑 멜리나가 힘들게 빚는 거 안 보이니?"

"이거 말고 다른 배달은 없어요?"

"없으니까 꾸물대지 말고 어서 같이 해."

가게에서 이런 일만 있을 줄 알았으면 교회에 가서 피자 한 조각이라도 먹고 왔어야 하는데 아쉽다. 그래도 누나 옆에 딱 붙어서 만두를 빚으니…… 뭐라고 할까, 신혼부부가 된 듯 오붓해서 좋다고나 할까? 누나의 오뚝한 코끝에 하얀 밀가루가 살포시 묻어 있는 걸 보니까 귀여워서 살짝 꼬집어 주고 싶은 충동이 들 정도다. 어떻게 하면 지금보다 누나와 더 가까워질 수 있을까? 아무래도 우울한 내 얼굴부터 어떻게 고쳐야겠지? 큰 난관이다. 나를 이렇게 낳아준 엄마가 괜스레 원망스러워진다. 혼자 고뇌에 빠진 채 열심히 만두를 빚었다.

내일 교회로 나갈 만두를 전부 다 빚으니 어느새 깜깜한 밤이 되었다. 아버지는 지금 열심히 대리운전을 하는 중일 테고 가게에 남은 우리는 텔레비전에서 하는 예능 프로그램 속에 푹 빠져 있었다. 한참 박장대소하고 있었는데 가게 문이 띠링 울리며 열렸다. 손님인가 했더니 전도사님이었다. 그리고 그 옆에 우리 반 한빛나도 함께 있었다.

"안녕하세요? 교회 전도삽니다."

전도사님이 몇 번이고 허리 숙여 인사하며 들어왔다. 엄마는 "아이고, 귀한 발걸음을 하셨네요. 어서 와요." 하며 전도사님 손을 잡고는 무척 반가워했다. 우리 엄마가 다른 사람 손 잡는 거 안 좋아하는데 아마 전도사님이 잘생겨서 저러나 보다. 하여간 우리 엄마도 여자긴 여자다. 이래서 사람은 얼굴이 잘나고 봐야 하는 건가보다. 나도 얼굴이 잘나지고 싶다!

전도사님이 지금 온 이유는 주문한 만두 확인과 오늘 교회로 나오지 못한 나를 보러 왔단다. 내가 뭐가 예쁘다고 보러 온 건지 모르겠다. 한빛나는 교회 학생부 회장으로서 따라온 거란다. 누가 보면 큰 벼슬인 줄 알겠다. 엄마는 전도사님이 오자마자 혼자 분주했다. 주방에 들어가서 커피와 먹을 걸 준비하며 우당탕우당탕 요란스러웠다. 전도사님은 가게 안을 두루 살피며 주혜 누나랑 멜리나하고 인사를 나누며 이런저런 이야기를 나눴다. 역시 전도사님인지라 "교회는 다니세요? 안 다니시면 다녀보실래요? 주님은 여러분을 사랑하십니다." 하고 전도 멘트를 빵빵 날렸다. 역시 자기 일에 프로정신이 대단하다. 멜리나는 의사소통이 원활하지 않아 많은 대화를 하지 않았지만, 주혜 누나에게는 말을 많이 걸었다. 나이가 몇 살이고 어디서 태어났으며 어느 학교를 졸업했는지 꼼꼼하게 신상명세를 물었다. 그런 전도사님이 몹시 신경이 쓰였다. 특히 남자친구가 있냐는 질문이 가장 거슬렸다. 이건 교회 다니는 거랑 상관이 없지 않은가. 누나는 머쓱히 웃으며 "하하하, 글쎄요." 하며 아리송하게 대답했다. 긍정도 부정도 아니니, 좋지도 않지만 나쁘지도 않은 대답이다. 그러자 전도사님은 "있으시죠?" 하며 조금 더 구체적으로 물었다. 아무래도 누나에게 딴마음을 품은 것 같았다. 다행히 엄마가 주방에서 먹을 것을 꺼내옴으로써 누나와 전도사님 대화는 자연스레 끊겼다. 더 이상 둘만 대화하도록 놔둘 수 없어서 커피를 가져다 주며 누나와 전도사님 사이에 다시 자리를 잡고 앉았다. 그러고는 전도사님이 엄마하고 얘기하다가 주혜 누나와 얘기할라치면 "전도사님, 헌금은 얼마씩 하는 건가요? 기도는 몇 번씩 하죠? 성경은 왜 그리 어렵죠?" 하며 전혀 관심 없는 질문을 쏟아부었다. 내 귀가 피곤해졌지만 그래도 누나를 보호할 수 있다면 이 정도는 감수할 만했다. 내 작전은 제대로 통해서 전도사님은 가게에 있는 내내 엄마랑 나하고만 얘기를 나눴다.

전도사님은 온 지 한 시간쯤 지나 이만 돌아가겠다고 일어섰다. 그동안 한빛나는 누나랑 이것저것 얘기를 나눴다. 여자들끼리 참 말도 많았다. 이상하게 빛나만 보면 '윽, 꺼져' 이 말이 생각나서 괴로웠다. 그래도 애써 태연한 척했다. 가게 문 앞까지 전도사님과 빛나를 배웅했다.

"동안 어머니, 내일 잘 부탁할게요. 주혜 씨도 또 봐요. 동안 형제는 내일 봐요."

역시 전도사님은 친절하다. 다만 그 친절함이 누나에게까지 뻗치니 상당히 신경이 쓰인다. 엄마는 또 전도사님 손을 잡으며 "잘 가요." 하며 아주 살갑게 인사했다. 전도사님은 먼저 가고 빛나도 따라가다가 갑자기 다시 돌아오더니 내 팔을 붙잡았다. 그러고는 "따라와." 하고 말하더니 가게 옆 어두운 공간으로 나를 이끌었다.

"왜."

"너, 주혜 언니 좋아하지?"

"누가 그래."

"딱 봐도 알겠던데."

"아니거든."

"웃기고 계시네. 세상에 숨길 수 있는 것과 숨길 수 없는 게 있어."

"뭔데?"

"네 나이는 얼굴로 얼마든지 숨길 수 있어. 하지만 네가 주혜 언니를 좋아하는 마음은 절대로 못 숨기지. 네 얼굴에 티가 팍팍 나거든. 네가 주혜 언니를 볼 때마다 눈에 하트가 뿅뿅 하던데."

"남이야 누구를 좋아하든 말든 네가 무슨 상관인데."

"나는 상관있어. 아주 중요한 문제야."

빛나의 눈빛엔 어느 때보다 진지함이 서려 있었다. 얘는 왜 이러나 모르겠다.

"중요한 문제라니?"

"나, 전도사님 좋아해."

"헐."

빛나 말에 깜짝 놀랐다. 더 들어보니 빛나는 중학생 시절부터 전도사님을 짝사랑했단다. 고백하고 싶었지만, 아직 어른이 아니라서 어른이 될 때까지 기다리는 중이란다. 그래서 나를 비롯한 남자들 구애를 뺑뺑 차버렸던 것이다. 빛나를 좋아했던 남자들의 진짜 적은 바로 전도사님이었던 것이다. 이 사실을 우리 학교 녀석들이 안다면 어찌 될까? 하늘을 슬쩍 쳐다봤다. 하나님, 잘못하면 하나님께서 아끼시는 일꾼이 집단구타 당할지도 모릅니다. 어떻게 손쓰셔야겠네요.

"그러니까, 너는 주혜 언니를 잘 지켜. 나는 전도사님을 잘 지키겠어."

"그게 우리 뜻대로 될까?"

"야!"

빛나는 입술을 꼭 깨물고 내 정강이를 걷어찼다. 뾰족한 구두를 신은 발이라 몹시 아팠다.

"아, 아프다고!"

"나는 여태까지 잘 해왔으니까, 너나 잘해. 너 하는 짓 보면 걱정이긴 하다. 아무튼 정신 똑바로 차려."

"내가 왜 네 말을 들어야 하는데?"

"너, 계속 그러면 내가 너 좋아하는데 네가 나를 쓰레기 취급한다고 학교에 소문낼 거야."

"헐, 사기꾼."

"학교에서 남자애들한테 테러당하기 싫으면, 알지? 어차피 너도 언니 지킬 수 있으니까 좋잖아."

"아, 알았어."

빛나는 내 의견은 하나도 없는 자기 계획만 통보하고 집으로 돌아갔다. 빛나랑 나는 어쩔 수 없이 전략적으로 동맹이 되었다. 그래도 '전도사님'이라는 강력한 라이벌을 효과적으로 견제할 수 있으니 조금은 마음이 놓였다. 그보다 누나는 전도사님을 어찌 생각할까? 설마 한눈에 반한 건 아니겠지? 그렇다면 어쩌지? 근심 걱정 때문에 오늘도 내 머리와 수염이 하얗게 세겠다. 이러다가 진짜 할아버지처럼 늙는 거 아닐까? 이런 내 얼굴로 전도사님과 경쟁이나 될까. 진짜 시간을 내서 성형외과라도 가보든지 해야지. 나는 바로 성우에게 문자를 날렸다.

어디 성형외과로 갈 거야?

18

바이바이, 삼촌!

전도사님이 다녀간 다음 교회에서 추가 주문이 들어왔다. 내일이 교회 창립기념일이라서 주변 이웃에게 만두로 사랑을 나눈다나 뭐라나. 주문한 사람 목소리는 웅장하면서 느릿느릿한 게 나이가 많이 든 남잔데 목사님인 듯했다. 갑작스러운 대량주문에 잠시 당황했지만, 우리 엄마는 추가 대량주문을 듣고 마치 곗돈이라도 탄 듯이 기뻐했다. 그리하여 부족한 재료를 사러 주변 시장과 마트를 휩쓸던 중 성우에게 문자가 날아왔다.

저번에 간 곳보다 더 좋은 병원 있대.

성우는 내 생각해서 성형외과 이곳저곳을 알아본 모양이다.

성형외과를 진짜 가야 하는지 아직 확실히 마음을 잡지 못했다. 조금 더 생각해본 다음에 가기로 마음먹었다. 시장에 다녀와서 엄마를 비롯한 누나, 멜리나, 나까지 꼬박 밤을 새우며 만두를 빚어냈다. 새벽녘에 대리운전 일을 마치고 온 아버지까지 합세해서 만두를 빚었다. 덕분에 우리 가족은 아침이 되면서 다크써클이 짙게 물들어 팬더로 변신했다. 그중에 가장 심한 사람은 바로 나다. 가게 거울로 내 얼굴을 보니 딱 막냇삼촌 그 인간이 사흘 풀로 밤새며 게임을 한 얼굴과 똑같았다. 피부는 생기를 잃어 축 처졌고 안 보이던 눈가 주름이 하나 더 늘었다. 또 십 년을 팍 늙었다. 도대체 내 얼굴은 어디까지 늙을 수 있단 말인가. 어디 한번 백 살까지 늙어봐?

"똥안."

멜리나가 내 어깨를 톡톡 치며 불렀다. 그리고 내게 밀크 커피 한 잔을 건네줬다. 세심한 배려심에 기분이 살짝 좋아졌다. 어쩌면 막냇삼촌 그 인간 애인이 아니었다면 벌써 더 친해졌을지도 모른다. 친해지려고 마음을 먹으면 막냇삼촌 그 인간이 쓸데없는 물건을 보내 혈압을 유발하니 멜리나가 좋게 보일 리가 없었던 것이다.

주혜 누나는 가게 구석에서 꾸벅꾸벅 졸고 있었다. 불쌍한 우리 누나는 여기 와서 엄청나게 고생한다. 우리 엄마가 알바비라도 두둑히 챙겨 주려나 모르겠다. 엄마는 거울 앞에서 화장하느라 정신이 없었다. 화장이라기보다는 변장이 더 어울릴 정도다. 변신, 액션 가면!

"엄마, 뭐해요?"

"화장하지."

"화장을 왜 해요?"

"왜 하긴. 교회 가야 되니까 하지."

엄마는 만두 사백 인분 주문과 꽃미남 살인 미소 전도사님 때문에 없던 신앙심이 생겼다. 아버지는 어차피 엄마 말씀을 들을 테니 두말하지 않아도 함께 교회로 갈 듯하다. 엄마가 화장할 동안 아버지는 부엌에서 빚어놓은 만두를 찌느라 여념이 없었다. 엄마가 성형급 화장을 마칠 즈음 보기만 해도 속이 느글거리는 만두로 아침을 먹었다. 이걸 점심때 교회에서 또 먹을 생각을 하니 벌써 속에서 신불이 올라오려고 한다.

"누나, 힘들면 집에 가서 쉬었다가 저녁에 나와요."

아침을 먹으면서도 꾸벅꾸벅 조는 누나가 걱정스러워 한마디 했다. 그러자 누나는 "괜찮아. 나도 교회에 가야지." 하고 대답하며 눈을 비볐다. 누나까지 교회로 간다니 내심 기쁘면서도 한편으로는 전도사님이 계속 마음에 걸렸다. 교회에 가서도 내가 꼭 누나 옆을 지키리라 생각했다.

"어서 가자."

엄마의 지휘에 따라 우리 가족은 나갈 채비를 했다. 지난번에 떼인 밥값을 받고자 '더 좋은 한 푼' 사무실로 습격하려던 기분과 사뭇 달랐다. 오늘만큼은 기분 좋게 나가는 가족 외출이니 조금은 상쾌한 마음이 들었다. 콧노래도 절로 나오고.

"사장님, 멜리나는 안 가니다요."

그런데 뜻밖에도 멜리나가 가게 의자에 앉아 요지부동이었다. 엄마가 왜냐고 묻자 "나는 가톨릭, 프로테스탄트 아니다." 하고 대답했다. 엄마는 고개를 끄덕이며 그러면 가게를 잘 지키라고 말했다. 역시 우리 엄마는 쿨하다. 멜리나를 가게에 두고 우리 가족은 양손에 만두를 한 보따리씩 들고 교회로 향했다. 어찌나 만두가 무거운지 팔이 빠질 지경이지만, 옆에 있는 누나를 봐서라도 괜찮은 척했다. 누나 앞에서는 최대한 남자로 보이고 싶었다.

교회 입구에는 평소처럼 전도사님이 친절한 미소를 지으며 사람들을 맞이하고 있었다. 우리 가족 중에 엄마가 가장 전도사님을 반가워했다. 손을 잡으면서 연신 "아이고, 전도사님. 이렇게 입구까지 나와 주시고."를 반복했다. 역시 우리 엄마도 잘생긴 남자를 좋아하는 여자였다. 내 옆에 있는 누나 표정을 봤는데 엄마 못지않게 밝았다. 전도사님이 좋은 사람이긴 해도 괜히 싫어지려고 한다. 이게 질투라는 건가? 내가 감히 전도사님에게 질투할 급이 될까? 젠장, 서럽다.

나는 학생부 예배실로 들어갔고 나머지는 교회 주방으로 갔다. 예배실에는 평소처럼 콘서트를 방불하는 찬양이 울려 퍼졌다. 나보다 더 빨리 온 성우는 먼저 자리를 잡고 열정적으로 찬양을 부르는 중이다. 나는 성우 옆에 자리를 잡고 앉아 부족한 수면을 보충하기로 했다.

"야."

그런데 뒤에서 누군가 내 어깨를 툭 치며 불렀다. 뒤돌아보니 한빛나다. 나더러 잠시 보자고 손짓했다. 내가 나중에라고 손짓하자 빛나는 인상을 잔뜩 찌푸리더니, 내 팔을 강제로 끌어당기며 억지로 나를 밖으로 데리고 나왔다. 그러고는 다짜고짜 내 가슴팍에 주먹을 강력하게 날렸다.

"너 장난해?"

"왜, 내가 뭘 어쨌는데."

나는 어리둥절했다. 그러자 빛나는 화가 잔뜩 난 얼굴로 허리에 손을 얹더니 '허' 하며 헛웃음을 뱉었다.

"너, 어젯밤에 나랑 한 얘기 잊었어? 나는 전도사님, 너는 주혜 언니를 맡기로 했잖아."

"응, 알지. 그게 왜?"

"그게 왜라니! 따라와 봐."

빛나는 또 내 팔을 이끌고 어디론가 데려갔다. 도착한 곳은 교회 사무실인데 그곳에는 전도사님과 주혜 누나가 커피를 마시며 다정스레 대화를 나누고 있었다. 우리 부모님은 어디 가고 누나랑 전도사님만 단둘이 있다니 깜짝 놀랐다.

"이거 봐. 네가 주혜 언니를 잘 안 지키고 있으니까 이 꼴이 났잖아, 멍청아!"

빛나는 주먹으로 내 팔뚝을 내리치며 원망 어린 눈으로 나를 쳐다봤다.

"그런 너는 뭐했는데?"

"나는 찬양단에서 찬양하고 있었잖아. 너는 언니랑 같이 왔으면 끝까지 붙어 있어야지. 답답해! 이래서 너랑 무슨 일을 하겠니?"

"잘난 척하지 마. 나야 얼굴이 이래서 누나 마음을 사로잡지 못해도 너는 예쁘게 생긴 애가 전도사님 마음 하나 못 잡는 건 뭐야."

"야, 세상에 얼굴이 전부니?"

이 말에 살짝 뜨끔했다. 뭐랄까, 망치로 얻어맞은 것처럼 멍했다. 동안이 아니라는 이유로 상처받으면서, 얼굴이 전부라고 말하는 세상에 화냈다. 그러면서도 나 역시 누나의 얼굴이 좋아서 누나를 좋아하고 있는 것이다. 하지만 난 다르다. 나도 물론 누나의 얼굴을 보고 좋아하는 건 마찬가지지만, 그게 전부는 아니다. 누나의 얼굴은 누나를 좋아하는 이유 중 하나일 뿐이다.

"솔직히 너 전도사님이 잘생겨서 좋아한 거잖아."

"아니거든. 모르면서 함부로 말하지 마."

"맞잖아. 만약에 전도사님이 나처럼 생겼으면 네가 좋아하겠어?"

"닥쳐!"

빛나는 구두를 신은 발로 내 정강이를 아주 강하게 걷어찼다. 어제 맞았던 데를 또 때리다니! 빛나는 아니라고 해도 결국 얼굴 보고 좋아한 것이다. 만약에 전도사님이 나처럼 생겼어도 빛나가 좋아했을까?

결국 난 빛나에게 폭풍 잔소리를 십 분이나 더 들었다. 귀에 딱지가 앉아 제대로 막힐 지경이다. 그 뒤로 교회에 있는 내내 누나를 그림자처럼 쫓아다녔다. 물론 빛나도 전도사님 곁에 쪼르르 달라붙었다. 내가 잠시 한 눈이라도 팔면 빛나가 문자를 날리거나 직접 와서 뭐라 하니 정신을 놓을 새도 없었다. 그동안에 우리 부모님은 교회 사람들과 어울리며 완전히 열혈 신자로 거듭나고 있었다. 하여간 우리 부모님은 어딜 가나 적응력 하나는 최고다.

교회에서 나오니 시간이 벌써 오후 세 시를 넘겼다. 집으로 돌아오는 내내 엄마는 교회가 그렇게 좋은 곳인지 몰랐다면서 입에 침이 마르도록 칭찬했다.

"교회 사람들이 만두를 좋아하나 봐. 벌써 만두 주문이 수십 개가 들어왔어. 호호호."

엄마는 특히 만두를 주문한 아줌마 집사들을 더 칭찬했다. 아무래도 하늘에 계신 하나님이 우리 엄마를 확실히 자기 영역으로 끌어들이려나 보다. 전지전능한 신이라 그런지 참 대단한 분이다. 반면에 아버지는 몹시 피곤해 보였다. 엄마에게 "나는 교회는 나가기가 귀찮네. 좋긴 한데 이래저래 피곤해." 하고 말했다가 등에 엄마 사랑이 가득 담긴 손길을 거하게 하사받았다. 결국 아버지도 엄마 때문에 하나님 영역 안으로 들어갈 신세가 되었다. 그래도 참 다행이라 생각한다. 이렇게 교회를 다니다 보면 아버지는 서서히 야동을 끊을 테고(부디!) 엄마는 화투를 끊을지도 모른다.(제발!) 그보다 누나가 계속 교회를 다녀도 괜찮을까? 전도사님과 사적으로 가까워지면 큰일이다. 절대 그럴 일이 없도록 내가 잘해야겠다. 하나님, 내게서 누나를 빼앗아 가지 마옵소서, 아멘! 경건하게 기도했으니 들어주셔야 합니다, 하나님!

가게에 도착하니 멜리나와 누군가가 마주 앉아 있었다. 왠지 한 대 툭 때리고 싶은 충동이 일어날 법한 뒤통수에 뭔가 아주 익숙한 기운이 팍 느껴졌다.

"형님, 형수님, 이제 오셨어요? 왜 임산부가 혼자 가게를 보게 했어요. 그러다가 무슨 일이라도 생기면 어쩌려고요. 정말 생각들이 없으시네요."

이 사람은 바로 막냇삼촌이다. 네트워크 마케팅 사업 때문에 가출한 사람이 지금은 행색이 거지꼴을 못 면했다. 머리는 며칠 동안 안 감았는지 우리 가게 앞을 지키는 비둘기들이 살아도 좋을 만한 둥지를 틀었다. 옷은 쭈욱 짜면 땟물이 철철 넘칠 것 같고 신발은 배가 고팠는지 입을 떡하니 벌려 무좀난 발가락이 메롱 하고 고개를 내밀었다. 완전 서울역 전문 노숙자님이다. 역시 이런 꼴로 나타날 줄 알았다. 다만 예상보다 일찍 이런 꼴로 돌아온 것에 놀랐을 뿐이다. 그나저나 오랜만에 본 사람이 하는 말이 자기 애인을 부려 먹었다고 따지는 거다. 이거 삼촌, 조카 계급장 떼고 한판 붙어야 할까?

"아이고, 진호야. 잘 왔다, 잘 왔어. 내가 얼마나 기다렸는지 아냐. 꼴이 이게 뭐냐."

아버지는 화를 내기는커녕 오히려 잘 돌아왔다고 이산가족 상봉한 사람처럼 삼촌을 끌어안고 난리가 아니었다. 그러고 보니 오늘 교회에서 설교로 돌아온 탕자가 어쩌고저쩌고했다. 아마 거기에 느낌을 받아서 아버지가 저럴까? 아니다, 우리 아버지는 원래 저런 사람이다. 누가 봐도 동생 바보다. 요즘 딸 바보, 아들 바보는 많아도 아버지처럼 동생 바보는 흔하지 않을 거다. 우리 엄마는 삼촌을 보며 깊게 한숨을 내리쉬었다. 나도 한숨이 절로 새어 나왔다.

"내가 열심히 일해서 이사 자리까지 올랐단 말이에요. 그런데 그 대표 자식이 혼자 돈 먹고 튀어서 이 꼴입니다. 원래 같이 나눠 먹기로 했는데. 혼자 튀다니, 지금 생각해도 열 받네. 그래도 이번 계기로 제대로 느낀 점이 있어요."

삼촌은 말을 하다가 자기 앞에 놓인 만둣국을 한 숟갈 떠먹었다. 그리고 진지한 표정으로 무슨 말을 꺼내려 했다. 엄마가 조금은 기대하는 눈빛으로 무엇을 느꼈느냐고 물었더니 삼촌 왈,

"나는 확실히 사업가 체질이란 걸 깨달았죠. 역시 나란 사람은 리더십 있고 영업력이 충만하니 딱 사업가를 해야 합니다. 그러는 의미로 사업을 해보려는데…… 형님, 목돈 좀 있으세요?"

저 몰골이 되었으면서도 아직 정신을 전혀 못 차렸다니. 아버지는 삼촌을 애처롭게 바라보다가 갑자기 표정이 험악하게 바뀌었다. 그리고 삼촌이 들고 있던 숟가락을 뺏어들더니 풀 스윙으로 삼촌의 뒤통수를 후려쳤다. 이건 마치 엄마가 펼치는 통북어 무예를 보는 기분이다. 이제 아버지가 숟가락 무예를 창시한 건가, 아뵤!

"이놈아, 아직도 정신을 못 차렸어! 오늘 너 죽고 나 죽자!"

동생 바보 우리 아버지도 이 정도면 참기 어려웠나 보다. 꽝! 폭발해버렸다. 그것도 아주 제대로! 식당 의자를 들고 삼촌을 내리치려 했다. 이제 식당 의자 무예까지!

"안 되니다요. 진호는 안 되니다요."

멜리나가 삼촌을 감싸 안으며 온몸으로 아버지를 막았다. 옆에 있던 엄마와 누나, 나도 함께 아버지를 말렸다. 삼촌 때문에 아버지가 경찰서로 가는 일은 막아야 했기 때문이다. 절대 삼촌이 불쌍해서가 아니다.

"아니야, 아니야. 이 자식은 좀 맞아야 해. 아직 정신 못 차렸어."

평소에 화를 잘 내지 않는 사람이 한 번 폭발하면 더 무서운 법. 아버지는 좀처럼 화를 누그러뜨리지 못했다.

"진호, 진호. 빌어, 빌어."

멜리나가 삼촌 등을 계속 내리치며 억지로 무릎을 꿇리고 손이 발이 되도록 빌게 한 다음에야 아버지는 겨우 진정하고 삼촌의 말에 귀를 기울였다. 그 내용인즉슨 삼촌은 그 이상한 회사에 들어가서 틈날 때마다 우리 집으로 물건을 보내는 것으로 실적을 쌓았지만, 시간이 흐르면서 점차 자신도 몰랐던 영업 분야에서 재능을 발휘했단다. 그래서 모르는 사람에게 그 후진 물건을 하나씩 팔아나갔단다. 물론 물건이 나오면 처음 우리 집에 판매하는 가족애를 보여줬다. 거기다 자기 아래로 순진한 사람들을 끌어모았고 자연히 삼촌 계급은 브론즈, 실버, 사파이어, 골드를 거쳐 다이아몬드 즉, 이사가 되는 쾌거를 이루었다. 하여간 이런 건 참 잘도 한다. 단 몇 달 만에 그만한 성과를 올렸으나 대표라는 사람이 회사 자금을 모두 모아 갑자기 말도 없이 사라지는 바람에 삼촌은 한순간에 낙동강 오리알 신세로 전락했다. 그래도 양심에 삐져나온 털이 있었는지 곧바로 집으로 들어올 수 없었단다. 남은 물건을 슬쩍 우리 집에 보내며 번 돈으로 여관방, 피시방, 만화방까지 전전하다가 결국 서울역에서 무료로 숙식을 해결하는 신세가 되었다. 그러고는 지금처럼 거지꼴로 불어터진 만둣국을 참 맛있게도 먹으며 사업이 어쩌고저쩌고 헛소리를 나불거리는 중이다.

“어휴, 이놈아. 이놈아!”

“도련님, 도련님!”

우리 부모님은 동시에 탄식을 뱉어내며 삼촌 등을 내리쳤다.

“아, 알았어요. 우선 집에서 휴식하며 제대로 사업구상 할게요. 배고픈데 만둣국 한 그릇만 더 주세요.”

삼촌은 이 와중에 만두가 목구멍으로 넘어갈까? 나라면 먹다가 체할까 겁나서 먹지 못했을 거다.

삼촌이 돌아온 날부터 나는 혈압이 고속 상승해서 멈추지 않았다. 예전처럼 시도 때도 없이 내게 담배 심부름을 시켜 먹고 라면 심부름까지 시켜 먹었다. 라면만큼은 멜리나가 하면 안 되냐고 따지니 나를 격하게 사랑하시는 삼촌 왈, “야, 라면은 한국 음식이야. 한국인 손맛이 배여야 제대로 난다.” 삼촌아, 라면은 원래 일본에서 처음 만든 거다! 이 말이 목구멍까지 올라왔지만 참았다. 말해봐야 내 입만 아프다. 그리고 우리 아버지가 내게 “동안아, 네 삼촌이 지금 많이 힘들 테니까 네가 고까워도 잘 봐주렴. 대신에 이거 받으렴.” 부탁하며 무려 한 달치 용돈과 맞먹는 사만 원을 특별히 몰래 챙겨 주셨다. 아마 대리운전 하면서 비상금을 몰래 축적한 모양이다. 엄마가 알면 큰일 날 텐데. 그래도 아찔하게 유혹하는 돈에 현혹한 나는 이러고 있다.

“커억, 퉤.”

그래도 억울한 마음을 어찌할 수 없어서 라면에 아밀라아제가 가득한 가래 로열젤리를 첨가해 놨다. 잘 먹고 똥 잘 싸길 바라는 사랑스러운 조카님 선물인 셈이다.

가만 생각해보니 멜리나가 참 불쌍하다. 물 떠와라, 다리 주물러라, 밥 먹을 동안에 게임 경험치 올려놔라, 피시방에 있으니 담배 가져와라, 텔레비전 채널 돌려라 등등. 멜리나는 온갖 잡다한 심부름을 도맡아 했다. 웃긴 건 멜리나가 그걸 군말하지 않고 다 한다는 점이다. 생각할수록 참 딱한 사람이다. 삼촌은 돌아왔을 때는 우리더러 임산부에게 왜 힘든 일을 시키느냐고 따지더니 자신은 더 시켜 먹는다. 마음 같아선 삼촌이 하는 행동 하나하나를 다 녹화해서 여성단체에 보내고 싶을 정도다. 그러면 여성단체가 알카에다에 못지않은 테러를 할 것이다. 상상만 해도 흐뭇하지만, 괜히 불똥이 우리 가족에게 튈까 봐 실행은 못 하겠다. 계속 삼촌에게 시달리다가 더 늙어버릴지도 모르겠다. 이미 주름이 더 생겼는지 모르겠다.

"야, 계란 흰자가 덜 익었잖아. 라면 똑바로 못 끓여?"

삼촌은 내가 끓여준 라면 가지고 트집이다. 그 안 익은 계란 흰자는 내가 만든 천연 아밀라아제 가래 로열젤리다. 삼촌은 눈이 안 좋은가? 내 가래침과 계란 흰자를 구분하지 못했다. 그래도 내 생각대로 잘 먹어주시니 감사하다.

"미안, 다음에 계란 흰자 더 많이 넣고 팍팍 잘 익혀줄게."

삼촌은 그 뒤로도 한 달 동안 내 사랑을 가득 담은 로열젤리가 든 라면을 많이 처드셨다. 역시 사람 침은 몸에 해롭지 않나 보다. 라면을 먹고 배 아프다는 소리를 한 번도 듣지 못했으니 앞으로도 계속 천연 로열젤리를 만들어줘야겠다.

ㅇㅇㅇㅇㅇ

성우랑 성형외과에 다녀왔다. 이번에 간 병원에는 여자 의사가 있었는데 처음 간 병원보다 훨씬 친절했다. 최소한 내 얼굴에 볼펜을 죽죽 긋지는 않았으니까. 그러나 상담결과는 제대로 우울했다.

"두 장은 필요하겠는데."

아, 두 장이라면 우리 집 전세금보다 더 많은 돈이다. 그마저도 수술해서 얼굴이 나아질지 장담할 수 없다니 답답함만 가득 안고 상담을 마쳤다. 내 얼굴이 이렇게도 심각했단 말인가. 요즘 하나님과 자주 대화를 요청한다. 언제나 그랬듯 나 혼자만 외쳐대지만.

시간이란 녀석은 참 빨리도 흘러 어느새 새로운 주말이 다가왔다. 평소보다 잠을 잘 잔 덕분에 기분이 상쾌했다.

"야, 인마!"

그런데 아침부터 아버지가 화내는 소리가 들렸다. 무슨 일인가 싶어 내 방에서 슬금슬금 나왔더니 거실에는 부모님과 막냇삼촌과 멜리나가 심각한 표정으로 대화를 나누고 있었다.

"형님, 형수님. 내가 반드시 해낸다니까요. 한 번만 믿어주세요."

삼촌은 무슨 종이쪼가리를 들고 열변을 토했다. 멜리나는 삼촌 옆에서 아무런 말 없이 고개를 푹 숙이고 있었다. 나도 슬쩍 그 자리에 끼어 앉았다. 내용을 들어보니 삼촌이 또 사업을 한다며 돈 달라는 소리였다. 그것도 우리나라가 아닌 필리핀에서 네트워크 마케팅사업을 한단다. 와, 이제는 하다 하다 국제적으로 등쳐 먹을 생각이라니, 참 잘나고 대단한 인간이다.

"그거 불법이잖니. 다른 나라에 가서 그러면 더 못 써."

아버지는 단호하게 거절했다. 동생 바보 아버지도 이것만큼은 용납하기 어려운 모양이다.

"에이, 그건 몇몇 놈이 나쁜 마음으로 하려니까 그러지요. 나처럼 선한 마음으로 새로운 시장을 개척하겠다는데, 그것도 열악한 나라에 가서 새로운 유통망을 구축한다는 건데, 이거 우리나라를 위해서도 좋은 겁니다. 형님, 도와주세요. 이번 기회에 애국하는 겁니다."

말은 번드레하게 잘했다. 우리 가족은 이걸로 아침도 못 먹고 점심때가 한참이 지나도록 열띤 토론을 펼쳤다. 결론은 뻔했다. 동생 바보 아버지가 항복하는 걸로 마무리되었다. 현재 쓸 수 있는 돈 중에 무려 천오백만 원이나 투자하겠다고 했다. 와, 답답해 미치겠다. 그 돈을 어떻게 벌었는데 또 삼촌에게 갖다 붓는다니. 기가 막히고 코가 막히고 똥구멍이 막혀 내 엉덩이에 '뚫어뻥'을 써야 할

지경이다.

"거, 내가 확실히 보여준다니까요. 두고 봐요. 딱 삼 년만 있으면 필리핀에서 잔디밭과 수영장 딸린 집 마련하고 형님과 형수님 모시고 삽니다. 그만큼 성공할 테니 기대하세요!"

삼촌은 어디에서 이런 자신감이 나올까? 수영장하고 잔디밭이 있는 집이라면 필리핀 해수욕장에서 노숙할 생각일까? 국제 노숙자. 아이고, 생각만 해도 딱 그림이 나온다. 삼촌은 담배꽁초 주워 피우고 멜리나는 애 하나 업고 쫄래쫄래 쫓아다니고. 잘못 하면 나중에 필리핀까지 가서 삼촌을 데려와야 할지도 모른다. 담배랑 라면을 택배로 보내라고 심부름시키기도 할 것이다. 안 봐도 뻔하다. 우리 부모님은 반쯤 체념한 얼굴이었다.

일은 일사천리로 진행됐다. 아버지께서 돈을 마련해주자, 삼촌은 곧바로 출국 준비를 하더니 금세 필리핀으로 떠날 날짜를 잡았다. 그동안에 우리 아버지는 몇 번씩이나 "다시 생각해보려무나." 하고 말려봤지만, 고집이라면 쇠 힘줄보다 더 질긴 삼촌이 그걸 들을 리가 만무하다.

삼촌이 한국을 떠나는 날, 우리 가족에 주혜 누나까지 공항으로 배웅을 나갔다. 삼촌이 출국대 앞에서 말했다.

"형님, 형수님. 가서 꼭 성공할게요. 동안이 너도 열심히 살아라."

누가 누구더러 열심히 살라는 건가, 나는 썩소를 지으며 고개를 끄덕였다. 멜리나는 엄마와 주혜 누나를 한 번씩 끌어안으며 눈물을 뚝뚝 흘렸다. 그리고 나도 안아주며 "똥안, 유 어 핸섬가이." 하며 엄지를 추켜세웠다. 이별하는데 뜬금없이 왜 이 말을 했을까? 반어법일까? 하여간 멜리나는 참 알 수 없는 사람이다. 마지막 인사치고 조금은 이상했지만, 멜리나에겐 진심이 가득한 미소로 인사했다. 이제 필리핀에서 삼촌으로 말미암아 얼마나 고생할지 걱정스러웠다. 부디 하늘에 있는 하나님이 삼촌 개념을 심어주길 기도하는 수밖에 없다. 하나님, 보고 계십니까?

인사를 다 나누고 삼촌과 멜리나는 출국대로 향했다. 예전에 말없이 사라졌을 때는 찢어 죽일 만큼 미웠는데 이런 식으로 떠나니까 조금은 섭섭한 마음도 들었다. 미운 정도 정이었던가? 그래도 잘 된 거다. 가서 잘 먹고 잘 살며 어릴 때 내가 봤던 멋진 남자의 모습으로 다시 돌아오기를.

"야, 안동안!"

삼촌이 출국장으로 들어가다가 갑자기 나를 불렀다. 표정이 사뭇 달라 보였다.

"왜?"

"누가 뭐래도 넌 나 안진호 조카다. 알지?"

"그래, 알아."

"그리고 내가 너 얼마나 아끼는 줄도 알지?"

갑자기 삼촌이 이런 말을 하니 오글거리긴 했다. 그래도 삼촌 표정이 어느 때보다 진지하니 내 심장이 두근두근했다. 그래, 삼촌이 나를 얼마나 아끼는지 어릴 때부터 잘 안다.

"알아."

"넌 내가 아는 남자 중 가장 잘생긴 놈이야. 그것도 알지? 그러니까, 어깨 좀 당당히 펴라고! 넌 안진호 님 조카야. 네가 내 조카라서 자랑스럽다고!"

떠나는 마당에 별 소리를 다 한다. 그래도 이별 인사로 이런 소리를 들으니 기분이 꽤 괜찮았다. 역시, 우리 삼촌이야. 어릴 때는 삼촌이 자랑스러웠었지. 이제 다시 또 자랑스러워질 것이라 믿는다. 그렇고말고.

"알았으니까, 가서 잘 살아! 진짜, 잘 살아야 해!"

"알았어, 사랑하는 내 조카 안동안! 마지막으로 부탁이 있다. 들어줄 거지?"

떠나가는 마당에 부탁까지 한다. 그래도 어려운 일은 시키지 않을 것 같아서 들어주기로 마음먹었다.

"그래, 말해봐. 들어줄게."

"역시, 넌 내 조카야. 다름이 아니고 내가 동네 피시방에 외상을 많이 그어놨거든. 그거 전부 다 네 이름으로 해놨다. 잊어버리지 말고 꼭 갚아라. 한 오만 원쯤 될 거다. 늦으면 피시방 사장이 학교에 쫓아간다더라."

안진호, 이 인간이! 내 뒤통수를 제대로 후려쳤다. 어쩐지 요즘엔 피시방에 가면서 나한테 돈 달라는 소리를 하지 않아 이상하다고 생각했다. 하나님, 삼촌이 이러는 거 알았으면 귀띔이라도 해줬어야죠!

"외상이라니, 그것도 내 이름으로. 삼촌! 아니, 안진호!"

분노한 나머지 삼촌을 쫓아가려 했는데 공항 직원 두 명이 나를 막아섰다.

"아, 내가 저 인간한테 할 말이 있어요."

"안 됩니다."

"가야 한다고요. 저 인간이 내 돈 뜯었다고요! 당장 출국금지 해야 한다고요!"

"안 돼요. 어서 돌아가세요."

결국 공항 직원을 뚫지 못했다. 삼촌은 손을 휘휘 흔들며 "조카야, 진심으로 사랑한다!" 하며 하트 모양까지 한 채 자동문 사이로 사라졌다. 어오, 혈압이 주체하지 못할 만큼 고속 상승하여 뒷목이 제대로 당긴다.

내가 아버지에게 수고하라고 받은 돈은 사만 원이다. 그런데 삼촌이 내 이름을 팔아 싸지른 외상값은 오만 원이다. 내가 무려 만 원이나 더 손해 본다. 아, 인생사 왜 이리 적자노선을 달려야 하는가!

"삼촌아! 이번이 진짜, 진짜 마지막이야! 어휴."

그렇게 막냇삼촌은 내게 감당하기 벅찬 빚을 남겨두고 떠나갔

다. 돈 모은 걸로 성형외과에서 간단한 시술이라도 받으려 했는데
막냇삼촌 때문에 제대로 망쳤다.

19

그래, 나 동안이야

"다 합해서 오만 오천 원이다."

"네? 오만 원 아니에요? 삼촌이 오만 원이라고 분명히 말했는데."

"그거야 피시 사용료만 오만 원이지. 라면이랑 소시지, 콜라도 외상으로 먹었어. 네 삼촌이 말 안하디?"

"헐."

나는 지금 피시방에서 삼촌이 사랑으로 싸질러놓은 외상값을 청산하는 중이다. 그런데 삼촌이 말한 액수보다 무려 오천 원이나 더 나왔다. 혹시 사기 아니냐고 따지려 했으나 피시방 주인은 삼촌 친필 사인이 깃든 영수증을 코앞에 들이댔다. 이거, 더 이상 따질 수 없는 상황이다. 필리핀으로 전화를 걸어서 왜 라면이랑 소시지를 처먹었느냐고 따질 수도 없는 노릇이다. 생각보다 돈을 더 낼 생각을 하니 미치고 팔딱 뛸 노릇이다. 그래도 어쩌겠나, 다 주는 수밖에.

"여기요."

지갑과 주머니 속에 있는 동전까지 탈탈 털었지만, 준비한 돈으로는 부족했다. 주인은 검지로 콧구멍을 후비며 돈을 계산하더니 "하나, 둘, 셋, 넷, 음, 삼백 원이 부족하네. 그래, 이건 내가 특별히 안 받으마." 하고 온갖 생색을 다 냈다. 이거 참, 삼백 원씩이나 덜 받아줘서 눈물 나게 감사할 지경이다. 이 피시방에는 다신 오기 싫었다. 외상값을 다 갚고 피시방을 나오니 햇볕이 내 얼굴에 내리쬐었다. 자외선 강하게 쬐면 더 늙는다던데. 그래, 또 나는 늙는다, 늙어! 괜히 기분이 더 구려졌다. 연달아 한숨을 내리쉬며 가게로 한참 걸어가는데 이십 미터 전방에 낯익은 얼굴이 보였다.

"어?"

저 사람은 바로 주혜 누나를 지독히도 괴롭히고 내 오른쪽 귀싸대기에 주먹을 한 방 날린 그 남자다. 교회에서 만난 다음부터 동네에서조차 한 번도 만나지 못했다. 그런데 이렇게 길거리에서 우연히 마주치다니. 오늘 일진이 제대로 사나운 날인가 보다.

"너는 얼굴 구린 그 학생이네?"

내가 그 남자를 알아봤듯이 그 남자도 단번에 나를 알아봤다. 그런데 보자마자 내게 얼굴 구린 학생이라니, 혈압이 저절로 고속 상승했다. 그래, 내게 이런 말을 할 만큼 심각히 잘생겼다. 그래서 부럽다. 그런데 대놓고 나를 무시하다니. 잘생기면 다냐! 내 유전자가 이런 걸 어쩌라고!

"어쩌라고요."

"새끼, 말하는 거하고는."

"그런데요."

나도 모르게 계속 건방진 말투가 마구 튀어나왔다. 이게 누나를 지키고픈 남자 본능이랄까. 꼭 그게 아니더라도 이 남자를 보면 기분이 나쁘다.

"녀석, 오랜만에 만났는데 왜 그리 까칠하니? 나 요즘에 주혜한테 연락 한 번 안 하고 산다."

그건 너무 당연한 일인데 마치 서울역에서 무료 급식 봉사라도 한 것처럼 꽤 자랑스럽게 말했다. 저 남자, 더욱더 꼴 보기 싫다.

"알아요. 지금도 계속 괴롭혔으면 지금쯤이면 그쪽 콩밥 먹었을 거예요."

"뭐? 콩밥이라니. 이 녀석, 진짜 당돌하네."

그 남자는 내 어깨를 툭 쳤다. 지금 나랑 해보자는 얘기다. 안 그래도 생돈 날아가서 서러운데 내게 시비를 걸다니. 오늘 왜 이러나 모르겠다. 하나님, 오늘 휴가 가셨습니까? 가면 간다고 말이나 하고 가시지 그랬습니까!

"아무튼 앞으로도 주혜 누나한테 연락하지 말고 얼씬도 하지 마세요. 그리고 지금처럼 나한테 아는 척도 하지 말고요."

난 최대한 눈을 무섭게 치켜뜨며 남자를 노려봤다. 나, 원래 이런 사람 아닌데 내가 이러지 않으면 이 남자가 누나를 계속 괴롭힐 것 같았다. 지금 나는 내가 아니다. 덤벼라, 덤벼!

"네가 뭔데."

"뭐긴요."

"너, 주혜 남자친구 아니지?"

"맞거든요!"

"웃기지 마. 너 같은 놈은 주혜를 좋아할 자격이 없어. 주혜가 너 같은 놈을 좋아할 리도 없고."

"나 같은 놈이 어떤 놈인데요."

나 같은 놈이라니, 제대로 기분이 더러웠다. 나 같은 놈은 주혜 누나를 좋아할 자격도 없다고? 주혜 누나를 좋아해야 할 자격증이 있다면 어디 말해봐라! 사람을 제대로 무시하니 울컥한 마음이 치솟았다. 나는 얼굴을 굳히고 남자를 더 매섭게 째려봤다.

"너 같은 놈은 그냥 못생긴 놈이지. 넌, 너무 삭았어. 교회에서 안 봤으면 아직도 네가 나보다 나이 많은 줄 알았을 거 아니야."

못생긴 놈! 이런, 시베리아에서 생선뼈나 쪽쪽 빨아 먹을 개념의 자녀를 봤나. 그래, 나처럼 못생기고 노안인 사람은 사람을 좋아하지 말라는 법이 있나, 어디서 계속 얼굴 가지고 무시하는 건지. 그깟 얼굴 좀 잘나서 좋겠다!

더 이상 참지 못하고 나를 보며 비식비식 웃는 남자의 멱살을 잡았다. 살면서 내가 먼저 누군가의 멱살을 잡아보기는 처음이다. 잡자마자 괜한 짓을 한 것 같아 움찔했지만, 어차피 시작했으니 더 당당하기로 했다. 남자는 당황한 표정으로 나를 뚫어지게 쳐다봤다.

"나 같은 놈은 사랑할 자격도 없습니까! 누군 이렇게 생기고 싶어서 이렇게 생겼냐고요!"

남자 얼굴에 침이 튀도록 고래고래 소리쳤다. 그러자 남자는 내 손을 뿌리치더니 곧바로 내 얼굴에 주먹을 한 방 날렸다.

"그래, 너 같은 놈은 사랑할 자격도 없다. 넌 못생긴 놈일 뿐만 아니라 못난 놈이거든. 왜 못난 놈이냐고? 그따위로 생겨먹었으면 조용히 찌그러져 있어야지. 어디서 사랑타령이야. 자기 분수에 맞게 살아."

남자는 육체적 주먹을 날리고 언어적 주먹을 날려 내 얼굴과 마음에 깊은 상처를 새겨놓았다. 말은 그렇다 치더라도 바보처럼 느린 주먹 하나 피하지 못하다니! 못생기고 못난 놈에 사랑할 자격도 없고 어린놈이라는 소리를 들으니 더 화가 나서 성난 멧돼지처럼 미친 듯이 남자한테 달려들었다.

쨉, 쨉, 쨉, 쨉, 라이트, 레프트, 훅, 어퍼컷!

내 생각대로 권투선수처럼 멋지게 주먹을 날렸으면 좋았겠지만, 지금 난 양팔로 빙빙 풍차 돌리기를 하는 중이다. 열심히 주먹을 휘두르긴 했는데 그마저도 한 대도 맞지 않아 약이 바짝 올랐다. 이럴 줄 알았으면 성우에게 싸움하는 기술을 조금이라도 배워 두는 건데! 남자는 내 풍차 돌리기 권법을 획획 피하더니 되레 발로 나를 뻥 걷어찼다. 이건 마치 동네 똥개가 더위 먹고 왈왈 짖다가 지나가는 동네 아저씨한테 제대로 뻥 걷어차인 그런 기분이다. 그래, 어차피 똥개처럼 왈왈 짖다가 널브러진 것이니 똥개처럼 남자에게 달려들어 다리를 꽉 물어버렸다. 어차피 멋진 싸움기술은 하나도 펼치지 못하니, 이렇게라도 해야 한다. 쪽팔리지만 어쩔 수 없다.

"야야, 네가 개새끼냐. 놔, 놔!"

"웅웅웅 웅웅웅 웅웅웅웅!"

내가 물면서 열심히 말했지만, 진짜 개가 찡찡거리는 소리만 나왔다. 그래도 내가 말한 내용은 더 이상 누나를 건드리지 말라는 것이다. 남자는 나한테 물린 채 꼼짝도 못하고 몹시 아파했다. 주먹으로 내 등을 툭툭 치긴 했지만, 위력이 아까보다 훨씬 약해서 아프지 않아 버틸 만했다. 다만, 내 혀에 짭조름한 때 맛이 진하게 나서 그게 싫긴 하다. 이대로 남자가 항복할 때까지 절대 놓지 않을 생각으로 더 세게 물어버렸다.

"악! 내가 졌으니까, 그만 놓으라고!"

유치하지만, 드디어 항복 선언을 받아냈다. 내가 다리를 놓아주자, 남자는 바닥에 털썩 주저앉아 다리를 후후 불며 구시렁거리며 나를 째려봤다. 나는 어금니를 드러내며 다시 물어버린다는 표정으로 째려봤다. 지금 내 몸에 개님이 강림하셨다. 어디 한 번 덤벼봐라, 아직 내 치아는 튼튼하니까! 씹고, 뜯고, 맛봐주겠어!

"솔직히 말해봐. 너 주혜 남자친구 아니지?"

남자가 이 질문을 다시 했다. 솔직히 양심이 쿡쿡 찔려서 뜨끔했다.

"맞거든요!"

"거짓말하지 마, 아닌 거 다 알거든."

"설사 아니라 해도 아저씨가 무슨 상관이에요. 제발 누나 좀 괴롭히지 말라고요."

"다른 건 몰라도 주혜가 너처럼 늙고 못생긴 놈이랑 어울리진 않아. 그건 확실해!"

남자는 온 동네가 떠나갈 정도로 고래고래 소리를 질렀다. 안 그래도 심각히 우울한 내 얼굴 때문에 섣불리 누나에게 다가가지 못하는데 남자는 그걸 또 확인시켰다. 가만히 있자니, 내가 제대로 바보 같아서 빡 돌아버릴 지경이다. 그래서 남자를 똑바로 바라보며 십칠 년산 수제 가운뎃손가락 엿을 보여줬다.

남자는 헐, 하고 황당한 표정으로 나를 쳐다봤다. 그리고 목을 푸는데 이번에는 제대로 나를 때릴 기세다. 지금 내 몸에 강림한 개님으로는 절대 남자를 상대 못할 거라는 느낌이 왔다. 내 치아가 아무리 강하다 해도 남자가 다시 물리지 않을 것 같아 움찔하며 슬금슬금 뒷걸음질 쳤다.

“너 이리 와.”

“왜요, 싫어요, 안 가요.”

“이리 오라니까!”

“아, 싫다고요.”

이런 상황에서 오란다고 갈 사람이 있을까. 남자의 표정이 조금 전보다 훨씬 살벌해서 잡히면 내가 죽도록 터질 것 같았다. 나는 오래 살고 싶으니 절대 죽을 짓은 하지 않는다. 조심조심 뒷걸음질 치다가 몸을 돌려 뒤도 돌아보지 않고 미친 듯이 도망갔다. 찌질해 보이지만, 어차피 내가 할 만큼은 다 했으니 죽도록 얻어터지는 것보다 낫지 않은가? 뒤에 다다다닥 발소리가 들렸다. 하나님, 살려주세요!

“야이, 비겁한 새끼야! 얼굴도 못생긴 놈이 하는 짓도 못났냐! 에이, 나가 죽어라. 너 같은 놈은 사랑할 자격도 없어!”

쩌렁쩌렁 울리는 남자 목소리가 내 귀에 쏙쏙 들어왔다. 그래, 얼굴도 못나고 지금 비겁하게 도망하는 것도 사실이다. 나도 이런 내가 싫어서 미쳐버리겠다. 열심히 달리는데 땀은 안 나오고 괜히 눈물샘에서 불필요한 액체만 주룩주룩 흘러내렸다. 덤으로 콧물도 따라왔다. 보통 드라마에서 주인공이 울면 멋지게 울던데 콧물이 눈물보다 더 많이 나오는 건 뭐람. 아! 인간, 안동안. 진짜 찌질하다, 찌질해.

열심히 달리다 보니 남자는 시야에서 완전히 멀어졌다. 다행히 나를 끝까지 잡으러 오진 않을 모양이다. 휴, 오늘은 우울한 일을 두 번이나 겪었다. 이런 기분으로 가게에 가려니 몹시 꿀꿀했다. 어차피 저녁 장사 시간이 되려면 한참 남았으니 기분을 전환하기로 하고 성우에게 문자를 날렸다.

나 우울

왜?

걍, 기분 전환 필요

심심한데 공원에서 농구나 때리자

오키

농구라도 하면 기분이 풀릴 듯해 성우를 만나러 공원으로 후다닥 달려갔다. 눈치 없는 눈물과 콧물은 아직도 줄줄 흘러내려서 짜증 게이지가 가득하였다.

∞∞∞∞

성우는 나보다 먼저 도착해 공원 농구 골대에서 공을 튀기고 있었다. 역시 뭐든지 빠른 녀석이다. 나를 보자마자 공을 획 던졌다.

"뭐해, 바로 시작하자! 점수는 십오 점 먼저 내기. 진 사람은 아이스크림, 오키?"

"브라보콘?"

"장난해? 투게더!"

"콜!"

우리는 곧바로 농구 시합을 시작했다. 오늘은 기분이 구려서 그런지 평소에 잘하던 레이업이 하나도 안 됐다. 그리고 내 주특기인 페이드 어웨이 슛도 안 들어갔다. 반면에 성우는 그냥 던졌다 하면 다 들어갔다. 언제 이렇게 농구실력을 늘린 건지 모르겠지만, 결과는 십오 대 빵. 제대로 참패했다.

"크크, 내가 이겼다. 어서 투게더 사 와라."

성우는 의기양양하게 휘파람을 불어댔다.

"에이, 이걸로 투게더를 먹든 똥을 싸든 마음대로 해."

나는 짜증이 나서 내 지갑을 그냥 던져줬다. 그러자 성우는 내 지갑을 받아들고 속을 확인하더니 잔뜩 실망한 표정으로 헐, 하고 입을 떡 벌렸다.

"야, 개털이잖아. 너 아빠한테 용돈 받았다며."

"몰라."

머리를 벅벅 긁으며 그냥 바닥에 드러누웠다. 그러자 성우도 내 옆에 나란히 드러누웠다.

"너 무슨 고민 있어? 왜 죽상이야."

"그냥 꿀꿀해."

"뭔데, 말해봐. 너 속으로 끙끙 앓으면 더 늙는다."

"아, 시바. 나 지금 얼굴 때문에 더 꿀꿀한데 늙었다는 소리를 꼭 해야겠냐? 나는 왜 이리 늙는 걸까? 그렇다고 빨리 어른이 되는 것도 아니잖아."

"모르지, 저 멀리 외계에서 너 몰래 특별한 유전자를 심어 놨을지 몰라."

"미친놈, 그걸 위로라고 해주냐? 나, 이 얼굴 때문에 아무것도 자신이 없다. 휴우."

"뭐야, 설마 너 아직도 주혜 누나한테 고백 안 했어?"

성우가 벌떡 일어나 앉더니 휘둥그레진 눈으로 나를 바라봤다.

"당연하지. 내가 어떻게 누나한테 고백하냐. 빛나한테도 뻥 차였는데, 누나한테는 더 못하지. 괜히 고백했다가 어색해지면 어떡해. 그나마 매일 보던 것도 못 볼지도 모르잖아."

"헐. 나는 네가 주혜 누나랑 잘되는 줄 알았지."

"우울하다. 그 얘긴 그만하자."

눈앞에 보이는 맑은 하늘도 보기 싫어서 눈을 질끈 감아버렸다. 그 남자가 내게 말했던 것처럼 나는 돈을 많이 벌어야 할까? 그런데 내가 무엇으로 돈을 많이 벌 수 있을까? 내가 어른이 돼서 돈을 많이 번다 해도 그동안 누나가 나를 기다려줄까? 지금도 경쟁자가 우후죽순으로 늘어나는데 시간이 더 흐르면 장난 아닐 거다. 내가 딱 성우처럼 생겼다면 대범하게 고백했을 텐데. 심란함이 내 마음에 돗자리 깔고 드러누웠다. 한숨은 내 의지와 상관없이 멈추지 않고 연달아 새어 나왔다.

"어휴."

그런데 갑자기 내 배 위로 공이 툭 하고 떨어졌다. 눈을 떠 보니 성우가 일어서서 일부러 떨어뜨린 것이다.

"야, 돌았어? 나 내장 터지면 어쩔 거야."

"찌찔하게 이러지 말고 지금이라도 누나한테 고백해. 그게 뭐야. 졸라 청승맞아."

"그러다가 차이면?"

"이대로 누나가 딴 놈이랑 잘 되면 그게 더 우울하지. 그것보다 한 번 질러보는 게 백배 낫지. 이러고 있다고 네 얼굴에 청춘이 돌아오는 건 아니잖아."

"하긴 그렇지."

성우 말에 솔깃했다. 어차피 딴 사람이랑 특히 전도사님이랑 잘 되면 그땐 내게 기회가 아예 없는 거다. 나중에 땅을 치고 후회해봐야 나만 바보 되는 거다. 성우가 말한 것처럼 남자답게 질러보기로 했다. 먼저 하나님과 대화를 시도했다. 저기, 하나님. 보고 계시죠? 도와주셔야 해요. 누나에게 차이면 하나님 탓입니다.

"야, 나 먼저 간다."

나는 성우에게 공을 넘겨주고 가게를 향해 달렸다.

"야, 나중에 투게더 꼭 사줘야 해!"

"오케이!"

ooooo

가게에 도착하니 주혜 누나가 혼자서 만두를 빚고 있었다. 누나를 보니 괜히 가슴이 콩닥콩닥 뛰었다. 차마 가게로 들어가지 못하고 망설이고 있던 나를 누나가 발견하고는 환하게 웃으며 들어오라고 손짓했다. 누나가 나를 발견한 마당에 더 머뭇거리고 있으면 이상해 보이니 가게 안으로 들어갔다.

"엄마는 어디 가셨어요?"

"잠시 볼일 있어서 어디 다녀오신대. 금방 오실 거야. 어서 앉아. 너도 같이 만두 빚자."

누나 앞에 마주 앉아 만두를 빚는데 나도 모르게 시선이 누나에게 향했다. 여기로 오면서 내가 누나에게 하고 싶은 말을 계속 연습했는데 막상 누나를 보니 아무것도 떠오르지 않고 입이 떨어지지 않았다. 자꾸만 입이 바싹 말랐다. 콧물도 조금 흘러나오려 하고. 다른 건 몰라도 콧물만큼은 나오지 말아야 한다. 쿠으읍.

“할 말 있니?”

누나가 콧물을 훌쩍거리는 나를 의아하게 쳐다보며 물었다. 무슨 말을 할까 고민하다가 “전도사님 좋아해요?” 하고 이상한 질문을 뱉어냈다. 누나는 미간을 찌푸리며 “뭐?” 하며 어이없다는 표정을 지었다. 어떻게 수습을 할지 난감했다. 내가 생각해도 바보 같은 질문이다. 나란 놈 왜 이리 멍청한지 모르겠다. 그래도 어차피 저지른 거 계속 말하기로 했다.

“전도사님 좋아하지 마요.”

“응?”

“전도사님 좋아하지 말라고요.”

“왜?”

“그, 그게 말이죠. 아무튼요.”

“무슨 이유인지 알아야 내가 네 말을 듣지.”

지금 누나는 진짜 내 뜻을 몰라서 묻나? 그냥 이 정도만 말해도 딱 알아차려주면 좋으련만.

“에이, 그거야 내가 누나를 좋아하니까요.”

결국 그냥 말하고 말았다. 이렇게 말하려는 생각은 아니었는데 내 뜻과 달리 몹시 허접스러워졌다. 이건 문자 메시지로 말하는 것보다 더 못나게 말했다. 내 말 한마디에 갑자기 정적이 흘렀다. 누나는 눈썹을 치켜세우며 황당한 표정으로 나를 빤히 쳐다보다가 “풋.” 하고 웃었다.

“왜 웃어요. 지금 장난하는 거 아니에요. 나 진지하다고요.”

“알지, 아는데, 웃기잖아. 어떻게 고백을 만두 빚다가 하니?”

“그, 그건 좀 그렇죠? 하하……”

누나의 일침에 괜히 머쓱해졌다. 내가 생각해도 만두 빚다가 고백하는 건 좀 아니긴 하다. 최소한 장미라도 갖다 주며 고백해야 하는 건데 내가 참 바보 같았다. 누나 표정을 보니 아무래도 뺑 차려는 기운이 느껴졌다. 누나 입에서도 빛나가 그런 것처럼 “윽, 꺼져.” 이 말이 나오면 어쩌나, 걱정이 돼서 고개가 절로 숙여졌다. 아, 쪽팔리다. 그것만은 안 되는데.

“왜 그래, 나 아직 아무런 대답도 안 했는데.”

“누나가 나 거절할 거 알아요. 나처럼 폭풍 노안이 어떻게 누나랑 잘해보겠어요. 그냥 못 들은 걸로 해요. 어차피 안 될 건데요, 뭐. 신경 쓰지 마요.”

“맞아, 나는 지금 네가 상당히 마음에 안 들어.”

“알아요. 마음에 안 드는 거.”

“네 얼굴 때문이 아니야.”

얼굴 때문이 아니라니, 그렇다면 내가 머리가 나빠서 그런가, 아니면 돈이 없어서? 아씨, 왜 나는 내세울 게 하나도 없는 거야.

“네가 남자답지 못해서 마음에 안 든다는 거야. 남자라면 당당해야지, 찌질하게 그게 뭐니? 고백해 놓고 못 들은 걸로 하라니, 네 말이 엠피스리 음악 파일이니? 듣기 싫으면 삭제할 수 있는 것도 아니고. 너 진짜 남자로 거듭나 봐. 그때도 마음이 변하지 않으면 받아줄게. 일단 보류."

"진짜요?"

뜻밖의 대답을 듣고 나는 놀랐다. 이건 내게도 엄청난 희망이 있다는 대답이니 심장이 두 근, 세 근, 네 근, 다섯 근, 여섯 근 마구 마구 뛰었다.

"그래, 그런데 네 매력을 스스로 깨달으면 내가 눈에 안 들어올 텐데."

"그건 걱정하지 마요. 나는 일편단심이에요!"

"좋아, 믿어볼게. 그리고 나, 전도사님 안 좋아하거든. 그분은 만날 때마다 설교만 늘어놓는데 어우, 내 스타일 아냐. 따분해."

"알겠어요. 그럼 저 진짜 남자로 거듭나면 내 마음 받아주는 거예요."

"그래, 그럴게. 특히 얼굴 때문에 기죽지 마. 누가 뭐래도 너는 안동안이야. 세상에 하나밖에 없는 동안이라고. 내 눈에 너, 잘생겼어! 정말이야."

"내가 진짜 잘생겼어요?"

"응, 잘생겼어. 아주 듬직해."

"진짜요?"

"그렇다니까, 너 진짜 잘생겼어."

"전 눈도 작고 코는 매부리에 너무 커요. 입술은 고릴라처럼 두

툼해요. 얼굴 크기만 해도 누나보다 두 배나 크잖아요. 머리카락에 새치도 드문드문 보이니 완전 아저씨 같아요. 이런 제가 잘생겼다고요?"

고개를 갸우뚱하며 누나를 쳐다봤다. 누나는 한숨을 깊게 들이마셨다 내뱉으며 나를 쳐다봤다.

"휴, 그러면 어떤 게 잘생겼다고 생각하는데?"

"얼굴은 조막만 하고 눈은 좀 크고 코는 오뚝해야죠. 피부는 맑고 투명해야하겠죠? 씩 웃으면 치아가 반짝반짝 빛나야 하고, 머리숱은 많으면서 턱은 갸름하면 좋겠네요. 얼굴이 더 빛나려면 옷도 잘 입어야 하고…… 어떤 것이든 저랑 반대로 생기면 되겠네요. 최소한 나처럼 심각하게 늙어 보이면 안 되겠죠."

"그래, 사람들은 그렇게들 말하지."

"사람들이 다 그렇게 생각하니까 어쩔 수 없잖아요. 이런 사람들 생각이 싫어요. 모두 나를 낙제 얼굴이라 하잖아요. 세상이 정한 보통에 전혀 못 미치니까요."

이 말을 하면서 나도 모르게 힘이 주욱 빠졌다. 나를 보는 세상 시선이 싫은데도 이걸 어쩔 수 없이 인정하고 있는 스스로가 싫었다.

"동안아, 세상에 똑같이 생긴 사람은 없어. 쌍둥이도 자세히 보면 다르잖아. 그런데 어떤 사람이 멋있게 보인다 해서 모두 그 사람을 다 따라한다면 그게 옳은 일일까? 우리가 꼭 그 기준을 따라가야 할까?"

"누나는 예뻐서 내 마음 모를 거예요."

"아니, 난 어렸을 때 내가 진짜 못난이라고 생각했어. 어떻게 하면 조금이라도 더 예뻐질까 그게 늘 고민이었어. 우리 집 형편이 넉넉하지 못하니까 마음껏 화장품도 살 수 없어서 속상했거든. 피부 관리실에서 일한 것도 그 이유 때문인지 몰라."

"누나가 못난이라뇨. 말도 안 돼요."

"지금은 달라. 다른 사람 피부 관리를 해주며 생각이 바뀌었어. 거기 사람들 중에 심하다 싶을 정도로 피부 관리 받는 사람이 꽤 있거든. 충분히 예쁜데도 조금이라도 더 예뻐지려고 노력하더라. 참 딱하다고 생각했는데 그게 내 모습이기도 했어."

"그런데도 왜 거기서 계속 일했어요?"

"다른 일을 구하기 어려운 것도 있지만 손님들한테 지금도 충분히 예쁘다고 얘기해주고 싶었어. 거의 제대로 듣지 않았지만 그래도 꼭 해주고 싶었어. 지금은 너에게 필요한 말 같네. 넌 지금도 충분히 잘생겼어."

누나 표정은 어느 때보다 진지했다. 눈에 불꽃이 일어날 것처럼 심각하게 나를 쳐다봤다.

"내가 잘생겼다고요? 대체 어디가요?"

"바로 여기."

누나는 내 오른손을 잡더니 내 가슴팍에 딱 붙여줬다. 두근두

근 심장박동이 손바닥으로 스며들었다.

"여기?"

"네 마음은 따뜻해. 넌 잘 모를 거야. 누군가를 대할 때마다 진심을 다하는 네 모습이 참 좋아. 세상이 정해준 잘생긴 기준은 필요 없어. 진짜 중요한 건 너야. 어려 보이는 얼굴인 동안이 아니라 안동안이라는 그 자체. 내 말 알아듣겠니?"

누나는 진심이 가득한 눈빛으로 나를 봤다. 지금 나 감동해서 눈물이 마구 쏟아지려 한다. 그래도 참아야 한다. 나는 남자가 되어야 하니까. 그래, 나는 남자다.

"역시 나를 알아주는 건 누나밖에 없어요. 진짜 사랑해요!"

역시 누나는 하늘에서 내게 보낸 천사다. 안 그러면 어찌 이런 사람이 내 곁에 있을까? 하나님, 좀 감사합니다! 오늘은 휴가 안 갔나 봐요, 헤헤.

"어허, 남자가 된 다음에 고백하래도."

"알겠어요, 누나. 헤헤."

정말 기분이 좋은 나머지 만두를 빚는 누나를 와락 안아버렸다. 어쩌면 다시 고백할 때까지 이런 기회가 오지 않을지도 몰라 누나 몸이 으스러져라 꽉 껴안았다. 지금 이 기분, 뭐라 설명할 수 없이 짜릿하다. 심장이 미친 듯이 요동하고 하늘을 나는 기분이다.

"어머, 아직 아니야. 어허, 어서 떨어져."

"누나, 꼭 남자가 될게요!"

"알았대도."
"꼭 멋진 사람이 된다니까요!"

ooooo

가게 문을 닫고 나 혼자 미친 듯이 집으로 달려갔다. 가슴이 두근두근, 뭐라 설명하기 어렵다. 마치 하늘을 날 것처럼 폴짝폴짝 뛰다가 그만 발이 돌부리에 걸려서 벌러덩 넘어졌다. 뒤통수에 아픔이 몰려왔지만 이상하게도 기분이 상쾌했다. 시큰거리는 뒤통수를 어루만지며 무심코 올려다본 하늘은 별이 참 많고 내 얼굴만큼이나 큼지막한 보름달이 나를 보며 씨익 웃고 있었다. 풋, 저 달이 꼭 나를 닮은 것 같아서 웃긴다. 하나님, 혹시 저 만들 때 달도 같이 만들었습니까? 아니면 저 만들 때 귀찮아서 달을 본떠서 만든 건가요? 그래요, 이렇게 생겨 먹었어도 괜찮아요. 저는 꼭 멋진 놈이 될 수 있다고 믿거든요.
"안동안, 네가 세상에서 가장 잘생겼다!"

삼촌이 멀리멀리 떠나니 주말 아침이 편하다. 삼촌이 가출했을 때는 언제 삼촌이 사고를 칠까 가슴 졸였다. 물론 지금도 필리핀에서 어떤 사고를 칠지 걱정이긴 하지만, 멜리나가 잘 처리해주리라 믿는다.

이불을 돌돌 말고 늦잠의 행복을 사무치게 느끼고 있는데, 눈치 없게도 휴대전화가 시끄럽게 울린다. 어지간하면 무시하려 했는데 계속 울려댄다. 발신자를 보니 전혀 모르는 번호다. 누구지?

"여보세요."

"혹시 안동안 군 전환가요?"

"네, 어디신데요?"

"안녕하세요, 알흠다운 성형외과 상담실장 김미영이에요. 예전에 상담 받으셨죠?"

알흠다운 성형외과라면 성우와 가장 처음으로 갔던 성형외과, 내 얼굴에 일 억짜리 견적을 내준 곳이다. 그런데 거기서 무슨 일로 연락을 했는지 의아했다.

"동안 군, 듣고 있나요?"

"네, 듣고 있어요. 그런데 무슨 일로 전화를 하셨어요? 저 지금 되게 졸린데."

"다름이 아니라, 그때 동안 군이 다녀가고 원장님께서 심각하게 고민에 빠지셨답니다. 살면서 자신의 의술을 진짜 필요한 환자에게 사용하지 못했다고요. 원장님은 동안 군을 꼭 도와 드리고 싶어 하세요. 완벽히는 아니지만 수술적 방법을 통해 조금이라도 나은 얼굴을 찾아주고 싶다고 하셨어요."

"네?"

그때 그 의사 아저씨는 내 얼굴은 의학적 난제라며 굳이 연예인 될 거 아니면 생긴 대로 살라고 했다. 아니면 다시 태어나든가.

"아, 돈 걱정은 하지 마세요. 원장님께서는 순수한 마음으로 동안 군을 돕고 싶어 하시는 거니까요."

"아무런 조건 없이 무료로 수술해준다고요?"

"음…… 물론 동안 군 같은 얼굴도 동안으로 만들 수 있다고 알리면 우리 병원에 대한 환자들의 인식이 아주 좋아지겠죠? 우리 병원에서는 동안 군의 얼굴을 정말 동안으로 만들어보고 싶습니다. 세부사항은 만나서 차근차근 설명해줄게요. 동안 군에게 아주 큰 선물이 될 겁니다. 꼭 시간 내서 부모님과 함께 와주세요. 기다릴게요."

상담실장 누나는 내 대답을 끝까지 듣지도 않고 전화를 끊어버렸다. 내 얼굴이 오죽 우울하게 보였으면 의사가 무료 수술까지 해준다고 할까? 의사 아저씨 마음이야 고맙다. 음…… 내 얼굴을 동안으로 만든다? 아마 수술 전 사진과 수술 후 사진이 성형외과 앞에 떡하니 걸리겠지. 하지만 그런 동안은 진짜 나 안동안이 아닐 것이다. 이제 난 얼굴을 바꿀 생각이 전혀 없다.

휴대전화를 던져두고 머리를 벅벅 긁적이며 눈앞에 있는 거울을 봤다. 거울에는 서른다섯 살처럼 보이는 내가 부스스한 머리와 눈곱이 잔뜩 낀 채 앉아 있다. 새끼손가락으로 눈곱을 떼며 자는 사이 누르끄름하게 변한 앞니를 드러내며 슬쩍 웃었다. 이런 자연스러운 얼굴을 봤나! 나란 녀석, 매력이 넘친단 말이지!

세상에는 많은 얼굴이 있다. 눈이 큰 사람도 있고 반대로 작은 사람도 있다. 코가 뭉뚝한 사람이 있고, 또 반대로 오뚝한 사람도 있다. 나처럼 얼굴 면적이 넓은 사람도 있지만, 얼굴 크기가 조막만 한 사람도 있다. 똑같이 눈, 코, 입 모두 있어도 생김새는 묘하게 다르다. 내 얼굴도 그런 여러 얼굴 중 하나일 뿐이다. 굳이 남들처럼 젊어 보이려, 잘생겨 보이려 노력하지 않을 것이다. 그런 노력 속에 필요 없는 상처만 낼 뿐이고 진짜 중요한 '나'를 잃어버리기 때문이다. 난, 그냥 나를 좋아하기로 했다. 앞으로 얼굴이 더 늙어서 사십 대 아저씨로 보여도 괜찮다. 사람들이 어떤 생각으로, 어떤 시선으로 나를 평가해도 상관없다. 진짜 중요한 건 나 자신이 정말 소중한 존재라는 사실일 테니까. 사실 따지고 보면 나도 은근히 잘생긴 놈이다. 사람들이 아직 잘 몰라줘서 문제지.

누가 뭐라 해도 난 동안이다. 세상에서 가장 잘생기고 멋진 남자 안동안이다!

한때는 내 얼굴이 너무나도 싫었다.

어릴 때 동네 어떤 할아버지가 나더러 연예인을 닮았다고 했다. 나중에 다른 사람이 말하길 그 할아버지는 연예인이라면 오로지 설운도만 안다고 했다. 가만히 생각해보니 그 할아버지는 나더러 설운도 아저씨를 닮았다고 한 것이다. 그래, 난 원래 늙어 보이는 얼굴이었다. 동네 형들이 자기보다 나이 많은 줄 알고 나를 함부로 건들지 못한다는 장점이 있었지만, 처음 학교 입학했을 때부터 같은 반 애들이 격하게 부담스러워했다는 단점도 있었다. 특히 여자애들은 내 얼굴을 보며 되게 부담스러워했다. 6학년 때는 친구들 몇 명에게 추천받아 반장 선거에 나갔다가 진짜 잘생긴 녀석과 경쟁하여 제대로 패배한 일도 있었다. 다 얼굴 때문이라고 생각했다. 이 얼굴 때문에 대중교통을 이용할 때마다 아주 자세히 해명(?)하는 것도 지치는 일이었다. 나중에는 도저히 안 되겠다 싶어서 주민등록등본을 가지고 다닐 정도였다. 얼굴에 대한 사연을 하나하나 늘어놓자면 끝이 없다. 동병상련일까, 친구도 소위 '얼굴이 삭은' 녀석과 가장 친했다.

때는 거의 7년 전쯤이다. 지금처럼 더운 여름날이었고 어느 때보다 칠흑 같은 밤이었다. 녀석과 나는 동네 편의점 앞 버스정류장 의자에 앉아 있었다. 우리 앞에 서는 버스를 탈 생각은 하지 않고 맥주처럼 생긴 포도맛 음료수만 벌컥벌컥 들이켰다. 그때 우린 심각한 우울함에 빠져 있었다. 친구는 험상궂게 생긴 노안이란 이유로 좋아하던 여자한테 고백했다가 뻥 차였다. 나도 그때 좋아하던 여자에게 고백했다가 단지 아저씨 같아 보인다는 이유로 뻥 차였다. 우린 둘 다 얼굴 때문에 짝사랑이 얼마나 쓰디쓴지 알아야 했던 것이다.

친구는 음료수를 다 비운 깡통을 질근질근 밟더니 동네가 떠나가도록 고래고래 소리쳤다.

"우리 얼굴이 그렇게도 죄냐!"

"그래, 우리가 뭐 늙고 싶어서 늙었냐!"

"그러니까! 지들이 뭔데 얼굴에 태클질이냐고!"

"아, 누가 우리 아픔을 알아줄까나. 우리 얘기 영화로 만들면 좋겠다."

"소설도 괜찮을걸? 너 소설 써봐. 우리 얘기 쓰면 대박날지도 몰라."

"소설은 무슨……."

그때만 해도 설마 내가 소설을 쓰리라고는 생각하지 못했다. 그날 우리 대화는 그저 서로를 위로하며 나누던 지나가는 얘기였으니까.

그런데 그 말이 씨가 되어 나는 '동안이' 얘기를 쓰기 시작했다. 처음에는 단편으로 완성했다. 그러나 내게 있어 가장 매서운 독자인 어머니께서 읽어보시더니 단편으로는 뭔가 아쉽다고 하셨다. 더 할 얘기가 있는 것 같은데 왜 여기서 멈추느냐고 책망했다. 하긴, 분명히 할 얘기가 많음에도 꺼내지 않았다. 내가 과연 가슴속 이야기를 당당히 꺼낼 수 있을지 두려웠던 것이다. 나는 친구를 떠올리며 용기를 냈다.

솔직히 이 소설을 완성하기 전까지 난 내 얼굴에 대해 불만이 상당히 많았다. 지금 내 얼굴은 열일곱 살 때의 얼굴 그대로이다. 열일곱의 나는 적게는 이십대 후반에서 많게는 오십인 우리 아버지 동생 소리까지 들어봤다. 그래서인지 어쩌면 누구보다 동안이를 잘 표현해낼 수 있을 것이라는 확신이 있었다. 문학에 대해 배운 것 없고 습작 기간도 짧아 장편을 어떻게 이끌어 갈지 걱정이 많았지만, 도전했고, 포기하지 않았다.

동안이를 쓰면서 내 아픔을 스스로 되돌아볼 수 있었다. 생각해보면 그리 불행한 사람도 아닌데 괜스레 불행을 안고 살아왔음을 느꼈다. 지금 거울에 비친 내 모습을 보면 그저 평범하게 살아가는 대한민국 청년이다. 아주 가끔 '아저씨' 소리를 듣지만 '학생'이라 불러주는 사람이 더 많다. 진짜 중요한 것은 어떤 마음가짐을 갖느냐라는 것을 이제는 안다. 이 소설을 쓰면서 자연스레 내 아픔을 극복할 수 있었고 그 때문에 행복했다.

동안이를 언제쯤 세상에 내보낼 수 있을까 걱정스러웠는데, 이렇게 빨리 세상에 보일 수 있어서 기분이 좋다. 이렇게 진심이 짙은 작품을 내 첫 장편소설로 선보이게 되다니 정말 하늘로 날아갈 듯이 기쁘다.

고마운 사람들이 참 많다. 잘난 사람보다 좋은 사람이 되라고 키워주시며 글 쓰도록 가장 많이 독려해준 부모님께 먼저 감사드린다.

가장 힘들었던 시기 같은 아픔으로 함께 울고 웃었던 친구 '철'에게도 고마운 마음을 전한다. 철이 있었기에 동안이를 만들어낼 수 있었다. 비록 지금은 하늘나라에 있지만 최소한 그곳에서는 얼굴 때문에 아파하지 않을 것이라 생각한다. 철과 함께하며 가슴에 품게 된 많은 이야기들이 언젠가 세상에 나와서, 철이 더 해맑게 웃으며 나를 지켜봐줄 수 있길 바란다.

맨땅에 헤딩하던 내가 제대로 글을 쓸 수 있도록 따뜻하게 손 내밀어준 글동지들에게도 고맙다는 말을 전하고 싶다. 그분들이 없었다면 아마 더 많은 시간이 필요했을 것이고, 어쩌면 이렇게 책을 내는 게 불가능했을지도 모를 일이다.

동안이가 세상에 나올 수 있도록 함께해준 새움출판사 이대식 사장님, 김화영 팀장님을 비롯한 출판사 식구들에게 한없는 감사를 드린다. 앞으로도 계속 함께하며 좋은 이야기를 세상에 많이 보여줄 수 있었으면 좋겠다.

이 책을 통해 동안이와 함께해줄 독자님들께 온 마음 다해 감사드린다. 항상 마음속에 사랑과 따뜻함이 가득하길 바란다.

마지막으로 언제나 내 삶을 인도해주시는 하나님께 모든 영광을 돌린다.

여름 향기가 물씬 풍기는 제주에서

차영민